A CANÇÃO DO CRISTAL ENCANTADO

J. M. LEE

A CANÇÃO DO CRISTAL ENCANTADO

Tradução
Débora Isidoro

Ilustrações
Cory Godbey

 Planeta

minotauro

Copyright © J.M. Lee, 2017
Copyright © Editora Planeta do Brasil, 2019
Este livro foi publicado em acordo com a Penguin Young Readers Licenses, um selo da Penguin Young Readers Group, uma divisão da Penguin Random House LLC.
Todos os direitos reservados.
Título original: *Song of the Dark Crystal*

Preparação: Fernanda Cosenza
Revisão: Barbara Prince e Fernanda Guerriero Antunes
Diagramação: Marcela Badolatto
Capa: Adaptado do projeto original Brian Froud
Ilustrações: Corey Godbey

DADOS INTERNACIONAIS DE CATALOGAÇÃO NA PUBLICAÇÃO (CIP)
ANGÉLICA ILACQUA CRB-8/7057

Lee, J. M. (Joseph M.)
   A canção do cristal encantado / J. M. Lee ; tradução de Débora Isidoro . – São Paulo : Planeta, 2019.
   272 p.

   ISBN: 978-85-422-1693-6

   1. Literatura infantojuvenil 2. Ficção fantástica I. Título II. Isidoro, Débora

19-1293   CDD 028.5

2019
Todos os direitos desta edição reservados à
Editora Planeta do Brasil Ltda.
Rua Bela Cintra 986, 4º andar – Consolação
São Paulo – SP – 01415-002
www.planetadelivros.com.br
atendimento@editoraplaneta.com.br

Produzir um som é perturbar as raízes do silêncio.
O Cristal Encantado: o livro

CAPÍTULO 1

— Por aqui. Quase chegando.

Kylan apontou para onde o caminho se bifurcava. Um lado levava de volta para o povoado atrás dos dois, enquanto o outro descia e se afastava, passando por galhos inclinados e continuando além. Ele escolheu o segundo caminho, certo de que Naia o seguia. Em torno deles, o ar carregava a canção matinal.

A menina Stonewood os esperava na divisa do povoado, onde as pedras achatadas da trilha davam lugar a terra e musgo. Ela era jovem, ainda sem asas, e estava empoleirada sobre uma das muitas pedras cinzentas espalhadas pelo bosque. Quando eles chegaram, a menina pulou da pedra e agarrou a mão de Naia.

— Naia, você acordou! Meu nome é Mythra. Eu a conheci quando estava dormindo. Descansou bem? É verdade que enfrentou skekMal? Kylan me contou. E fugiu do Castelo do Cristal! Isso é impressionante e muito corajoso!

Naia esfregou o rosto. Não falou nada, mas Kylan sabia que eles pensavam a mesma coisa. Fugir dos Skeksis pela Floresta Sombria não teve nada de impressionante ou corajoso. Na verdade, estavam vivos por pura sorte, mas era inútil assustar a menina.

— Quase atropelamos Mythra com o Pernalta quando encontramos Pedra-na-Floresta ontem à noite — explicou Kylan. — Ela nos levou até a casa dela para você se recuperar.

— Então... você sabe sobre os Skeksis? — perguntou Naia. — E acredita nas histórias de Rian, apesar de os

Skeksis terem falado para todo mundo que ele é um traidor mentiroso?

Mythra já se afastava pelo caminho e desaparecia entre as cortinas de folhagens. Os dois a seguiram e ouviram sua voz ecoando.

— É claro que acredito em Rian. Ele é meu irmão!

Kylan seguiu a menina pela Floresta Sombria e acabou perdendo o senso de direção depois de muitas curvas. Tinham passado por ali quando fugiram do castelo? Ele provavelmente nem reconheceria o lugar se o visse. Mythra parou quando eles chegaram a uma pequena clareira coberta de arbustos.

— Rian! — chamou ela. — Sou eu... trouxe os outros de quem falei. A irmã de Gurjin e o amigo dela!

Não havia ninguém ali, e Mythra chamou Rian de novo. Naia se adiantou quando ninguém respondeu, as orelhas girando e os olhos atentos. Quando Mythra ia chamar o irmão pela terceira vez, Naia cobriu sua boca com a mão.

— Shhh — sussurrou. — Escute.

Kylan levantou as orelhas. Naia tinha um instinto muito forte quando estava em espaço aberto, treinado e desenvolvido pela vida no pântano de Sog, onde tudo, das árvores ao lodo, podia ser um perigo. E, de fato, quando ele prendeu a respiração e ficou atento, ouviu uns estalos distantes seguidos por palavrões em um idioma Gelfling.

— Rian — murmurou Mythra.

— Por aqui!

Kylan e Mythra seguiram Naia para o interior do bosque, e ela andava com a mão no cabo da faca presa à cintura. Kylan perdeu a noção de onde estavam a clareira e o povoado enquanto eles corriam entre as árvores, pulando por cima de pedras e arbustos espinhosos.

Outro estrondo espantou os pássaros quando eles se aproximaram de um aglomerado de pedras. Lá embaixo, uma criatura de pelos verdes, chifres retorcidos e uma cauda grossa e pesada lutava contra outra muito menor. Quando o animal de chifres recuou e rugiu aflito, Kylan viu os enormes dentes retos e, sob os cascos de suas patas dianteiras, um menino Gelfling armado com um bastão. Do outro lado da clareira havia uma lança caída no chão, provavelmente sua arma habitual.

— Rian! — gritou Mythra.

O menino rolou debaixo do animal e afastou-se dele, procurando quem o tinha chamado.

— Mythra! Fica longe! Esse chifrudo viu o Cristal!

— Uma criatura encantada? — perguntou Kylan, ainda com a cabeça latejando depois da fuga. — Como o ruffnaw?

— E o Nebrie — concordou Naia. — Mas...

Da última vez que encontraram criaturas encantadas, Naia fora capaz de curá-las, banindo a escuridão de seus corações com elo de sonhos, a troca de lembranças que dois Gelflings podiam experimentar mediante contato físico. Era algo que Kylan nunca tinha visto. Mas, apesar de sua habilidade singular, o elo de sonhos com animais também significava uma conexão com a mente e o coração. Depois de tudo que Naia havia enfrentado tão recentemente, Kylan estava preocupado. Podia ser perigoso para ela tentar curar uma criatura encantada se ela mesma ainda não estivesse curada.

O chifrudo empinou as patas dianteiras, desenterrando uma mudinha de planta como se desse um alerta. Não demoraria para tentar fazer o mesmo com Rian. Kylan segurou a manga da blusa de Naia quando ela se preparou para a luta.

— Não abuse — disse ele. — Por favor. Sei que pode resolver a situação, mas não se prejudique por isso.

Ela fez uma careta, pulou para cima da pedra atrás da qual estavam abaixados e pegou a adaga.

— Posso ajudar a tirá-lo de lá, pelo menos.

Antes que Kylan conseguisse impedir, ela pulou, abrindo as asas só o suficiente para amortecer a queda, e aterrissou entre Rian e o chifrudo verde. A criatura bateu com os cascos na terra de novo, balançando a cabeça e quase acertando os dois Gelflings que estavam diante dele.

— Não preciso de ajuda! — gritou Rian. Depois viu suas roupas, a pele verde e os cabelos escuros. — Espere, você é...

— Vamos deixar as apresentações para depois!

Naia e Rian saltaram um para cada lado do chifrudo, que já atacava. Diferentemente dos animais enlouquecidos e ferozes que Kylan vira antes, aquele não investia às cegas. Quando viu Naia, a criatura parou antes de abaixar os chifres, quase como se a reconhecesse, bufou e bateu com as patas no chão, deslocando pedras e raízes.

— Saia daqui — ordenou Naia. — Enquanto tenho a atenção dele!

— Já falei que não preciso de sua ajuda! — respondeu Rian, embora aproveitasse a oportunidade para chegar mais perto da lança. — Esse é diferente dos outros. Não sei como, mas é!

Kylan sentia dor na ponta dos dedos, tamanha força com que se agarrava à pedra diante de si. Naia se movia com firmeza, atraindo o olhar vermelho do chifrudo para longe de Rian. Se descesse para ajudá-la, ele só acabaria atrapalhando. Os dedos tocaram a corda de sua boleadeira e ele a puxou da cintura.

— Sei que agora está dominado pela escuridão — falou Naia para a besta, enquanto estendia a mão desarmada. — Mas, por favor, lembre-se! Lembre-se do que era antes!

Rian conseguiu recuperar a lança e, parando apenas para apontar, arremessou-a contra o animal. Ela penetrou no flanco exposto, mas a criatura mal reagiu. Estava focada em Naia e, com um movimento estrondoso dos cascos, atacou. Os chifres eram tão largos, e estavam tão próximos, que Naia não poderia escapar a tempo. Rian deu um grito desesperado, e Kylan arremessou sua boleadeira. Acertou o alvo por pouco, mas a boleadeira quicou nas costas do chifrudo como uma pedrinha.

Naia não precisava de ninguém para salvá-la. Quando o animal se aproximou, ela saltou e agarrou um dos chifres que se aproximavam de seu corpo. Ficou agarrada a ele, os olhos teimosos brilhando com determinação enquanto o chifrudo uivava furioso. Kylan respirou aliviado, mas em seguida voltou a prender a respiração. O chifrudo era esperto, mesmo com raiva, e em vez de se perder na confusão, mudou sua tática de ataque. Viu uma árvore e correu para ela, mirando com a cabeça conforme se aproximava do tronco. Se Naia caísse no chão, seria pisoteada; se não saísse de onde estava, logo seria esmagada entre o chifre e o tronco da árvore.

— Naia! — gritou Kylan, porque era a única coisa que ainda podia fazer. — Naia, depressa!

Ela escalou o chifre da besta enquanto os outros assistiam a tudo. Tinha percorrido quase toda a extensão até a cabeça do animal, quando as sandálias escorregaram sobre o osso liso. Ela quase caiu, pendurada no chifre espiralado que se sacudia no ar a caminho da árvore, e do choque, que seria seu fim.

Algo escuro e serpenteante saiu do meio dos cabelos de Naia e mergulhou na crina grossa e verde na nuca do chifrudo. Assustado, o animal parou. Em vez de se chocar contra a árvore com toda a força, só a ponta do chifre raspou na casca de leve, desequilibrando o animal. Naya gritou e se soltou, sendo arremessada com força para o mato. Kylan acompanhou junto com ela a criatura cambalear, quase cair, depois urrar e empinar as patas da frente.

— Um muski? — perguntou Mythra, com os olhos arregalados.

A enguia negra que tinha socorrido Naia aparecia e sumia no meio do pelo do chifrudo, como uma cobra-d'água pulando as ondas do mar. O chifrudo se jogou contra a árvore, tentando esmagar a pequena enguia voadora, mas Neech era muito ágil. Naia e Rian se reagruparam e prepararam as armas, pois sabiam que era só uma questão de tempo até a distração causada por Neech se esgotar. Os dentinhos da enguia, por mais afiados que fossem, nunca penetrariam a couraça grossa do chifrudo.

Quando Naia e Rian estavam prontos para atacar novamente, o chifrudo parou de se debater. Os gritos e uivos cessaram, e o silêncio caiu sobre a clareira quando os joelhos da grande criatura tremeram e se dobraram. Então, ela caiu e fechou os olhos vermelhos. No começo, Kylan pensou que estivesse morta, mas, quando Neech apareceu em meio a sua crina, ele viu um lado do corpo do animal subindo e descendo. Estava inconsciente. Ele e Mythra desceram pelas pedras para encontrar os outros dois.

— O que aconteceu? — perguntou Kylan.

Naia limpou a testa e jogou o cabelo para trás dos ombros.

— Não sei. Talvez ele tenha ouvido minha súplica, mesmo sem o elo de sonhos, e saído da escuridão... Só posso esperar que tenha sido isso. Ah, Neech. Outra vez me salvou. Achou um lanchinho aí?

A enguia voadora flutuou no ar e pousou no ombro de Naia. Uma perna negra de artrópode se projetava da boca de fuinha da enguia, ainda se contorcendo. Kylan não queria saber quantos outros insetos moravam no pelo grosso do chifrudo. Com um último ruído alto, Neech terminou de engolir seu prêmio pela vitória.

— Você é Naia. Irmã gêmea de Gurjin.

A voz dura era de Rian, que contornava o corpo adormecido do chifrudo. Ele era alto para um Gelfling, tinha pele morena e olhos escuros. Os cabelos castanho-escuros e abundantes estavam despenteados e embaraçados, com uma única mecha azul acima do olho direito. Seu rosto era jovem e bondoso, embora os olhos estivessem cansados e os lábios se comprimissem em uma linha de exaustão.

— E você é Rian — respondeu Naia.

Tinham ouvido o nome dele com muita frequência, desde que começaram a jornada. Na verdade, muitas vezes o nome era praticamente tudo que tinham como orientação. Encontrá-lo em pessoa parecera impossível, mas estava acontecendo.

— Outro chifrudo encantado! Eles cavam onde os veios de Cristal estão enterrados, e são estúpidos demais para desviar o olhar quando os veem.

— Ele com certeza estava encantado, mas senti alguma coisa diferente — disse Kylan.

Naia concordou.

— Estava determinado. Como se reconhecesse Rian e eu...

Rian observou o chifrudo adormecido e franziu a testa.

— Se você viu as criaturas encantadas, então a escuridão está se espalhando. Talvez também esteja mudando. Na última estação, nós a vimos pela primeira vez na Floresta.

Nesse ritmo, não vai demorar muito para toda Thra estar olhando para as sombras e se voltando contra si mesma.

Rian afastou esse pensamento e foi puxar a lança do corpo do pobre chifrudo. Mythra subiu no animal com um chumaço de musgo da floresta, que usou para fechar o ferimento sangrento, enquanto Rian saltava para o chão.

— Você é igual ao Gurjin... ele também veio?

— Não conseguiu fugir — falou Naia com tom neutro, como se quisesse dar a notícia triste o mais depressa possível e encerrar o assunto. Talvez fosse melhor assim. Kylan não sabia o que dizer sobre isso, e imaginava que Rian se sentiria ainda mais perdido se prolongassem essa conversa. — Esse é Kylan, um contador de canções do clã Spriton. Estamos aqui para...

Ninguém queria dizer o que precisava ser dito, embora fosse essa a razão para se encontrarem ali de maneira tão sigilosa. O motivo para Gurjin e a princesa Vapra, que também os havia ajudado, não estarem ali com eles. Kylan mordeu o lábio, engolindo os sentimentos de pesar pelos amigos que não haviam escapado.

— Estamos aqui para decidir o que fazer com os Skeksis!

A voz forte vinha de cima. Mythra terminou de fazer o curativo no ferimento do chifrudo e desceu. Ela empurrou Rian e Naia para perto um do outro, perto o bastante para que pudessem trocar um aperto de mãos.

— Vocês dois deveriam fazer um elo de sonhos. Assim poderíamos criar um plano.

As orelhas de Rian baixaram um pouco enquanto ele limpava a palma da mão na túnica, preparando-se para o cumprimento. Depois a estendeu, nem ansioso nem relutante.

— Ela tem razão. É o jeito mais rápido.

Kylan observava Naia e sentia um impulso de proteção. Se ela não se sentia bem o suficiente para fazer um elo de sonhos com o chifrudo, seria seguro abrir seu coração para outro Gelfling, compartilhar o que a tinha entristecido tanto? Eles ouviram o nome de Rian muitas vezes e o procuraram durante dias, mas ele ainda era um estranho. Um aliado, porém não um amigo.

Quando Naia olhou para Kylan com ar hesitante, ele não esperou mais nada. Deu um passo à frente e estendeu a própria mão.

— Naia agora está sofrendo muito — disse. — Mas eu estava lá, e ela me contou o que viu. Não posso dar as lembranças dela, mas posso dar as minhas e o que lembro do que ela me contou.

— Muito bem — aceitou Rian.

Ele não parecia se importar muito, era todo ação e pouca emoção. Kylan lembrou que Rian havia enfrentado as próprias provações desde que escapara dos Skeksis, provações das quais, provavelmente, ele agora seria testemunha.

Kylan se preparou. Eles deram as mãos, e o elo de sonhos começou.

CAPÍTULO 2

Fazer um elo de sonhos era como mergulhar em uma piscina sem conhecer a profundidade da água ou o que poderia haver lá embaixo. A princípio Kylan permaneceu na superfície, observando as lembranças de Rian e ciente, ao mesmo tempo, de que Rian podia ver as dele. Era sempre desorientador no início, essa experiência de fazer um elo de sonhos com alguém pela primeira vez. Mesmo quando concordavam com o elo, ainda havia muitos pensamentos e visões, barreiras de proteção e ondas de desconfiança.

Depois de um momento, as ondas se acalmaram, e Rian começou a projetar. Sua voz interior soava distante e, ao mesmo tempo, parecia estar dentro da cabeça de Kylan.

Eu era um soldado, como meu pai...

A imagem nítida que surgiu primeiro foi a do Castelo do Cristal, imponente e magnífico, erguendo-se sobre a Floresta Sombria como uma garra e uma coroa. A lembrança que Rian tinha do castelo era forte e detalhada. Ele conhecia cada cômodo espaçoso e aposento majestoso, tinha percorrido e patrulhado cada passagem em espiral. O único espaço que não vira era o pavilhão central, proibido para os guardas e criados Gelflings. Só os Lordes Skeksis, os guardiães predatórios do castelo, sempre cobertos por seus mantos de veludo, tinham permissão para entrar naquele lugar. Lá, eles e somente eles comungavam com o Coração de Thra – o coração do mundo. Depois de ouvir a canção de Thra, eles registraram sua letra em tomos e enviaram ordens para a maudra de cada clã Gelfling. Assim, a vontade de Thra foi transmitida.

Ou parecia ser. Kylan já conhecia o terrível segredo guardado pelos Skeksis. Tinha visto evidências dele, tanto pessoalmente como no elo de sonhos com Naia depois do pesadelo ao qual sobreviveram. Agora esperava vê-lo como Rian o tinha visto.

Nossos amigos desapareceram um a um. Quando perguntamos aos Skeksis, eles não prestaram atenção. Depois chamaram Mira...

Kylan viu o lampejo de uma menina Gelfling toda cheia de trejeitos e histórias exageradas. Rian andava ao lado dela, voltando ao castelo depois de uma noite patrulhando o bosque que fazia fronteira com a propriedade. Na mão de Rian, escondida no manto do uniforme, havia uma brilhante campânula. Ele daria a flor a Mira quando dessem boa-noite um ao outro. Diria a ela que, apesar de terem estado trabalhando, fora uma noite agradável, e talvez pudessem passar mais tempo juntos em alguma outra noite...

Dois Skeksis esperavam no castelo, o enfeitado Chamberlain e o Cientista, Lorde skekTek, uma criatura astuta e forte com um olho de metal e vidro. Eles cercaram Mira, e o Chamberlain requisitou a presença dela para assuntos oficiais.

— Vapra, é você? Ah, sim, adorável Prateada... venha receber ordens...

O Skeksis com o olho mecânico apontou um dedo de garra para Rian.

— Recolha-se, guarda.

Kylan sentia a lembrança de Rian mais do que a via: raiva, medo, aflição. Ele sabia que deveria confiar nos lordes, ou no mínimo obedecer a eles, mas sua intuição dizia que havia algo errado. Impulsivo, Rian os seguiu, sabendo que se fosse pego poderia ser dispensado, mas, se seu instinto estivesse certo, Mira poderia estar em perigo.

E estava. A lembrança era uma enxurrada de fragmentos desorganizados de sons e imagens: o avanço de Rian pelo castelo, os ecos das risadas dos Skeksis, insuportáveis de tão estridentes. As perguntas de Mira, que começaram calmas, mas foram ficando assustadas. Acima de tudo isso, Kylan ouvia a recordação de um ruído específico, como se uma enorme peça de arquitetura fosse transportada sobre centenas de engrenagens e rodas.

Nesse ponto a visão ficou clara e dolorosa. Rian conseguiu encontrar o aposento para onde os Skeksis tinham levado Mira. O laboratório do Cientista Skeksis, no fundo das entranhas do castelo. A porta estava encostada, dava para ver só uma fresta de vermelho-violeta intenso na sala escura. A voz de Mira agora era fraca, apenas gemidos e choro, e Rian espiou pela fresta da porta. Ele a viu amarrada a uma cadeira, de frente para um painel na parede de pedra. O Cientista, skekTek, estava em pé próximo ao painel, com as garras sobre uma alavanca. O barulho do maquinário ficou mais alto, e o painel se abriu para deixar passar uma luz vermelha e intensa que inundou a sala.

— *Olhe para a luz, sim, Gelfling* — disse skekTek.

Ele tocou outra alavanca e a moveu, revelando outra parte do equipamento: um refletor suspenso sobre a caverna de fogo além da parede. Mira começou a gritar por socorro, debatendo-se contra as amarras. Rian quase invadiu a sala, mas skekTek girou o refletor, dirigindo um raio de luz ofuscante para o rosto de Mira. No instante em que olhou para a luz, ela ficou imóvel.

Kylan sentiu a lembrança enfraquecer quando Rian perdeu o foco.

Está tudo bem, disse. *Não precisa me mostrar mais nada. Eu entendo...*

Não, Rian respondeu. *É importante. Você precisa ver isso. Precisa ver como os Skeksis são realmente terríveis.*

Kylan viu pelos olhos de Rian quando os membros de Mira ficaram imóveis. Sua pele empalideceu e secou, os cabelos ficaram ásperos e quebradiços, como se a força da vida fosse sugada de seu corpo. Enquanto ela morria lentamente e seus olhos perdiam o brilho e o foco, outra máquina entrou em ação. Uma fileira de tubos que vibravam, cada um deles se enchendo devagar de um líquido cintilante. A substância era translúcida, azul, quase como cristal líquido, e passava devagar pelos canos até encher, gota a gota, um frasco de vidro.

O pior aconteceu em seguida. O Cientista Skeksis pegou o frasco cheio. Cheirou o conteúdo e suspirou satisfeito; depois, para horror de Kylan, despejou o líquido na boca e engoliu o golinho repugnante. Quando as gotas tocaram sua língua, uma luz brilhou em seus olhos e os limpou do véu do envelhecimento. As rugas e deformidades no rosto e no bico deteriorados desapareceram, os cabelos em sua cabeça ficaram mais grossos e ganharam um novo brilho. A força vital de Mira agora era dele, sua juventude fluía pelas veias velhas e decadentes do Skeksis.

Sua vliya, disse Rian. *Como se fosse vinho.*

Kylan se arrepiou. Naia contara isso a ele, mas ver tudo com clareza nas memórias de Rian era horrivelmente diferente. Ele foi invadido pelo alívio quando a visão se dissipou.

Sinto muito por Mira, disse.

Eu também, respondeu Rian. Mas o pesar dera lugar a coragem e propósito, aparentemente, e ele continuou: *Agora, conte-me sua parte e a de Naia na história. Conte como vieram se juntar a mim na luta contra os Skeksis, que jogaram o restante de nosso povo contra mim, acusando-me de ser um traidor e mentiroso.*

Kylan assumiu o controle do elo de sonhos, lembrando o que sabia sobre a jornada de Naia. Tinha que falar por ela também, não só por si mesmo. Embora tivessem feito o elo de sonhos juntos durante suas viagens, e ela houvesse compartilhado com ele a história sobre como saíra de casa e seguira para o norte, era impossível fazer um elo de sonhos com as lembranças de outra pessoa. Em vez disso, teria que contá-las, por isso foi breve e objetivo.

Tavra, uma das filhas da Maudra-Mor, chegou ao povoado de Naia procurando você e Gurjin. Quando Tavra não encontrou Gurjin nesse vilarejo, Naia partiu rumo a Ha'rar para defender a honra do irmão. Eu a conheci ao norte de Sog, quando ela passou pelas planícies de Spriton.

Kylan lembrou-se do dia em que Naia chegara a seu povoado, sabendo que, quando invocasse a lembrança, Rian também a veria. Ele se lembrou do encanto distante de Naia, e de como ela havia relutado em fazer amizades, mas Kylan gostara disso. Vira o próprio retraimento refletido nela. Podia não ter significado muito para ela, mas, para Kylan, esse fora o começo da jornada que o levara até ali, que o fazia compartilhar esse elo de sonhos com Rian e lutar contra os Skeksis

As terras estão se cobrindo de escuridão, disse ele para Rian. *Vimos as criaturas encantadas, enlouquecidas com uma doença que vem de olhar dentro da terra. Até as árvores na Floresta Sombria estão doentes.*

Ele mostrou a Rian a noite em que tinham se perdido na floresta. Kylan ficara de guarda enquanto Naia fazia o elo de sonhos com a Árvore-Berço, tentando acalmar sua loucura. Ela havia curado a árvore, mas não aplacara a escuridão. Aquelas sombras tinham nascido em outro lugar.

No fim, fomos ao castelo...

Fora lá que ele descobrira que os Lordes Skeksis os haviam traído. Que tinham capturado Tavra, a nobre filha da Maudra-Mor, e a haviam colocado diante do refletor no laboratório do Cientista. Que o próprio Cristal era a fonte da escuridão, e que os Skeksis eram os responsáveis por tudo aquilo.

E Gurjin?, perguntou Rian.

A pergunta trouxe apenas uma recordação à mente: o aterrorizante Lorde skekMal caçando-os na floresta, perseguindo-os como uma tempestade de sombras com olhos brilhantes de fogo. Isso era tudo que Kylan tinha visto, e por isso foi aí que o elo de sonhos acabou.

Kylan cruzou os braços. Seus sentidos retornavam à realidade, mas não foi imediato, como não era possível ficar seco imediatamente depois de sair de uma piscina. Naia estava sentada sobre uma área de musgo, esperando atenta ao lado do chifrudo adormecido, enquanto Mythra comia um gordo pêssego-bolinha que havia tirado da bolsa de viagem.

— Ele se sacrificou, assim como Tavra, para que pudéssemos encontrar você e alertar o resto de nosso povo — falou Kylan.

Kylan observava o rosto de Rian, tentando deduzir o que acontecia na cabeça do soldado. Ver a lembrança tinha sido difícil, e ele não conseguia imaginar como fora revivê-la. Rian balançou a cabeça, as sobrancelhas grossas eternamente franzidas.

— Gurjin morreu orgulhoso como sempre. Não vamos desperdiçar seu esforço. Nem o de Tavra, nem o de Mira. Os Skeksis vão pagar pelo que fizeram. Nem que eu me encarregue disso sozinho, se for preciso.

— Não será. Gurjin é... era... *meu* irmão — disse Naia. — Se alguém vai ensinar aos Skeksis o que o sacrifício de Gurjin significou, esse alguém sou eu.

— Você? Que não viveu nem um dia no castelo?

— Vivi muitos dias em outros lugares.

— Os Skeksis esmagariam você em um segundo! Eu vou fazer isso sozinho.

— Pare com isso! — Mythra o censurou, deixando cair da boca um pedaço de fruta. — Rian sempre tenta fazer tudo sozinho. Veja no que isso deu até agora, meu irmão!

Rian bufou e soprou a franja desgrenhada para longe do rosto.

— Faço isso por você. E por Timtri, e por nossa mãe. Sempre fiz e vou continuar fazendo as coisas sozinho, se isso puder salvar o povo Gelfling. Não preciso da ajuda de mais ninguém.

Naia revirou os olhos com tanta intensidade, que sua cabeça inteira se moveu. Kylan não conseguia decidir o que pensava sobre o soldado Stonewood. Ele era corajoso, com certeza, e disposto a agir, mas tinha uma ousadia que quase acabara com ele. Seguir o Cientista Skeksis até as profundezas do castelo poderia ter sido seu último ato, mas ele conseguira escapar e viver para contar a história. Ou sua coragem estava sendo recompensada, ou ele tinha muita sorte.

Mythra terminou de comer o pêssego-bolinha e jogou o caroço no irmão, que se esquivou com habilidade.

— Falando em minha mãe, ela quer convidar todos vocês para jantar, como costumávamos fazer antes de Rian ir embora para trabalhar no castelo.

— Eu deveria ficar aqui na floresta — respondeu Rian. — Sou um traidor, lembra?

— A mãe disse que é importante você ir para casa. Ela saiu cedo hoje de manhã para colher seus merkeeps favoritos. Ela quer agradecer a Naia e Kylan por acreditarem em você. Ir jantar em casa é o mínimo que você pode fazer para demonstrar alguma gratidão, já que não parece muito interessado em agradecer diretamente a eles.

Rian sentiu o golpe.

— Não sou ingrato. Só não quero ver mais ninguém se machucar. Depois do que vocês fizeram e viram, talvez queiram pensar na possibilidade de se esconderem também.

O aviso era muito prático. Não fazia diferença se eram inocentes. As acusações dos Skeksis eram mais importantes que a verdade.

Mythra sufocou uma risada amarga. Ela pulou de onde estava sentada e seguiu pela trilha em direção a Pedra-na-Floresta.

— Só não se atrase para o jantar.

CAPÍTULO 3

Depois que Mythra deixou os três, o silêncio na clareira tornou-se quase completo, interrompido apenas pelo canto dos pássaros além da linha das árvores.

Kylan não sabia o que fazer ou dizer. O problema que tinham em mãos era imenso, quase grande demais para ser analisado. Como poderiam derrotar os Skeksis, que eram senhores entre os Gelflings e comandavam o Castelo do Cristal? Os Gelflings eram pacíficos e se dividiam em sete clãs espalhados por um grande território. Alguns clãs viviam tão isolados que Kylan só os conhecia por canções.

Por outro lado, os Skeksis eram poucos e concentrados. Controlavam o Coração de Thra, e por isso a palavra deles era a lei.

Kylan tinha esperança de que Naia ou Rian iniciassem a conversa que precisavam ter, mas ambos eram teimosos demais e estavam perdidos nos próprios pensamentos. Cabia a Kylan, portanto, abordar o assunto com a maior delicadeza possível.

— O que acham que devemos fazer?

— Temos que contar para a Maudra-Mor — respondeu Rian imediatamente, como se a resposta fosse tão óbvia que a pergunta nem fosse necessária. — Parto para Ha'rar em breve. Tenho um frasco da essência pavorosa. Se eu conseguir chegar a Ha'rar e mostrar a substância para a Maudra-Mor e sua corte, eles saberão que digo a verdade.

— Já tentou falar com sua maudra primeiro? — perguntou Kylan. — A jornada para Ha'rar é longa, e você não sabe se a Maudra-Mor vai acreditar em seu relato. Mas é dever de sua maudra cuidar do clã. Talvez ela o surpreenda...

O soldado balançou a cabeça e baixou a voz, quase como se falasse sozinho.

— Antes eu pensava que contar para todo mundo, para o maior número possível de Gelflings, fosse a solução. Tentei fazer isso quando saí do castelo. Procurei as pessoas que eu conhecia antes... mas os Skeksis jogaram todos contra mim. Mandaram meu próprio pai atrás de mim. Se eu contar para a Maudra Fara e ela ficar do lado dos Skeksis, minha família vai correr perigo. Se a Maudra-Mor não me ajudar, ao menos saberei que fiz tudo o que podia.

Naia socou uma porção de terra a seu lado.

— Nem todos estão contra você! Estamos aqui. E vamos com você. Por mais que queira ir sozinho. Já vi o Coração de Thra encantado e o que aconteceu com Tavra depois que a puseram diante do espelho de cristal.

— Naia tem razão — concordou Kylan. — Estamos juntos nisso.

Kylan sabia que Rian estava calculando as vantagens de levá-los consigo. Talvez preferisse Gurjin como seu companheiro de viagem, mas essa opção não existia mais. Três Gelflings contando a mesma história eram melhores que um contando sozinho. Rian jogou o cabelo e bufou.

— Vocês vão me fazer perder tempo. Eu parto em dois dias...

— Vai ver sua mãe hoje à noite? — Naia o interrompeu.

As bochechas de Rian ficaram vermelhas. Ele cruzou os braços e resmungou:

— É claro que sim. Esse é o único motivo para eu estar aqui.

— Então pode aproveitar hoje à noite para nos contar os detalhes de sua partida. Até lá, vamos deixar você em paz com seus gloriosos problemas.

Naia guardou a adaga na bainha para enfatizar a declaração e seguiu pelo mesmo caminho por onde Mythra tinha ido. Ela não era do tipo que abrandava os sentimentos com palavras, e Rian não se comportava de um jeito muito acessível. Kylan se despediu dele com um aceno meio desconfortável e seguiu a amiga.

— Ele é encantador, não é? — falou Naia quando Kylan a alcançou.

— Tenho certeza de que viu coisas que o transformaram.

— Assim como nós. — Ela suspirou. — Pelo menos vamos ter alguém que conhece o caminho para Ha'rar. Tavra me mostrou o caminho em elo de sonhos, mas era uma rota direta. Acho que ela não esperava que isso tudo acontecesse. Agora temos que chegar lá sem ser encontrados pelos Skeksis.

Kylan concordou, embora invejasse Naia por ter recebido a lembrança por elo de sonhos. Tudo que ele tinha eram canções antigas que cantavam o caminho para a lendária capital Gelfling.

Pedra-na-Floresta emergia do bosque exuberante diante deles, uma formação elevada em forma de lua crescente composta por pedras de todos os tamanhos. Era como se um gigante tivesse empilhado vários topos de montanhas e deixado-os ali para se fundirem com o tempo. Aninhadas entre as pedras e árvores havia dezenas, senão centenas de cabanas Gelflings, todas ligadas por estreitos caminhos e escadas. Algumas cabanas eram de pedra, outras de madeira, entre os galhos e troncos das imensas árvores que cresciam nos espaços em meio às rochas.

Na base da formação montanhosa havia um lago transparente cuja superfície calma refletia o obelisco de pedra que era como uma sentinela no cume da colina. Era aquela peça central impressionante que dava nome ao vilarejo.

Eles pararam para descansar, embora a subida não tivesse sido especialmente difícil. Tiveram muitos dias difíceis no passado recente, por isso, qualquer chance de desfrutar da brisa era um presente, mesmo que fosse por pouco tempo. Kylan sentou-se na pedra ao lado da amiga e olhou para o povoado lá embaixo. Parecia muito tranquilo. Aquelas pessoas não sabiam o que estava acontecendo fora de seu território na Floresta Sombria. A inevitável revelação da verdade seria difícil. O vento soprava na floresta, e o som das folhas balançando era como o de mil vozes cantando.

Naia apoiou o queixo nos punhos fechados.

— Obrigada, aliás. Por ter feito o elo de sonhos com Rian no meu lugar. Eu teria feito isso, se fosse preciso, mas...

Ela não concluiu a frase, e Kylan sentiu um arrepio, apesar de o vento não ser frio. As lembranças-sonho de Rian eram suficientes para deixá-lo gelado. Era compreensível que o soldado fosse tão arisco, depois de tudo que tinha passado. Kylan pensou em contar para Naia a história que Rian compartilhara, mas decidiu que, por ora, era melhor não falar nada. Ela já tinha preocupações demais, e teriam tempo para falar sobre tudo isso durante a viagem que se aproximava. Por enquanto, queria que ela descansasse.

— Não foi nada — respondeu. — É para isso que servem os amigos.

— Sabe, Kylan... você se ofereceu para continuar sem mim, para eu poder voltar a Sog e ver minha família. Que tipo de amiga eu seria se não retribuísse a oferta? Você pode ficar em Pedra-na-Floresta. No lendário lar de Jarra-Jen. Não foi para isso que saiu de Sami Matagal?

Sim, tinha sido por isso, mas a ideia agora parecia boba. Kylan falhara em todos os aspectos de ser um Spriton, exceto nos estudos sobre gravação de sonhos com a Maudra Mera. Achava que fugir poderia servir para encontrar um propósito em Pedra-na-Floresta... mas, agora que estava ali, não sentia nenhuma mudança. Jarra-Jen vivera havia centenas de trines, talvez antes mesmo de os Skeksis terem assumido o controle do Coração de Thra. Kylan se perguntava até se Jarra-Jen teria sabido como agir, caso descobrisse o que os Skeksis tinham feito com a terra de Thra e seus Gelflings.

— Quando conheci você, lá em Sami Matagal, eu não tinha nada além daquelas histórias para contar — falou Kylan, pondo-se de pé. — A sabedoria delas poderia ter nos ajudado no passado, mas agora temos nossos próprios vilões para derrotar. O Caçador... skekMal. Ele ainda está por aí, e conhece nosso rosto. Todos eles conhecem, e virão atrás de nós. Seria irresponsável me esconder em contos de fada agora, e é claro que não vou deixar você lutar sozinha contra eles.

— Eu não estaria sozinha — lembrou Naia. — Estaria com Rian!

Kylan olhou para ela e viu o sorriso, e os dois riram baixinho da ideia. Naia seguiu a direção do olhar do amigo, viu o marco central sobre o povoado e perguntou:

— Quer ir dar uma olhada?

Kylan queria mais que tudo, mas esse era um luxo que não podia se permitir. A pedra sobre a elevação era o lugar onde as histórias de Jarra-Jen e muitas outras estavam inscritas.

— Não sei... temos preocupações mais importantes. Assim que resolvermos essa questão com os Skeksis, e assim que a Maudra-Mor assumir o comando, eu volto e faço toda exploração e leitura que quiser.

— Venha, vamos dar uma olhada. Temos o resto do dia livre.

Naia ficou em pé e se espreguiçou, quase desalojando Neech, depois pendurou o saco de viagem no ombro. A bolsa pertencera ao pai dela, para ser usada em contato com as costas como uma mochila, mas desde que suas asas se desenvolveram, ela passara a carregá-la pendurada no ombro. Era uma bolsa masculina, e logo teria que ser trocada por algo que acomodasse suas novas asas, principalmente se quisessem ir a qualquer lugar além de Pedra-na-Floresta.

— Só porque estamos sendo caçados pelos Skeksis e o mundo está desmoronando não significa que você não pode fazer algo legal para si mesmo.

Era um comentário irônico, mas ela sorriu, e Kylan soube que sua intenção era boa. A pedra sobre a elevação o atraía e, quando olhou para lá, ele quase conseguiu ouvir os sussurros das canções que estavam gravadas nela. Assim, com toda a cautela, ele encontrou uma trilha ascendente em meio à floresta e começou a andar, seguido de perto por Naia.

CAPÍTULO 4

A subida era mais difícil do que parecia, e eles demoraram para chegar ao topo. As pedras que formavam a grande elevação se tornavam mais antigas e mais irregulares à medida que eles subiam. Quando finalmente chegaram à plataforma no cume e olharam para baixo, Pedra-na-Floresta era uma área minúscula e envolta pela floresta lá embaixo.

O obelisco central, na verdade, era só mais um de vários pilares parecidos, embora fosse o único grande o bastante para ser visto lá de baixo. Meia dúzia de pedras largas e cobertas de musgo o cercavam, todas gravadas com inscrições Gelflings, algumas também com pictografias e diagramas geométricos. Kylan se aproximou da grande pedra no centro e tocou-a, sentindo o musgo úmido que crescia nas marcas fundas que formavam as palavras.

— Sabe ler isso? — perguntou Naia. Ela, como a maioria dos Gelflings, não lia nem escrevia. A combinação das duas habilidades era um dos únicos talentos de Kylan, ensinado pela maudra de seu povoado na esperança de que um dia ele se tornasse alguma coisa.

— É a canção do nascimento de Pedra-na-Floresta — respondeu ele fascinado, traçando as palavras com o dedo. — *No ninet de verão e na Era da Inocência, aqui esteve a Maudra Ynid, a Cantora de Árvores, invocada por salgueiros, no centro da Floresta Sombria onde corre o Rio Negro. Ela desenhou no chão o formato dos sóis. Com a bênção da Árvore-Berço, pedras se multiplicaram da terra, nasceu Pedra-na-Floresta, e os Gelflings floresceram.*

Naia levantou as orelhas.

— Maudra Ynid! Já ouvi esse nome... Ela era irmã da Maudra Mesabi-Nara, que levou a raça Gelfling para o pântano de Sog. Que plantou a Grande Smerth, a árvore onde meu clã vive. Tem uma história semelhante escrita no cerne da Smerth.

— Também temos algo parecido em Sami Matagal — contou Kylan. — As Seis Irmãs que deixaram a margem norte e começaram os clãs Gelflings... Olha! Essa pedra tem uma história de Jarra-Jen!

Kylan foi de pedra em pedra, lendo as canções para Naia, que o seguia. Não sabia se as canções tinham algum interesse para ela, mas Naia ouvia mesmo assim. Uma delas era uma canção da Era da Harmonia, de um contador de canções chamado Gyr, que percorreu o mundo em busca da verdadeira canção de Thra. Outra pedra contava como a Mãe Aughra descera da Colina Alta e trouxera sabedoria para os Gelflings de Pedra-na-Floresta – sabedoria sobre as estações e as estrelas –, e ensinara a eles o formato dos três sóis de Thra. Conhecer a forma dos Irmãos e suas trajetórias nos céus permitiu que os Gelflings compreendessem os ninets, as maiores estações. Por sua vez, a compreensão das estações levou à compreensão mais ampla da terra, das colheitas e do ciclo da vida.

Só quando o céu ficou escuro demais para continuar lendo Kylan percebeu que passara o dia inteiro com as pedras na colina. Naia adormecera encostada em uma das rochas e roncava baixinho, e Neech corria entre as sombras, procurando insetos para o jantar.

Kylan tocou o ombro de Naia e sacudiu-a.

— Desculpe — disse ao vê-la acordada. — Não queria ocupar o dia todo com isso.

Ela bocejou e se espreguiçou.

— Você precisava ler. Eu precisava dormir.

— Bom, agora precisamos ir embora, ou vamos perder o jantar.

Eles viram o céu passar de cor de laranja a azul-escuro enquanto desciam a encosta apressados. As tochas se acenderam no povoado, uma a uma, e à medida que eles desciam era como se corressem para um mar de vagalumes. Em algum lugar, um músico tocava um alaúde, e a fogueira do vilarejo crepitava com as chamas dentro dele e as risadas dos Gelflings do lado de fora.

Por mais que a sugestão de Rian de se manterem afastados fosse desanimadora, Kylan e Naia evitaram a fogueira comunitária. Uma refeição com outras pessoas parecia uma ideia agradável, mas toda vez que Kylan olhava para os rostos pacíficos dos Stonewoods, só conseguia pensar em como esses mesmos rostos mudariam se soubessem o que ele sabia. No entanto, tinha consciência de que eles precisariam saber, e logo – ou a ignorância poderia matá-los.

— Eu quase me sinto culpada — Naia falou em voz baixa, sem dúvida pensando no mesmo assunto. — Como se a traição dos Skeksis fosse minha culpa. Como se, de algum jeito, nós fôssemos os culpados por como as coisas estão. Não quero contar a eles. Não quero que sintam medo.

— Naia! Kylan!

A voz animada vinha de baixo. Mythra saltitava pela subida íngreme e acenava.

— Achei vocês! Adivinhem? É hora do jantar. Minha mãe mandou chamar. Estão com fome? Espero que sim, porque ela fez muita comida. Venham!

Tão depressa quanto havia chegado, ela se afastou pulando de pedra em pedra, seguindo em direção à cabana onde Kylan e Naia tinham passado a noite anterior. Fumaça saía da chaminé, e as janelas estavam iluminadas pela luz do fogo. O estômago de Kylan roncou quando ele pensou no jantar, e eles correram atrás da jovem Stonewood.

CAPÍTULO 5

Dentro da cabana, a pequena lareira estava acesa e algumas lamparinas brilhavam nos parapeitos das janelas. A sala radiava calor e uma luz dourada. Rian estava sentado no chão perto da lareira e brincava com alguma coisa pequena e azul. Quando eles entraram, ele guardou o objeto no bolso e os olhou com uma sobrancelha levantada.

Mythra os recebeu com mais simpatia. Ela levou Kylan e Naia à cozinha, onde a mãe picava raízes de merkeep e cantarolava baixinho. Como muitas Gelflings Stonewoods, a mãe tinha cabelos escuros e longos, e suas asas delicadas eram marrons e vermelhas, com dois grandes círculos pretos acentuados por contornos em tons de laranja, dourado e castanho. Uma criança sentada no chão, perto dela, mordia a mão fechada.

— Essa é minha mãe, Shoni — disse Mythra. — E meu irmãozinho, Timtri.

Embora Kylan e Naia tivessem passado a noite naquela casa, a mãe e o irmão mais novo de Rian dormiam quando eles chegaram; e quando saíram naquela manhã era tão cedo que eles ainda não tinham acordado. Shoni deixou a faca de lado e contornou a mesa para segurar o rosto de Naia, depois o de Kylan. As mãos dela cheiravam a temperos e cenouras. Era um gesto afetuoso que Kylan tinha visto muitas mães fazerem, embora não conseguisse se lembrar muito da própria mãe, e certamente a Maudra Mera jamais fizera nada tão carinhoso com ele.

— Olá, meus queridos. É uma alegria enfim conhecer vocês. Por favor, sentem-se. Ignorem Rian, se ele os tratar com frieza. Rian! Pegue uma bebida para os nossos hóspedes, por favor.

— Eu pego, mãe — sugeriu Mythra, mas Shoni recusou a oferta com um gesto.

— Quero que Rian pegue. Vai fazer bem a ele.

Rian não protestou, embora não demonstrasse o menor cuidado ao servir a água de uma moringa em dois copos de argila, respingando o líquido. Ele estendeu um copo para Kylan e outro para Naia. Depois voltou ao seu lugar perto da lareira.

Kylan bebeu educadamente um pequeno gole de água, dando uma leve cotovelada em Naia para que ela também bebesse, em vez de ficar olhando para Rian com ar de desaprovação. A água era terrosa, como se tivesse sido tirada de um poço. Apesar de ter aprendido a apreciar o sabor da água de rio, a água de poço trazia lembranças de casa, e Kylan bebeu devagar para saborear o gosto o quanto pudesse.

— Precisa de alguma ajuda? — perguntou ele. Não era muito habilidoso no preparo da comida, mas tinha aprendido a assar praticamente qualquer coisa sobre uma fogueira de acampamento.

— Não, não. Está quase tudo pronto. Por favor, sentem-se.

Ela apontou a mesa, uma grande laje de pedra que subia diretamente do chão perto de uma das paredes. Kylan especulou qual das duas viera primeiro, a pedra ou a casa. Shoni pôs sobre a mesa três vasilhas com castanhas, pêssegos-bolinhas temperados e raízes picadas. Rian foi o último a se juntar a eles; acomodou-se ao lado de Mythra e concentrou-se em comer devagar uma porção modesta.

— Então. Pântano de Sog e Sami Matagal — disse Shoni. Ela serviu mais comida nos pratos de Naia e Kylan. Mythra não precisava de ajuda, embora fosse clara sua preferência pelo pêssego-bolinha temperado, que ela comia duas vezes mais que as castanhas ou raízes. — É uma viagem bem longa. Nunca fui para o sul além da Floresta Sombria. Demorou muito?

Naia lambeu os dedos antes de responder.

— Não muito. Levei alguns dias para chegar às planícies, mas fomos carregados por um Pernalta para Pedra-na-Floresta. Acho que teria demorado mais se viajássemos a pé.

— Eu imagino! Era o seu Pernalta, Kylan?

Shoni fez essa pergunta porque o Pernalta era a criatura símbolo dos Spritons. Apesar da dedução nada surpreendente, Kylan não conseguiu evitar um pequeno constrangimento quando balançou a cabeça.

— Não. Era de uma amiga nossa.

— Os Pernaltas dos Spritons são tão altos e rápidos quanto os que temos na Floresta Sombria? — perguntou Mythra. — Só montei uma vez em um filhote, e ele ainda nem ficava em pé direito. É tão divertido quanto parece? Galopar pelas planícies!

Kylan balançou a cabeça de novo. Não queria falar sobre sua breve experiência de montaria, que consistia basicamente em levar tombos, assustar o animal ou uma combinação das duas coisas. Galopar pelas planícies era uma das muitas tradições Spritons que Kylan tinha mais visto do que feito. Além de montar, havia o domínio da lança, o arremesso de boleadeira...

— Não sou muito bom de montaria — disse.

— Foi bom o bastante para conseguir guiar nosso animal — lembrou Naia. — Tem minha gratidão.

Rian já tinha terminado de comer, embora os outros ainda mal houvessem começado.

— E deve ser grata mesmo — disse ele. — Se não tivesse um Pernalta, certamente teria sido capturada pelos Skeksis.

— Rian! — Shoni o advertiu. — Agora não é hora. Não podemos saborear a refeição como uma família sem mencionar... isso?

— Não sei, mãe. Podemos dizer que somos uma família enquanto o pai...

— Chega.

Kylan apressou-se em enfiar um pedaço de fruta na boca, de modo a ocupar-se com algo enquanto o ar entre mãe e filho ficava mais carregado, mas Rian não insistiu no assunto. Shoni moveu as asas uma vez, encerrando a breve discussão, e voltou a dar atenção aos hóspedes.

— E você, Naia? Que tipos de esportes os Drenchens praticam?

Naia se animou com a oportunidade de falar sobre o clã.

— Ah! Fazemos campeonatos de boleadeira, e durante os festivais às vezes temos competições de dardos de pena. Quando eu era mais nova e brigava com minhas irmãs, minha mãe jogava pedras preciosas na parte mais profunda do pântano e nos fazia ir procurá-las antes que afundassem na lama. Se não conseguíssemos encontrar uma pedra, tínhamos que cumprir tarefas sob a Grande Smerth, tirar insetos das raízes e coisas do tipo. Ah, e no outono, quando os galhos ficam flexíveis, fazemos corridas de salto com vara. Até as crianças participam.

Kylan achou que o discurso beirava o exibicionismo, mas de um jeito encantador, e aceitou a mudança de assunto. Quanto mais longe a conversa estivesse dele, melhor. Ele empurrava a comida no prato enquanto ouvia Naia explicar os torneios de salto com vara para Mythra, que estava muito animada. Até Rian sacudiu uma orelha para ouvir.

— Gurjin me contou sobre os torneios de boleadeira — disse ele, e sua voz foi uma agradável surpresa para todos. — Ele me mostrou a boleadeira Drenchen. Tinha uma corda mais curta para dar mais impulso e para evitar que se enroscasse no pântano.

Naia concordou prontamente.

— Sim! Elas são mais pesadas, exigem mais força para pegar impulso, mas são muito melhores em Sog. Ou na floresta, imagino... Mas no campo acho que os Spritons têm resultados melhores com as cordas mais compridas e as pedras menores. Não é verdade, Kylan?

Kylan baixou um pouco os ombros. Apreciava a tentativa de incluí-lo na conversa, mas a verdade era que não sabia como uma corda mais curta ou mais comprida mudava o desempenho de uma boleadeira, ou se pedras maiores ou menores seriam melhores no campo ou na floresta. Não sabia e, em parte, não estava interessado em saber. Ele deu de ombros.

— Acho que sim — disse.

Sua contribuição foi tão pequena e rasa que quase apagou completamente a pequena chama de conversa. Naia estava preparada com palavras revigorantes.

— Kylan é um contador de canções e um gravador de sonhos. E muito bom, por sinal! Mesmo assim, ainda é capaz de arremessar uma boleadeira. Ele acertou skekMal, o Caçador, bem na cara.

De novo, Naia estava só tentando ajudar, mas para Kylan a declaração parecia mais uma tentativa de justificar sua falta de habilidades do que um elogio. Como se ser um contador de canções explicasse sua falta de aptidão atlética e como se sua única vitória em combate o redimisse.

— Hum! — murmurou Rian quase como uma aprovação. Depois acrescentou: — Eu adoraria acertar umas e outras na cara de skekMal. Um dia ainda vou fazer isso.

Mythra se levantou ao ouvir batidas na porta. Rian também ficou em pé, não por medo, mas por obrigação, e foi para o fundo da casa para não ser visto por quem estava lá fora. Assim que ele se afastou, Shoni acenou para Mythra abrir a porta.

Ali estava uma Gelfling mais velha vestida de azul e verde, com as asas em tons escuros de dourado e cor de vinho caídas sobre as costas como um manto. Pelas contas e enfeites trançados em seus cabelos escuros, Kylan deduziu quem deveria ser.

— Maudra Fara! — exclamou Shoni. — Boa noite... entre.

— Boa noite, Shoni. Pequena Mythra.

Kylan fingiu não ouvir Rian se refugiando ainda mais para o fundo da cabana, fechando com cuidado a cortina de um dos cômodos. A Maudra Fara entrou e fez um carinho rápido na cabeça de Mythra. Mas não era a criança ou a mãe dela que haviam trazido a maudra à casa. Ela olhou para Naia e Kylan e levou a mão ao interior da manga.

— Então, temos um Spriton aqui. Bem que eu pensei ter visto você na colina hoje à tarde. Seu nome é Kylan?

Ele se levantou ao ser interpelado pela Maudra Stonewood. Ela tirou um bilhete da manga.

— Sim, Maudra.

— Isto acabou de chegar de Sami Matagal. Antes que se anime... são más notícias.

Kylan sentiu o coração disparar. Ninguém falava, embora Naia tocasse seu ombro enquanto ele desenrolava e lia o pergaminho.

Para minhas irmãs maudras:
Tomem nota. Lordes skekLach e skekMal chegaram hoje cedo. Eles procuram um dos meus, um fugitivo chamado Kylan. Dizem que é um traidor. Quando não o encontraram, levaram outros três como garantia. Se souberem do paradeiro de Kylan, mandem-no para mim e eu me responsabilizarei por ele.
Pela canção de Thra,
Mera Costureira de Sonhos

— Eles foram à minha casa — falou Kylan com o rosto gelado de medo. — Levaram pessoas do meu povoado...

— Não é sua culpa — interrompeu Naia com firmeza, antes que ele presumisse que fosse. — Não estão nem tentando disfarçar! Não encontraram Kylan no povoado Spriton, então simplesmente levaram outros? Para quê? Para fazer um lanchinho na viagem?

— Você não deveria dizer essas coisas. — O aviso da Maudra Fara foi rápido, mas o tom urgente sugeria a Kylan que era mais uma questão de medo dos Skeksis do que de lealdade a eles. Ela fez uma careta, o rosto expressando uma mistura de responsabilidade e pesar.

Naia não desistiu.

— Você não pode acreditar que ele é um traidor — disse.

— Ele não é o primeiro a dizer isso.

A Maudra Fara encarou Naia, depois se virou como se ela não tivesse dito nada.

— Se Shoni o acolheu na casa dela, não vou trair sua hospitalidade esta noite. Mas os Skeksis estão a sua procura, e meu dever é com meu clã. Quando o sol nascer, você deve ter saído daqui. Vá encontrar sua maudra, ou não. Vá para qualquer lugar, mas saia daqui. Já tenho problemas demais com Rian desaparecido na floresta que compartilhamos com os Skeksis. Não posso arriscar ainda mais a segurança de meu povo. Por favor, entenda.

Kylan entendia as palavras, mas elas abriam um buraco em seu coração. Ele tentou lembrar que essa era a maudra do clã Stonewood, a mesma maudra em quem Rian não havia confiado para protegê-lo ao ser acusado de traição pelos Skeksis. Agora Kylan estava parado com o pergaminho na mão e a mesma sentença. Ela não era sua maudra, e essa não era sua casa. De certa forma, não estava surpreso. Se os Skeksis tivessem ido atrás de Naia quando ela estava em Sami Matagal, a Maudra Mera teria feito o mesmo com ela.

— Está tudo bem — falou Naia baixinho, afagando seu ombro. — Nós vamos embora.

A Maudra Fara tocou o rosto de Kylan.

— Lamento por seu povo. Mas isso é pelo bem maior.

A maudra saiu sem dizer mais nada, mas Kylan não sabia o que mais ela poderia ter dito. Era responsabilidade da maudra fazer o que era certo para o clã. E isso valia para todos os Gelflings. Porém, ser expulso tão repentinamente, e com tão pouca compaixão... Kylan jogou a mensagem da Maudra Mera no fogo e ficou vendo o pergaminho queimar. O material era encantado para resistir ao calor da gravação de sonhos, por isso demoraria para queimar, mas acabaria desaparecendo.

Depois que a Maudra Fara saiu, Rian voltou com as mãos fechadas, os dedos brancos pela força com que os contraía. Shoni acenou para Mythra e chamou-a para ajudar a limpar a mesa, deixando-os a sós. Kylan sentou-se perto da lareira. Naia estava em pé a seu lado, e Rian se juntou aos dois.

— Isso é ruim — falou Kylan em voz baixa.

Naia estava mais ofendida que preocupada.

— Eu simplesmente não acredito que sua maudra nos expulsou desse jeito!

— Eu acredito — declarou Rian. — Ela também teria me mandado embora, se soubesse que estou aqui. E não posso dizer que está errada. É dever dela fazer o que é melhor para todo o clã, não só para um ou dois, ou até três de nós... Os Skeksis vão acabar vindo aqui, e vão fazer o que for preciso para ameaçar os outros até que nos entreguem. As únicas coisas que podem nos salvar são ninguém saber de nosso paradeiro e encontrarmos a Maudra-Mor o mais depressa possível. Temos que fazer o que a Maudra Fara disse e ir embora. Hoje mesmo.

Kylan juntou as mãos para controlar o tremor. Não conseguia parar de pensar na mensagem da Maudra Mera. Quem os Skeksis tinham levado? Phaedra, o sapateiro do povoado? O pequeno Remi, que tocava o sino para marcar as horas? Eles estavam sendo levados para o Castelo do Cristal para ser drenados como todos os outros, ou skekMal os matara imediatamente, como fizera com os pais de Kylan? Deveriam tentar encontrar os dois lordes e resgatar os prisioneiros Spritons, ou seria perda de tempo? Kylan e Naia quase não conseguiram escapar com vida de um Skeksis, imagine de dois.

— Ir embora não é o suficiente — opinou Kylan. — Isso pode manter os Skeksis longe de Pedra-na-Floresta, mas e os outros povoados? Os outros clãs? Os Skeksis não vão deixar de nos perseguir agora que sabemos a verdade. A Maudra-Mor precisa saber, mas o restante de nosso povo também. Se a Maudra Mera ou meus amigos em Sami Matagal soubessem a verdade, talvez pudessem estar preparados quando skekMal chegou. Eles ainda não entendem o que aconteceu. Não era por isso que estava lutando desde o início, Rian? Por um jeito de contar a verdade?

— Sim. E o jeito mais rápido é contar à Maudra-Mor.

Kylan não queria dizer o que pensava. A Maudra Fara nem perguntara se ele tinha uma resposta para a acusação de traição. Ela sequer se incomodava com isso. Ele e Naia eram um risco para ela, assim como Rian, sendo ou não o que os Skeksis diziam que eram. Isso só provava o que Rian tinha falado na floresta: as pessoas não estavam interessadas em ouvir a verdade, especialmente quando ela era perigosa.

— Vamos contar para a Maudra-Mor — confirmou Naia. — Mas Kylan tem razão. O restante dos Gelflings também precisa saber. Se concentrarmos todos os esforços em encontrar a Maudra-Mor e esperar a decisão dela, muitos de nosso povo podem ser capturados pelos Skeksis enquanto isso não acontece. Precisamos encontrar um jeito mais rápido de espalhar a mensagem. Elo de sonhos, por exemplo.

Kylan segurou os próprios cotovelos e se abraçou.

— Mesmo com seus poderes, Naia... teríamos que dar as mãos para cada Gelfling vivo. Simplesmente não temos tempo para isso.

Ele odiava acabar com a ideia, mas era verdade. Os três ficaram quietos. Kylan esperava que Naia ou Rian pensassem em outro plano, porque, quando tentava fazer a cabeça trabalhar, tudo em que conseguia pensar era na mensagem da Maudra Mera.

— Sempre temos a opção do caminho para a Colina Alta.

Era a voz de Shoni; ela havia se juntado a eles depois de passarem um tempo em silêncio. Rian gemeu e balançou a cabeça.

— Não, mãe. Aughra não vai ajudar em nada.

O nome foi como um farol no escuro. Kylan tentou responder, sem saber se tinha escutado corretamente.

— Aughra? A... que tem três olhos? A Chifre Espiralado? Mãe Aughra?

Shoni assentiu.

— A casa dela fica perto de nosso bosque, mas poucos percorrem o caminho para ir visitá-la. E mesmo os que chegam lá, muitas vezes, não encontram as respostas que procuram... Alguns não encontram nada. Mas acho, levando em conta o pouco que temos, que qualquer migalha poderia trazer esperança.

Kylan não conseguia acreditar no tom casual de Shoni; ela falava de uma criatura de quem ele só ouvira falar por canções – canções tão antigas quanto os três sóis que cruzavam o céu todos os dias. Mãe Aughra, a mãe de três, como alguns a chamavam, ou a Maudra Thra. Ela estava presente na primeira conjunção, e na segunda. Tinha conhecido o mundo antes de os Gelflings sequer existirem, como contavam as canções. Mas Shoni falava de uma jornada até a casa dela como se sugerisse um passeio às montanhas na primavera.

— Ela é só uma bruxa maluca resmungando bobagens e enigmas — reclamou Rian.

— Você a conheceu? — perguntou Naia, tão surpresa quanto Kylan, mas mais pragmática, pensando em como as informações poderiam ter alguma utilidade para eles. — Então sabe chegar lá! Vamos perguntar a ela como podemos mandar nossa mensagem de alerta.

— Ela não vai ajudar! — Rian se irritou, erguendo a voz de repente. Quando Kylan e os outros ficaram em silêncio, ele tentou se acalmar. Mas seus dedos moviam-se inquietos e sua testa estava franzida. — Ela existe desde o começo dos tempos, e os anos corroeram sua mente. Não está interessada em nós. Nos Gelflings. Ela não vai ajudar, e não vou perder meu tempo com ela.

A irreverência dele era assustadora. Rian havia *conhecido* Aughra, mas a descrevia como uma maluca senil e delirante, cheia de superstições. Kylan daria qualquer coisa para estar em sua presença, ouvir qualquer palavra que ela pudesse lhe dizer. Se alguém sabia o que fazer com os Skeksis, esse alguém era Aughra!

— Escutem. Olhem.

Rian tirou do bolso o objeto que guardara mais cedo e mostrou-o a todos. Era um frasco de vidro fechado com uma rolha. Dentro dele havia um líquido azul e cintilante. O mesmo que Kylan tinha visto no elo de sonhos com Rian. Era vliya: essência de vida Gelfling engarrafada. Era lindo e grotesco ao mesmo tempo, e Rian guardou-a de volta no bolso antes que todos se sentissem mal com a visão.

— *Esse* é o jeito mais rápido de combater os Skeksis — disse ele. — É melhor usarmos nosso tempo para encontrar a Maudra-Mor e mostrar isso para ela antes que os Skeksis nos encontrem. Os enigmas da Aughra só vão desperdiçar nosso tempo. Prefiro apostar em Ha'rar e na Maudra-Mor.

Naia suspirou.

— Muitas coisas podem dar errado entre o momento em que sairmos daqui e Ha'rar! Não gosto da ideia de apostar tudo em um plano só.

— Ótimo. Já falei que quero ir sozinho — respondeu Rian.

— E eu já disse que vamos juntos!

— É melhor nos separarmos. — Naia, Rian e Shoni olharam para Kylan quando ele finalmente se manifestou. — Estão brigando por causa disso, mas os dois estão falando a mesma coisa. Se ficarmos todos juntos, vai ser mais fácil para os Skeksis encontrarem e capturarem todos nós ao mesmo tempo. Rian está certo, a Maudra-Mor precisa saber, e Naia tem razão, não devemos direcionar todo nosso esforço para uma ideia que pode não dar certo. Se pudermos pedir ajuda a Aughra, se ela nos sugerir um jeito de mandarmos uma mensagem para todos os Gelflings, talvez possamos salvar os outros. Temos que trabalhar juntos, mas separados.

Kylan deu de ombros, para caso eles não gostassem da ideia. Os dois eram líderes, e ele era um seguidor, mas nenhum deles estava analisando o cenário maior. Para sua surpresa, porém, a sugestão trouxe calma à sala. Naia assentiu para Kylan com um brilho de respeito nos olhos.

— É isso — disse ela. — Tudo resolvido. Rian vai para Ha'rar encontrar a Maudra-Mor. Kylan e eu vamos procurar a Mãe Aughra e pedir sua ajuda. Deve haver um jeito de avisar todos os Gelflings sobre os Skeksis, e vamos descobrir qual é. Talvez ela também saiba mais sobre os Skeksis. Vamos pôr um fim ao terror que eles espalham e garantir que o que fizeram em Sami Matagal nunca mais aconteça.

— Muito bem — falou Rian, mas sua energia tinha acabado. Ele gesticulou em uma reação pacífica. — Como quiserem. Não importa, tanto faz. Quando a Maudra-Mor vir o frasco, vai saber o que fazer.

— Pode mostrar onde fica o caminho para a Colina Alta, então? — pediu Naia com uma sobrancelha arqueada.

— Eu até acompanho vocês por uma parte dele, se isso servir para não me atrapalharem.

Naia aceitou a oferta, apesar da provocação. Ela olhou para Kylan, e sua confiança foi como um banho de água fresca do riacho no bosque.

— Quando devemos partir? — perguntou.

Embora Kylan não estivesse ansioso para trocar o calor da cabana de pedra pelo frio do bosque, sentia que essa era a atitude certa a tomar. Queria descansar, mas esse era um luxo para o qual teriam cada vez menos oportunidades. A ideia de que a Maudra Fara acreditava que estavam pondo em risco todos os Gelflings de Pedra-na-Floresta – junto com as ordens de que deveriam partir – roubava o calor da cabana de tal forma que ele não sentia mais nenhum conforto ali.

— Se é mais seguro para nós e para os Stonewoods — disse ele —, acho que devemos ir agora.

CAPÍTULO 6

Na calada da noite, eles andaram na companhia de Rian e Mythra até o limite de Pedra-na-Floresta. A luminosidade pálida do povoado quase não era mais visível por entre as árvores, e só uma fatia da rocha da encosta podia ser vista iluminada pelo luar.

— Tudo de bom! — desejou Mythra. — Quando eu for grande, vou encontrar vocês. Não tenho medo de nenhum Skeksis mentiroso!

Rian deu um empurrãozinho brincalhão na irmã e derrubou-a sentada no musgo. Ele viera preparado para a jornada, com sua bolsa presa às costas e um cajado na mão.

— Quando você for grande o bastante para não ser devorada de uma vez só. Aí pode ir comigo.

Era a primeira coisa bem-humorada que Kylan ouvia o soldado dizer, e era muito carinhoso. Mythra levantou depressa, abraçou o irmão e beijou seu rosto.

— Por favor, não morram — disse. — Nenhum de vocês!

— Vamos fazer o possível — respondeu Rian.

E os três deram as costas para ela e para o povoado, seguindo em direção ao bosque sem olhar para trás.

Falaram pouco na primeira parte da jornada para o norte. Os passos de Rian eram firmes, nunca hesitavam; Kylan o seguia, com Naia em seu encalço. Tinham assumido essa formação instintivamente, com o soldado na frente mostrando o caminho e a guerreira no fim da fila. Kylan era o contador de canções e ia no meio, dizendo a si mesmo que ajudava o grupo de algum jeito, mesmo que ainda não soubesse como.

Depois de um tempo andando, Kylan sentiu o medo inicial do desconhecido se dissipar. Seus passos esmagavam a vegetação rasteira e ele perdeu o senso de direção; confiava em Rian para indicar o caminho.

— Acho que os Skeksis estão fazendo isso há muito tempo — murmurou Kylan, mais para Naia do que para Rian, que virou as orelhas para escutar. — Você se lembra da noite em que chegou a Sami Matagal? Era a noite do censo, e Lorde skekLach e Lorde skekOk estavam lá. Eles faziam duas visitas por trine e registravam os números de nosso povo.

— Eles fazem o mesmo em Pedra-na-Floresta — contou Rian. — E ouvi dizer que em Ha'rar também. Provavelmente, também fazem isso ao longo da costa Sifa. Não fazem no pântano de Sog?

— Não. Eu nunca tinha visto um Skeksis antes de sair de Sog.

— Acha que fazem o censo como parte da... — Kylan engoliu, sem saber como chamar o que parecia ser um plano dos Skeksis.

— Colheita? — perguntou Rian sem rodeios. A palavra era horrível, mas Kylan não conseguia pensar em outra melhor. Tentava não pensar na mensagem da Maudra Mera e nos membros de seu clã que haviam sido levados.

Levados, disse a si mesmo. *Não colhidos... mas "levados" é mesmo melhor?*

Rian bateu em um arbusto com o cajado.

— Contamos as árvores de pêssegos-bolinhas toda primavera, e colhemos metade das flores para elas desabrocharem no verão. Assim sabemos que todas vão dar frutos, e quantos frutos serão. A Mãe Aughra ensinou essas coisas aos Gelflings há muito tempo, e fazemos a contagem e a colheita das flores todo ano desde a Era da Inocência... mas não percebemos que os Skeksis estavam fazendo o mesmo com nosso povo, diante de nossos olhos.

Naia falou:

— Você pensou muito nisso.

— Tive muito tempo para refletir.

— E os outros clãs? — perguntou Kylan em voz alta para ninguém em particular. — Os Dousans e os Grottans? Acham que os Skeksis mandam skekLach, o Tomador do Censo, para esses povoados também?

— Só tivemos um guarda Dousan no castelo, e nenhum das Cavernas de Grot. Ninguém sabe nem se ainda existe algum Grottan. Talvez os Skeksis tenham acabado com eles há muito tempo, e ninguém percebeu.

Era difícil dizer quanto da atitude deprimida de Rian era consequência do pesadelo que ele suportara. No elo de sonhos com ele, Kylan tinha visto um Rian diferente do soldado sério e revoltado que andava à sua frente agora. Tinha visto alguém que se orgulhava de seu trabalho de guarda, mas que também era sentimental. Apaixonado, na verdade, e vulnerável o suficiente para ser terrivelmente ferido pelo que aconteceu no Castelo do Cristal.

Ele sabia que não podia fazer nada por Mira. Nada, mas ao menos entendia por que Rian se comportava daquele jeito. Era trágico, mas Kylan via beleza naquilo. Como uma canção-de-lágrimas composta para cantar ao coração triste.

Talvez houvesse alguma coisa nisso. Havia bondade escondida em Rian; Kylan vira indícios dela na presença de Shoni e Mythra. E também a vira no elo de sonhos. Rian se endurecera contra outros Gelflings, mas podia haver outra maneira de amenizar seus problemas. Talvez *houvesse* algo que Kylan pudesse fazer.

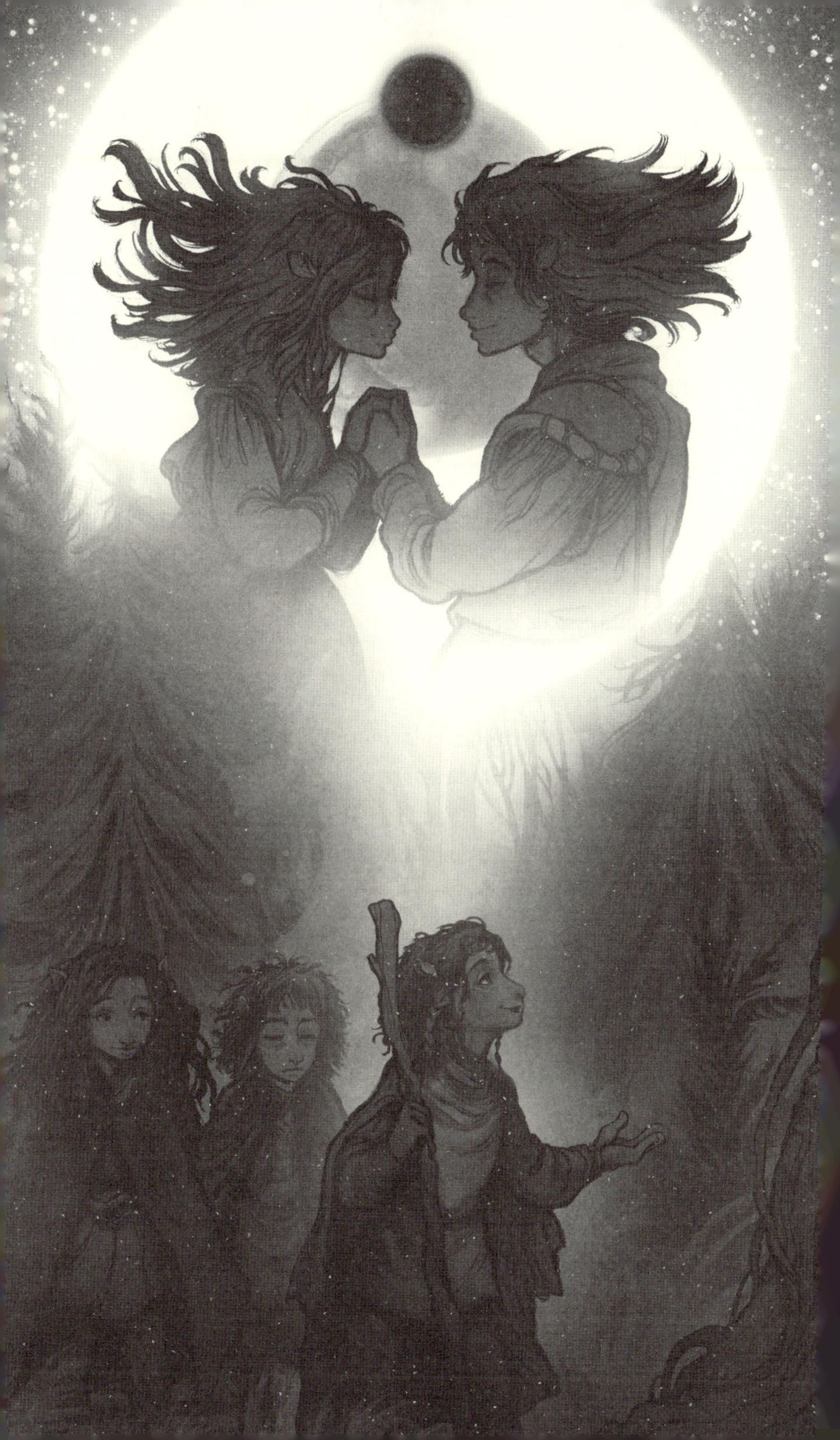

— Ah... pessoal! Eu estava pensando. Bom, tem uma canção que li nas pedras no alto da elevação, sobre Jarra-Jen. Posso contar para vocês, se quiserem.

Rian não respondeu, mas Naia disse:

— Sim, conte. Estou precisando de um descanso das histórias da nossa vida real.

Isso ele podia fazer. Ou, mesmo que não pudesse, podia ao menos tentar. Tranquilizando-se, Kylan pôs os pensamentos em ordem, pigarreou e cantou:

Muitas canções de nosso herói nascido do raio são conhecidas
Da coragem e da astúcia essas histórias cresceram
Mas nenhuma canção é tão cheia de sofrimento e saudade
Quanto essa da Árvore-Orvalho e do bravo Jarra-Jen

Jarra-Jen era muito conhecido por toda a terra
Como um herói corajoso: de coração bom, mão rápida
Mas pouco é contado sobre o primeiro amor verdadeiro de Jarra-Jen:
Amiris da Floresta Sombria, a Cantora de Orvalho

De pele marrom, cabelo verde, com os olhos mais azuis
Amiris cantava doces canções de ninar para as Irmãs Luas
E em cada manhã, para quebrar o jejum das horas da noite
Ela deixava uma amorosa gota de chuva em cada folha de grama

Jarra-Jen amava Amiris, como um cantor ama uma canção
Por isso sempre visitava seu Jardim de Orvalho
Juntos eles dançavam até brilhar a luz da manhã
E Amiris se afastar para seu cântico de orvalho

O Jardim de Orvalho era a vida da terra
E sua melodia encantou Kaul, o Rei Encantado de Areia
Sua sede por esse poder não poderia ser aplacada rapidamente
Assim ele raptou Amiris e levou-a para as dunas onde morava

Na noite seguinte, quando Jarra-Jen chegou,
O Jardim de Orvalho estava morrendo
Sem a Cantora de Orvalho, todo verde se tornara marrom
Os galhos de árvore murcharam como as raízes no chão

Nas Dunas de Kaul, o Rei Encantado fez Amiris se ajoelhar
E chamar a vida verde do solo dourado e seco
Ela tentou, mas nenhuma semente criava raízes na areia
Nem mesmo pelas mãos da Cantora de Orvalho

Então, o Rei, por conta desse fracasso, tornou-se irado e ressentido
Levou-a para o deserto, sobre areia quente e branca
E lá ele a puniu, mantendo seu rosto voltado para os sóis
"Se não posso ter o Jardim, ninguém o terá"

E lá ele a deixou, com as areias sugando a vida de seus olhos
Amiris caiu de joelhos, cantou uma canção de adeus
Durante três noites e três dias ela implorou e
Ao amanhecer do quarto dia, das dunas surgiu seu Jen

Ele correu para ela, a abraçou – ela queria chorar
Mas até as lágrimas de alegria tinham sido queimadas de seus olhos
Mesmo ele a tendo encontrado, ela sabia que o repouso se aproximava
Então desabrochou em fogo azul e extraiu uma semente do peito

*Jarra-Jen pediu e suplicou, chorou para que ela não partisse
Ela pôs a semente em sua mão, pediu para ele a ajudar a crescer
Depois se desfez em magia. O vento a levou embora
Jarra-Jen ficou com a semente em seu dia mais solitário*

*Triste no deserto, a semente secava em sua mão
Jarra-Jen precisava ser rápido. Não tinha muito tempo
E na areia ele a plantou, embora parecesse inútil
Pois o deserto não tinha nada com que regar a semente*

*Ele invocou a terra. Invocou o céu
Mas ninguém respondia. A semente de orvalho morreria
Sem nenhuma esperança, Jarra-Jen caiu de joelhos
E chorou...*

*Uma árvore enorme explodiu da areia
De casca marrom, galhos fortes e folhas cor de esmeralda
Suas raízes rasgavam a terra, a copa tocava o céu
E Jarra-Jen derramou até a última lágrima que era capaz de chorar*

*As Dunas de Kaul e seu Rei Encantado se perderam na tempestade
No deserto, um novo Jardim de Orvalho havia nascido
A Árvore-Orvalho rasgou as areias das dunas
Forte, graciosa, em paz, e com flores de gotas prateadas*

*E daquele dia em diante, e por todos os trines seguintes
Quando as Irmãs se cansavam do riso de estrelas cintilantes
No Jardim de Orvalho, as Flores de Orvalho surgiam
Deixavam em cada folha de grama
O néctar na forma de uma lágrima*

Era como se toda a floresta estivesse ouvindo, silenciosa, e quando Kylan terminou de contar a canção, tudo permaneceu quieto por mais um momento. Naia murmurou sua aprovação atrás dele.

— Gostei — disse ela. — Acho que é uma boa lição... Sempre enfrentaremos tempos difíceis, mas é importante lembrar que nossa tristeza muitas vezes pode se tornar nossa força. Não há fraqueza em sentir dor ou pesar.

Rian não falou nada da frente da fila, seguia caminhando no mesmo ritmo firme de antes. Quando Kylan já imaginava que o soldado não fora tocado, ou que talvez nem tivesse ouvido, ele fungou e levantou a mão para enxugar o rosto. Depois pigarreou e disse:

— Chegamos. É aqui que nos separamos.

No escuro, e muito atento à reação de Rian, Kylan não percebera que se aproximavam do Rio Negro. Ele gorgolejava, leitoso e largo, do outro lado de uma fileira de árvores eretas e juncos. O caminho terminava em um pequeno píer de madeira onde havia dois barcos amarrados. O rio corria para o norte, onde desaguaria no Mar Prateado em Ha'rar, a capital Gelfling.

Rian apontou para a frente, quase para as Irmãs.

— Sigam para o nordeste, em direção aos penhascos, durante um dia. O musgo nessa floresta cresce do lado norte. Sigam pela encosta durante a noite. Na segunda manhã, vocês verão a Colina Alta. Não tem como não ver. Lá encontrarão Aughra. O rio vai me levar até Ha'rar. Se eu tiver sorte, finalmente vou poder dormir e acordar na fortaleza da Maudra-Mor.

Era hora da despedida, mas ninguém queria ser o primeiro a dizer adeus. As circunstâncias eram difíceis, e era bem possível que nunca mais vissem Rian. Naia e Rian seguraram o pulso um do outro, e quando chegou a vez de Kylan, ele segurou o braço do outro por mais um momento.

— Você não está sozinho, Rian — disse ele com firmeza. — Podemos não ter o mesmo sangue, mas somos família na batalha. Por favor, confie em nós como confiava em Gurjin.

Naia fez um gesto de saudação.

— Sim. Se precisar de nós, daremos um jeito.

Demorou um instante, mas os traços duros de Rian se tornaram mais suaves e ele suspirou. Por um momento, Kylan soube que via o verdadeiro Rian, aquele de antes do pesadelo no castelo.

— Sinto muita saudade de Gurjin e dos outros — confessou Rian. — Não quero pôr mais ninguém em perigo. Todas as noites sonho com os Skeksis me caçando, matando todo mundo que está por perto. Gurjin, Mira, Mythra, Timtri, minha mãe... Só posso descansar se estiver sozinho. Depois que a Maudra-Mor for informada, talvez eu não precise ficar tenso o tempo todo, mas até lá... não suportaria ver vocês em perigo, depois de Gurjin ter morrido para nos proteger.

Eles o ajudaram a desamarrar um dos barcos, que seguraram enquanto Rian embarcava. Kylan lamentava ter conhecido esse Rian tão tarde, agora que estavam se despedindo. Como se tivesse o mesmo sentimento, o soldado deixou escapar um sorrisinho triste.

— Mas confio em vocês dois. Como confiei em Gurjin. Só receio que minha tristeza não seja suficiente para fazer crescer nada.

— Só se ela for temperada por remorso — respondeu Kylan. — Boa viagem, Rian. Vamos reencontrar você em Ha'rar, com a ajuda da Mãe Aughra, e contar nossas aventuras na Colina Alta.

Eles empurraram o barco para longe do píer, e Rian pegou o remo, manobrando com habilidade a pequena embarcação para colocá-la a favor da correnteza.

— Até Ha'rar, então! — disse ele. — Tomem cuidado... Ah! Esqueci de mencionar uma coisa sobre a Colina Alta!

— O quê? — perguntou Naia.

A correnteza havia se apoderado do barco e o levava com velocidade surpreendente. A voz do soldado flutuou solta no ar da noite escura enquanto ele se afastava mais e mais.

— Fiquem longe dos cipós-dedos!

E o barco desapareceu na escuridão, levando Rian.

— A canção de Jarra-Jen foi impressionante — comentou Naia enquanto eles desamarravam o segundo barco. Teriam que atravessar o rio, e não havia nenhuma parte rasa o bastante para irem andando. — Acho que o emocionou de verdade. Eu gostaria de conhecer o contador de canções que a compôs. A canção capaz de acalmar a alma do menino que foi o primeiro a ver a traição dos Skeksis!

Eles embarcaram, e Naia usou o remo para levar o barco para longe da margem. Kylan a deixou remar, pois Naia era mais eficiente que ele na água. Ele cumpriu seu dever segurando a bagagem da menina enquanto ela remava, atravessando a correnteza sem esforço.

Precisava parar de invejar o talento dela com o barco, ou com o arremesso de boleadeira, ou com todo o resto. Esses eram os pontos fortes de Naia, não os dele.

— Não precisa esperar muito para conhecer esse contador de canções — disse ele. — Já o conheceu em Sami Matagal, quando ele estava fugindo de casa.

— Quando ele estava... — Naia tossiu surpresa ao ligar os pontos. Depois riu. — Que danado! Você criou tudo aquilo só para o Rian?

— Achei que ele não ouviria, se soubesse que eu tinha feito a canção para ele!

Naia continuou remando, radiante de orgulho sob a luz da lua. Kylan absorvia o sentimento tanto quanto podia. Ele fizera algo bom. Naia cantarolava enquanto trabalhava.

— Não lamento nem um pouco, Contador de Canções — falou ela quando a margem do outro lado se tornou visível na escuridão. — Por ter trazido você. Teria sido tolice não trazer. Espero que saiba disso também.

Essa era, possivelmente, a coisa mais doce que já tinha escutado dela, e Kylan enfim deixou surgir o sorriso que até então reprimia.

CAPÍTULO 7

A floresta do outro lado do Rio Negro parecia um mundo diferente do bosque de onde tinham saído pouco antes. As árvores eram exuberantes e grossas, com ramos suculentos e cheias de trepadeiras. Um cheiro doce flutuava no ar, um aroma forte e azedo que Kylan não conseguia identificar, como se houvesse um pomar logo além do limite da vegetação selvagem.

Naia amarrou o barco a uma raiz na margem, e Kylan olhou para a escuridão. Só uma das luas estava cheia, e as copas das árvores eram densas. O outro lado do rio quase não era visível, Pedra-na-Floresta fora engolfada pela floresta e pela noite.

— Agora posso levar minha sacola — falou Naia estendendo a mão.

Kylan respondeu pendurando a bolsa no ombro. Era pesada, mas ele podia carregá-la.

— Vamos em frente! — disse ele.

Naia abriu a boca para protestar, mas só deu de ombros. Mesmo com pouca luz, Kylan conseguia ver as asas em suas costas ainda em crescimento, tendo brotado há tão pouco tempo. Elas nunca cresceriam de maneira apropriada se Naia continuasse carregando a bolsa, e ele estava disposto a dividir esse fardo. Antes que ela pudesse mudar de ideia, ele olhou a árvore mais próxima e inspecionou o tronco.

— É exatamente como Rian falou — disse, e apontou para o musgo denso como o pelo de um animal, crescendo verde e felpudo de um lado da árvore. Juntos, os dois caminharam para o interior da floresta.

— Está sentindo esse cheiro doce? — perguntou Naia, uma questão mais retórica que qualquer outra coisa. O aroma era tão forte que qualquer um dotado de olfato o teria sentido. — Sabe o que é isso?

— Nunca senti nada parecido antes. Mas é um cheiro delicioso. Talvez algum tipo de fruta que cresce em terrenos mais elevados?

Naia bateu de leve no estômago

— Talvez sirva para um lanchinho.

Neech se alimentava com fartura de insetos e outras pequenas criaturas que corriam, zumbiam e voavam por ali. Kylan tocava as pedras de vez em quando enquanto caminhavam, deixando uma pequena gravação de sonhos, do tamanho de uma digital, caso precisassem de ajuda para encontrar o caminho de volta ao barco. As pequenas formas brilhavam com uma mistura de calor e vliyaya azul – a magia Gelfling – depois que ele as criava, mas ao amanhecer estariam frias. Eles andaram em meio à vegetação e atravessaram riachos de águas lentas, deixando os dedos tocarem os troncos de árvores cobertos de musgo aqui e ali para corrigir a direção. Coisas se moviam fora da trilha que percorriam, mas a floresta seguia seu ritmo ignorando os dois viajantes Gelflings.

— Não sei de onde vem esse cheiro bom, mas acho que estamos chegando perto — comentou Naia depois de um tempo. — Parece... fruta perfeitamente madura, néctar doce. Preciso saber o que é!

Kylan ameaçou protestar e sugerir que não se desviassem do caminho, mas quando olhou em volta e só viu arbustos, árvores, musgo e plantas, manteve a boca fechada. Aquilo mal era uma trilha, em todo caso, e a fruta misteriosa também provocava seu apetite. Juntos, eles continuaram andando pela floresta seguindo o aroma delicioso.

— Já ouviu canções sobre aqueles peixes que acenam com petiscos de aparência deliciosa para outros peixes, e quando os peixes menores se aproximam, os maiores... — Kylan fez um gesto com as duas mãos, imitando a boca de uma criatura grande capturando outra menor. Naia olhou para trás.

— Está dizendo que isso pode ser algum tipo de armadilha?

— Só estou dizendo que é bom tomarmos cuidado.

— O que aconteceu com aquela história de *sempre confiar na intuição Drenchen*?

Naia afastou um ramo cheio de folhas, revelando uma clareira iluminada pelo luar e pelas estrelas. No centro dela havia uma planta grande com um tronco gordo e liso, inchado como um saco de pedras. Suas raízes estavam expostas, espalhadas como se fossem pés sob seu corpo roliço. Os galhos eram compridos e finos, projetando-se do alto e curvando-se em direção à terra, pesados com ramos de frutas azuis e brilhantes em suas extremidades, frutas grandes o bastante para ser seguradas com as duas mãos. Pareciam suculentas e doces, e cada uma tinha uma flor branca de seis pétalas desabrochando do centro, pingando néctar.

Apesar da avidez anterior, Naia ficou parada no limiar da clareira, e Kylan se posicionou a seu lado.

— Tem algo estranho nisso, não tem? — perguntou ela.

Kylan olhou para a companheira de jornada, depois de volta para a planta estranha. Era grande o bastante para ser considerada uma árvore, embora não tivesse a casca do tronco, e algo nela não combinava com uma árvore. Normalmente, as árvores são imóveis, e alguma coisa naquela planta no centro da clareira não parecia enraizada.

— Isso é sua intuição, ou...?

— Olhe em volta, não tem outras plantas perto dela. E tudo aqui é silencioso. Vamos desistir disso.

O estômago de Kylan roncava, mas ele concordou. Havia algo de inquietante na árvore, apesar das frutas de aparência maravilhosa. Enquanto eles estavam ali olhando, o vento soprou e a árvore se inclinou, aproximando deles um galho carregado de frutas.

— É — falou ele se afastando. — Vamos sair daqui.

Juntos, os dois recuaram e depois deram as costas para a clareira. Assim que viraram, Kylan ouviu um *créééééc* baixo atrás deles. Ele segurou o pulso de Naia e apontou. Eles olharam em silêncio para dois galhos que desciam do alto. Néctar azul pingou das pétalas de uma flor e caiu sobre o nariz de Kylan. Sem pensar, ele lambeu as gotas, e aquela era a coisa mais pegajosa, mais doce que já havia provado.

Kylan cometeu o erro de olhar para trás. A árvore se inclinava em direção a eles com todo seu peso e, um a um, os ramos semelhantes a tentáculos se estendiam para eles.

— Acho que é hora de correr — cochichou Kylan.

— Concordo — Naia respondeu. — No três. Um... dois...

Kylan se projetou para a frente com a amiga, mas os galhos carregados caíram sobre eles, cobrindo suas mãos e roupas com o néctar pegajoso e a polpa das frutas. Kylan gritou ao cair, imobilizado pela bolsa de viagem e pelos galhos. Naia tinha escapado de parte do néctar, mas não o suficiente para fugir. Ramos se projetavam do topo da planta e enroscavam suas pernas. Kylan e Naia se agarravam à terra, a raízes de árvores, a qualquer coisa, mas os ramos os puxavam de volta para a planta. Naia pegou a adaga de Gurjin e cravou-a na terra, agarrando o cabo com uma das mãos e segurando Kylan com a outra.

— Rian disse para tomarmos cuidado com os cipós-dedos! — Kylan gritou. — Isso não são cipós-dedos! Por que ele não avisou sobre essa coisa?

A adaga de Naia cortava a terra. Kylan recuou para segurar o cabo e olhou para trás.

Desejou não ter olhado. O corpo da planta se inclinava para eles, revelando uma boca cheia de dentes no topo do tronco e seis olhos famintos focados nas presas. Dentro da boca pavorosa, Kylan viu os restos de outras criaturas, e um arroto barulhento e repugnante espalhou o cheiro de tudo que estava morto dentro dela.

Dezenas de apêndices se projetavam da planta, se estendiam para eles e cercavam seus tornozelos com voltas grossas. Por mais que chutassem e espernassem para se libertar, outros apareciam. Um apêndice mais grosso que todos os outros brotou da terra e ergueu Naia, arrancando-a da mão de Kylan.

— Naia! *Naia!*

Alguma coisa prateada e vermelha como uma chama brilhou, e a planta – era uma planta? – gritou. Ramos partidos explodiram no ar, e Naia caiu. A planta gritou de novo e se desenraizou, arrancando seis filamentos de madeira da terra seca. Ela se inclinou para trás, afastando-se da silhueta coberta por um manto e armada com uma tocha e uma espada que agora estava diante do tronco. Kylan chutou os apêndices partidos que ainda envolviam suas pernas e se aproximou de Naia, ajudando-a a ficar em pé. Ela se apoiou nele, poupando uma perna que fora ferida pelos espinhos da planta.

— Afaste-se! Fora daqui, mato gigante! Afaste-se, eu ordeno!

A voz feminina da figura que os resgatara era refinada e familiar. Ela se adiantou e brandiu a tocha, espalhando uma chuva de fagulhas. Kylan pegou um pedaço de galho do chão e acendeu-o rapidamente com a tocha da Gelfling de cabelos prateados, e juntos eles expulsaram a planta carnívora. Quando chegou ao limite da clareira, a árvore virou e cambaleou para dentro da floresta, e seus gritos derrotados desapareceram na noite.

Kylan prendeu a respiração, e Naia se aproximou dele mancando, batendo de leve em seu ombro. Juntos, eles olharam para as costas da figura que os resgatara, para as asas transparentes e prismáticas meio escondidas entre as dobras prateadas do manto. Ela tirou o capuz e se virou, e Naia deixou escapar um grito de surpresa.

— Tavra!

A soldado retribuiu o abraço de Naia. Kylan não tinha passado muito tempo com a filha da Maudra-Mor, mas seus traços pálidos de Vapra eram inconfundíveis sob a luz da tocha. Apesar da aparência cansada e dos círculos escuros em torno dos olhos, era ela, com toda certeza.

— Você está viva — constatou Naia. — Mesmo depois de os Skeksis terem feito você olhar para o Cristal. Pensei que estivesse morta!

— Não está feliz por eu não ter morrido? — perguntou Tavra. — Estava procurando vocês dois. Que bom que achei bem agora.

Naia limpou terra e pedaços de galhos das roupas e foi buscar a adaga de Gurjin onde ela continuava cravada na terra. Tavra espetou uma das frutas azuis com a espada e mordeu um pedaço.

— Pode sair agora — falou olhando para a floresta. — Nós a encontramos.

O coração de Kylan estava voltando ao ritmo normal depois do confronto com a Boca Azul, quando ele viu uma silhueta esguia saltar das sombras e se apoiar em uma árvore. Naia não conteve uma exclamação de espanto ao vê-lo, e seus olhos encheram-se de lágrimas diante da pele verde-argila, dos cabelos escuros e do rosto redondo idêntico ao dela.

CAPÍTULO 8

Gurjin quase caiu quando Naia correu e o abraçou. Embora se segurasse à irmã, tremia de fraqueza, e ela o amparou. Lágrimas corriam pelo rosto de Naia, que abraçava o irmão.

— Como? — sussurrou ela. Depois subiu o tom: — *Como?*

Gurjin balançou a cabeça. Parecia ainda mais cansado que Tavra.

— Não me lembro de muita coisa. SkekMal me jogou contra uma árvore, e eu caí inconsciente. Depois disso, minha próxima lembrança é de estar aqui na floresta com Tavra. Ela estava tentando encontrar vocês dois.

Kylan caminhou para o grupo quando Tavra se aproximou. Não podia deixar de notar como ela era impressionante à luz da lua, toda branca e prateada. Não viajara com Tavra por muito tempo, e tinha aprendido com Naia a maior parte do que sabia sobre a Vapra. Sua aparência era a que ele imaginava para uma filha da Maudra-Mor: forte e bonita, sofisticada e nobre. Ele segurou o pulso da Vapra quando ela o ofereceu.

— Kylan. Naia.

— É bom vê-la de novo — falou ele. — E você, Gurjin... pensamos...

— Eu também pensei.

Tavra não guardara a espada, como se pudessem ser atacados a qualquer momento.

— Depois que vocês fugiram do castelo — começou ela —, os Skeksis ficaram tão alvoroçados que consegui escapar. Saí de lá por uma janela na ameia e voei até o chão, mas era tarde demais para impedir a caçada de skekMal. Vi vocês escaparem e esperei até skekMal voltar para junto dos irmãos no castelo para, só então, ir procurar Gurjin. Imaginava que precisaria mandá-lo ao local de seu descanso eterno, mas o encontrei ainda vivo. Vocês, Drenchens, são pura argila, não são?

Tavra os chamou com um gesto, e todos a seguiram em fila, subindo por uma trilha que atravessava as encostas íngremes. Kylan não sabia para onde ela os estava levando, mas seus passos eram tão confiantes que ele não se preocupou com isso. Depois de um tempo, eles chegaram a um patamar na trilha largo o bastante para acenderem uma fogueira.

— Vamos acampar aqui esta noite — declarou Tavra.

E foi o que fizeram. Kylan acendeu a fogueira, enquanto Naia ajudava Gurjin a procurar um lugar para descansarem. Neech saiu do esconderijo no manto de Naia e explodiu em ronronados e gorjeios, parando só para coçadas no queixo antes de se lançar em círculos alegres no ar.

— Ah, você precisa saber — contou Naia. — Encontramos Rian em Pedra-na-Floresta. Ele foi a Ha'rar para contar à Maudra-Mor tudo que aconteceu.

— Rian está vivo?! — exclamou Gurjin. — Graças aos sóis!

— Quando ele partiu? — perguntou Tavra. Ela parecia pronta para empunhar a espada e ir atrás dele naquele instante.

— Hoje à noite. Nós o acompanhamos até o Rio Negro, nos despedimos dele pouco antes de encontrarmos aquele problema.

Tavra olhou para a floresta na direção que Kylan imaginava ser a de Ha'rar. Enquanto ela estava parada, Neech se aproximou para cheirar seu cabelo e o pescoço. Ele gorjeou, mas ela o espantou com um gesto. Aborrecido, o muski voltou para perto de Gurjin, e Tavra olhou para o fogo.

— Está tudo bem? — perguntou Naia. Estava sentada ao lado do irmão, com a mão nas costas dele, protetora e leal.

— Como se sente depois do que os Skeksis... fizeram... com você?

Os olhos de Tavra eram vazios e lentos quando ela ergueu a cabeça, mas a expressão esgotada surgiu e foi embora como nuvens ao vento. Ela sacudiu as orelhas e balançou a cabeça, a testa franzida e o queixo firme.

— Estou bem. Mas o resto não está. Os Skeksis procuram por nós. Vocês dois quase viraram jantar de uma flor gigantesca. Gurjin mal consegue andar. E agora você diz que Rian estava aqui e partiu sozinho... as coisas não poderiam estar *piores*.

Kylan ficou tenso.

— Decidimos que seria melhor nos separarmos. Vamos procurar Aughra. Temos esperança de que ela nos diga como mandar uma mensagem a todos os Gelflings de uma vez só.

A soldado Prateada riu incrédula.

— Nesse ritmo, não vão chegar lá inteiros! Se Gurjin estivesse forte o bastante para fazer a jornada, talvez, mas não agora. Ele precisa descansar, ou vocês o perderão de novo em pouco tempo. Seja para as Bocas Azuis, para os cipós-dedos ou apenas para a exaustão. É melhor pegarmos um barco para Ha'rar e alcançarmos Rian.

— Prometemos que encontraríamos um jeito de alertar os Gelflings — protestou Naia.

— Se quer ficar bem, vai ter que quebrar essa promessa. Não pode estar realmente pensando em escolher Aughra em detrimento do bem-estar de Gurjin. Não concordo com uma jornada pelas colinas altas com ele nesse estado!

Kylan não queria admitir, mas Tavra tinha razão. Gurjin precisava descansar. Teriam que se separar de novo, logo agora que tinham se reunido? Era uma opção, embora não fosse das mais satisfatórias. Seria melhor se conseguissem encontrar um jeito de ajudar Gurjin e convencer Tavra a ir com eles. Naia contara sobre a habilidade de Tavra em conflitos e sua sabedoria em jornadas, e Gurjin fora um soldado do castelo, como Rian. Ambos seriam uma ajuda valiosa na jornada até a casa de Aughra e além dela.

Naia levantou-se e tirou o manto, desnudando completamente os ombros e as asas.

— Então eu vou curar Gurjin.

— Naia, espere...

Kylan queria uma alternativa, mas a sugestão da amiga era perigosa. A vliyaya de cura dos Drenchens era poderosa, mas só até certo ponto. Podia cicatrizar apenas feridas superficiais, como cortes e hematomas. O estado de Gurjin era resultado de desnutrição, desidratação e privação de luz e ar. Ele fora prisioneiro no Castelo do Cristal. Vliyaya de cura normal não poderia devolver a força vital que ele havia perdido no período de cativeiro. Isso teria que vir de dentro de Gurjin ao longo do tempo, e foi o que ele disse.

— Mesmo que normalmente consiga curar uma mordida ou um arranhão, Naia, ou até um osso quebrado...

— Ele ficou preso no castelo porque estavam me esperando — respondeu Naia. Seus olhos e as contas no cabelo refletiam a luz do fogo. — Porque somos gêmeos. Porque nossa essência vital poderia curar o imperador. Gurjin ouviu essa conversa. Se nossa energia vital pode ser compartilhada, nós mesmos podemos usá-la, e para o bem. Vou compartilhar minha força vital com você, para que possa usá-la até descansar e recuperar a sua.

Até Gurjin parecia hesitante, e ele era quem mais tinha a ganhar.

— Não sei, Naia. Isso pode ser perigoso. Vai enfraquecer você, com certeza. E nem sabemos *se* você vai conseguir fazer isso.

Naia sufocou uma risadinha de desdém e sentou ao lado do irmão.

— Se os Skeksis conseguem, nós também conseguimos. Agora fique quieto.

Naia se acomodou e fechou os olhos, levantou as mãos abertas e tocou o peito de Gurjin. Ele hesitou, mas conhecia a teimosia da irmã tanto quanto qualquer um ali. Por isso, virou-se de frente para ela e também fechou os olhos.

— Não vai impedi-la? — Kylan perguntou a Tavra. À luz da fogueira, tinha notado um brilho perto do pescoço de Tavra, uma joia pendurada em sua orelha por um fio cintilante. A joia acentuava sua compleição altiva, embora austera, enquanto ela assistia a tudo com interesse distante.

— Não. Se ela é capaz disso, eu quero ver.

As mãos de Naia emanavam um brilho azul. A luz calma, curativa, se espalhava lentamente por cada um de seus três dedos e pelo polegar, até as duas mãos serem envolvidas por ela. Embora ainda não se tivesse informações sobre um curador compartilhando sua essência vital, Kylan não tinha dúvidas de que Naia era capaz disso. Ela era forte e especial de várias maneiras. Podia fazer elo de sonhos com árvores e criaturas que não eram Gelflings. Sua ligação com Thra era diferente, e o elo com Gurjin, especial. Não era à toa que os Skeksis estavam atrás dos dois.

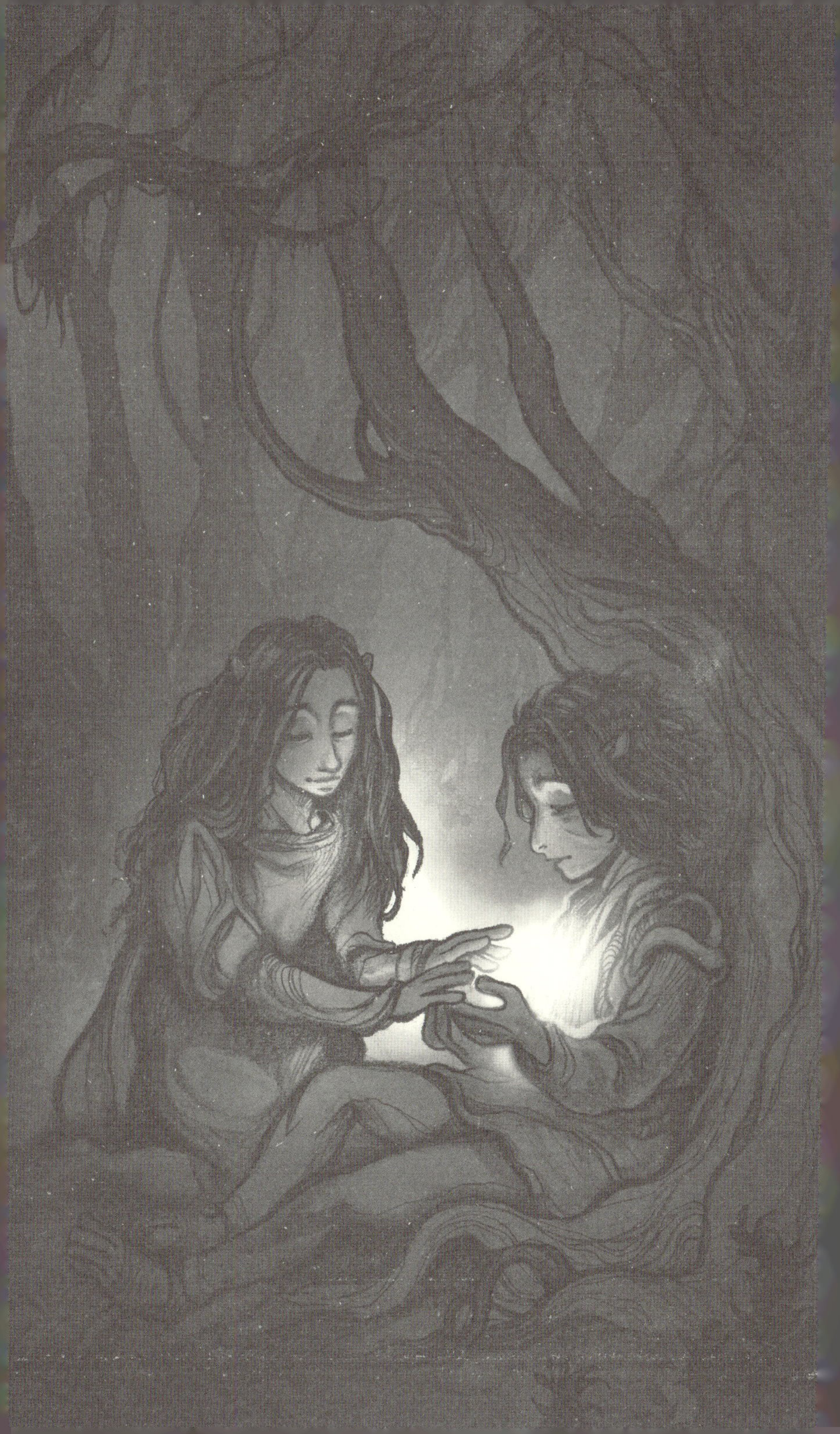

A luz nas mãos de Naia ficou mais forte, depois passou para o peito de Gurjin, sobre seu coração. Um brilho azul também surgiu sobre o coração de Naia. O processo de cura tinha começado, e estava dando certo.

— Se Naia é capaz disso, significa que os Skeksis podem conseguir fazer o que *eles* querem, não é? — cochichou Kylan para Tavra enquanto via Naia trabalhar. — Os Skeksis não podem saber disso. Se descobrirem, vão se empenhar ainda mais em capturar os dois.

— Não perca tanto tempo com *se*, Contador de Canções — aconselhou Tavra. Ela assistia ao milagre de cura com atenção cada vez maior.

A luz azul envolveu os dois Drenchens por algum tempo. Os braços de Gurjin continuavam finos, o rosto ainda estava magro, mas a postura melhorou e a respiração ficou mais estável. Quando terminou, Naia deixou escapar um longo suspiro e reclinou-se para descansar com as costas apoiadas no toco de árvore sobre o qual Gurjin estava sentado.

Kylan ajoelhou-se ao lado dela.

— Tudo bem?

— Sim. Só estou cansada.

Kylan foi examinar Gurjin. Ele não estava em condições de enfrentar uma batalha, de jeito nenhum, mas sua constituição havia mudado completamente. A energia voltara a seu rosto e iluminava os olhos, que agora estavam mais alertas. Kylan imaginava que o Gurjin que ele estava vendo era muito mais próximo daquele que havia deixado o pântano de Sog para se juntar à guarda do Castelo do Cristal. Assim que recuperasse o peso perdido e tivesse tempo para reaver o porte de guerreiro, ele seria formidável.

— Parece que funcionou — comentou Kylan. — Para o bem ou para o mal. Tem certeza de que está se sentindo bem?

Naia bocejou e nem tentou disfarçar.

— Tivemos um longo dia. Estou cansada. Mas você tem razão. Funcionou, e eu vou ficar bem.

Kylan se contentou com a declaração e passou à etapa seguinte: apelar para Tavra.

— Quando amanhecer, nós quatro vamos partir juntos para procurar Aughra.

Tavra tinha uma expressão contrariada, mas não falou nada.

CAPÍTULO 9

Kylan foi o segundo a acordar, embora a única evidência de não ter sido o primeiro fosse a ausência de Tavra. Brasas fumegavam na fogueira, mas a manhã ainda estava fria e um pouco úmida. Kylan se envolveu com o manto e pegou a tábua e o pergaminho da bolsa de viagem que dividia com Naia. Sua amiga e o irmão dela dormiam profundamente, enquanto Neech terminava a toalete matinal sobre o ombro de Naia. Nenhum dos dois Drenchens se moveu quando Kylan sentou, apoiou a tábua sobre os joelhos e abriu o pergaminho sobre ela, aproveitando o tempo livre na manhã tranquila para registrar sua jornada até ali.

Fazia dias que não escrevia sobre a viagem. Gravar de sonhos, ou seja, registrar as imagens mentais que descreviam tudo que acontecera desde que chegaram ao Castelo do Cristal, era um processo demorado. Quando o segundo Irmão se ergueu e o ar começou a ficar mais quente, ele ouviu passos vindo da floresta. Kylan ergueu os olhos da tábua e viu Tavra surgir entre as árvores carregando alguma coisa pesada envolta em seu manto.

— Está quase no fim desse pergaminho — comentou ela ao deixar no chão o fardo com a refeição matinal. Quando ela afastou os cantos do tecido que envolviam o pacote, revelou uma variedade de frutas, flores perfumadas, tubérculos e castanhas.

— Tenho mais — respondeu Kylan. Depois enrolou o pergaminho e guardou-o na bolsa de viagem. — Mas imagino que essa história está longe do fim. Acha que vou encontrar pergaminhos à venda em Ha'rar?

— Filhas da Maudra-Mor não compram nada. Elas ganham tudo que querem.

A arrogância parecia estranha, vindo de uma Gelfling que havia mantido sua linhagem em segredo por tanto tempo. Tavra sentou-se de pernas cruzadas e pegou uma flor vermelha e branca entre as opções da refeição, tirou uma pétala e mastigou-a em silêncio. Era difícil acreditar que a Prateada tão séria era mesmo uma das filhas da Maudra-Mor. Kylan tentou imaginar como seria ter irmãos. Pensou em Mythra e suas incansáveis tentativas para animar o irmão. Mesmo Naia tinha Gurjin, além de suas irmãs em Sog.

Kylan percebeu que estava encarando Tavra quando ela o olhou de volta. Seus olhos eram lilás, e pareciam fundos no rosto cansado. A exaustão com certeza a afetara, mas, apesar do cansaço quase mortal, a soldado ainda tinha uma beleza etérea, quase fantasmagórica. Ele desviou o olhar e sentiu o rosto quente.

— Hoje cedo escalei uma árvore e vi a Colina Alta — contou ela. — As orientações que Rian deu a vocês são boas. Como se espera de um Stonewood. Presumindo que os gêmeos acordem e tenham condições de viajar, temos boas chances de chegar lá sem perder muito tempo. Podemos ter nossa conversa com Aughra e seguir viagem para Ha'rar.

— Já falou com Aughra antes?

Tavra balançou a cabeça.

— Ela raramente sai da Colina Alta, e poucos se aventuram a visitar seu planetário, por isso é raro termos notícias dela. Aughra vive sozinha.

— Você não parece acreditar que ela pode nos ajudar.

— Por que ajudaria? Ela é a voz de Thra, escuta as canções do mundo que muitos não ouvem. Devia saber o que os Skeksis estavam fazendo, mas não disse nada. Se não disse nada antes, por que o faria agora? Ela não se interessa por política.

— Isso não é política, é? Os Skeksis deveriam ser os protetores do Coração de Thra. Do Cristal. Nós e todas as criaturas de Thra confiamos o castelo a eles.

— Talvez algumas criaturas acreditem que devemos continuar confiando.

Era uma coisa inesperada e peculiar para se dizer, e Kylan não sabia como reagir, por isso não falou nada. Tavra terminou de comer a flor e jogou os cabelos.

— Acorde os gêmeos. Temos que partir, ou não vamos alcançar Rian.

Naia e Gurjin acordaram e juntaram-se aos outros em volta do fogo quase apagado para a refeição de pétalas e frutas. Deixaram os caroços e sementes das frutas nas cinzas da fogueira para germinar, recolheram seus pertences e continuaram em direção ao nordeste. Tavra seguia na frente, sempre avançando sem olhar para trás, a mão esquerda no cabo da espada e a direita segurando um bastão com o qual ela afastava a vegetação por onde passavam. Havia uma trilha, embora não fosse muito usada, e eles foram subindo por ela.

Kylan andava com Naia, que era a última da fila e observava Gurjin. O guarda Drenchen enfraquecido não tinha muito vigor, mas tinha alguma energia para andar, e a cor voltava a sua pele, intensificando-se em manchas verde-acinzentadas. Naia, por outro lado, estava um pouco mais pálida, só o suficiente para parecer cansada, o que seria compreensível mesmo que ela não houvesse compartilhado sua vliya com o irmão.

— Como está se sentindo? — perguntou Kylan a ela.

— Podia ter dormido melhor, mas não estou mal. É bom andar. É bom ter Gurjin e Tavra aqui.

Kylan ajeitou a bolsa sobre os ombros. Já estava dolorido, mas sabia que não havia outro jeito. Naia levou a mão ao ombro e massageou a região onde as asas brotavam das costas. Era como se estivesse na mesma situação.

— Os últimos dois dias foram uma aventura — concordou ele. — Tavra ofereceu todos os pergaminhos de que posso precisar para anotar tudo, então pelo menos vai haver um relato para que um dia outros conheçam. E eles não vão ter que se preocupar com os aspectos menos glamurosos.

— Vai mudar o trecho em que quase fomos comidos por uma planta?

— Com toda certeza.

Ela riu, e Kylan também deu risada. Era uma sensação boa. Estivera preocupado com ela, especialmente depois de sua decisão de compartilhar a própria vida com o irmão. Mas, apesar do corpo enfraquecido, seu coração parecia rejuvenescido. E isso era muito importante.

O terreno naquela altitude era menos denso que lá embaixo. Dali Kylan tinha uma visão privilegiada, podia ver quanto haviam subido desde que deixaram as planícies Spriton, muitos dias antes. A Floresta Sombria e o Castelo do Cristal, aninhados dos braços das montanhas, eram exuberantes e cheios de vida graças ao Rio Negro, que corria através da região. A paisagem fazia Kylan pensar em um berço, e devia ser essa a origem do nome de Olyeka-Staba, a Árvore-Berço.

Eles não haviam ido muito longe, quando Tavra fez sinal para que parassem. Ela continuou devagar e os outros a seguiram, Naia com a mão no cabo da adaga e se apressando um pouco para alcançar a Prateada à frente da fila. Kylan permaneceu atrás do grupo com Gurjin, que abaixou para pegar uma pedra do tamanho da própria mão e improvisar uma arma.

— Devagar — falou Tavra por cima do ombro. — Tem um obstáculo ali na frente. Aranhas. Se formos silenciosos e não as perturbarmos, elas não vão nos incomodar. Mas, se as acordarmos, vamos ter problemas sérios. Essas aranhas têm uma picada mortal e, como outras aranhas, não gostam de Gelflings.

O caminho ficava mais largo e fazia uma curva para acomodar um aglomerado de pedras, meia dúzia das grandes, últimos resquícios de uma antiga avalanche, provavelmente. Mas o que mais impressionava na estrutura era a camada branca e espumante de teias de aranhas que a recobria. Se Kylan não tivesse ouvido Tavra falar em *aranhas*, poderia imaginar que as pedras eram cobertas por algum tipo de mofo ou fungo. Não havia aranhas à vista, mas as pedras tinham muitos nichos e frestas que serviam como espaços escuros para elas dormirem.

Kylan nunca ouvira falar em aranhas de picada mortal, mas as palavras eram suficientes para convencê-lo a ser cuidadoso. Só para garantir que todos entendiam a situação, Tavra acrescentou em voz baixa:

— Uma picada é suficiente para matar. Não façam nenhuma bobagem.

Tavra pisava com cuidado contornando as pedras, e eles a seguiam. Kylan estava fascinado com a teia, apesar dos perigos que podia esconder. Ela brilhava ao sol matinal, como fios de prata entrelaçados em densas tapeçarias de padrões delicados.

Tinham quase passado pela formação, quando Kylan viu algo embaixo das teias. De início, pensou que fosse uma ilusão de ótica, mas olhou com mais atenção e aproximou-se com um passo cuidadoso.

— Kylan, não — avisou Naia.

— Estou só olhando... tem alguma coisa ali. Acho que é uma gravação de sonhos.

Ele se aproximou um pouco, mas o movimento despertou um ruído característico embaixo das pedras. Não se atrevia a chegar mais perto, pois poderia acordar o ninho, porém tinha algo escrito nas pedras onde a teia era mais densa. De onde estava, só conseguia ver uma das palavras.

ELA.

— Não insista nisso. Vai acordar as aranhas — avisou Tavra.

— Vão indo na frente. Se eu não fizer barulho e for cuidadoso, acho que consigo ler o que está gravado. São poucos os que conseguem fazer gravação de sonhos. Se alguém dedicou um tempo a registrar algo, deve ser importante.

Naia cruzou os braços. Mesmo sussurrando, sua voz era dura.

— Não vou deixá-lo aqui com um bando de aranhas mortais que vão ficar muito bravas se forem acordadas. Se você ficar, eu também fico.

Tavra não aceitou a decisão.

— Ninguém vai ficar. Vamos embora. *Agora.*

— Talvez Tavra tenha razão — disse Gurjin. — Uma ou duas aranhas não são um grande problema, mas um ninho inteiro... Não tem como saber que profundidade ele tem. Essas montanhas devem ser cheias de cavernas subterrâneas e túneis. Pode haver milhares de aranhas.

Enquanto os outros discutiam em voz baixa, Kylan se aproximou um pouco mais das pedras, tão silencioso quanto era possível. Quase conseguia enxergar as palavras. Estava muito perto!

— Vocês dois vão na frente — decidiu Naia. — Eu fico aqui com Kylan. Se ele acha que isso é importante, então eu também acho. Se as aranhas acordarem, talvez eu consiga fazer um elo de sonhos com elas e explicar que não queremos causar mal nenhum. Se for preciso, eu jogo Kylan sobre o ombro e corro.

— Elas não vão... — começou Tavra, mas Naia não queria ouvir mais nada.

— Vão! — insistiu, elevando o tom de voz o suficiente para o ruído embaixo das pedras se tornar mais intenso. Gurjin recuou um passo, e Tavra olhou com ar de reprovação para a menina Drenchen.

— Muito bem — disse. — Mas eu avisei.

E seguiu pela trilha. Gurjin hesitou, mas Naia o incentivou com um gesto.

— Você não está em condições de correr de nada agora — falou. — Nós vamos ficar bem. Kylan e eu já passamos por coisas piores. Podemos cuidar disso. Não vamos demorar.

— Tome cuidado — respondeu Gurjin, e foi atrás de Tavra.

Naia guardou a adaga na cintura e olhou para as rochas, como Kylan.

— Espero que isso justifique um desentendimento com uma Prateada — disse. — Deve ter alguma coisa incomodando Tavra. Ela está irritada como um... bom, como um ninho de aranhas adormecidas. Rá!

Kylan e Naia aproximaram-se das pedras com passos cautelosos. Por mais silenciosos que fossem, cada passo agitava as sombras dentro do ninho. Veladas pela teia fina, as aranhas lá dentro eram quase invisíveis, embora, ao se aproximar, Kylan tivesse a impressão de poder vislumbrar um cobertor móvel de corpos pretos e brilhantes. Saliências envoltas em fios pendiam da teia, algumas com pés e rabos de criaturas da floresta.

Mais palavras gravadas na pedra ficaram visíveis, escritas em caligrafia Gelfling:
CONFIAR NELA.

Kylan quase aceitou o que tinha da mensagem, qualquer que fosse o significado, mas conseguiu ver que havia ainda mais inscrições escondidas sob a teia. Para revelar a última parte da mensagem, ele teria que afastar uma parte da teia. Kylan pegou um graveto sem desviar os olhos do interior do ninho, de onde algumas aranhas saíam, coisinhas pretas rastejando pelos fios entrelaçados. Segurava o graveto com cuidado para mostrar que não era uma ameaça, e para indicar a Naia o que ia fazer.

—Você não precisa ficar — sussurrou ele.

— Eu sei — respondeu Naia.

Ele deu o último passo, aproximando-se o suficiente para tocar a pedra onde estava a teia. Naia ficou para trás, observando o ninho que ganhava vida lentamente. Kylan estendeu a mão com o graveto e empurrou a teia perto da inscrição. Assim que a teia foi tocada, aranhas apareceram, no início algumas poucas, depois mais.

— Depressa — pediu Naia.

A teia era grossa e pegajosa, e ele precisou fazer um esforço maior que imaginava para afastá-la para o lado. Os ruídos do ninho ficaram mais altos quando as aranhas maiores acordaram, algumas do tamanho da mão de Kylan.

— Depressa — repetiu Naia com mais urgência.

Finalmente, a teia cedeu. As palavras que completavam a inscrição eram tão assustadoras que Kylan esqueceu as aranhas. Naia agarrou-o pela bolsa e puxou-o para trás, quase suspendendo-o com bolsa e tudo. Kylan desviou os olhos da inscrição e começou a correr. Os dois se afastaram das pedras e correram trilha acima.

Quando se sentiram seguros, pararam para recuperar o fôlego. As pegadas de Tavra e Gurjin sinalizavam a trilha, e Kylan conseguia ver as duas silhuetas mais à frente na floresta. Ofegante, ele limpou a testa, suando mais pelo choque que pelo esforço físico.

— Qual era a mensagem? — perguntou Naia, menos arfante, mas mais cansada que de costume. — Você ficou pálido como uma nuvem, e isso é impressionante em um Spriton!

Kylan tentou responder duas vezes, sem sucesso, antes de falar.

— *NÃO CONFIE NELA* — disse, ofegante. — As palavras diziam *NÃO CONFIE NELA*.

Naia arregalou os olhos, depois os estreitou e olhou para a frente, para a trilha, por onde chegariam à Colina Alta e à criatura de chifres de carneiro que lá morava. Kylan especulava se a mensagem referia-se a Aughra. Ou seria outra pessoa? Será que não significava nada, ou poderia fazer toda a diferença?

— Quem você acha que escreveu isso? Sobre quem é? — perguntou Kylan, embora não houvesse razão para Naia saber mais que ele. — Acha que é sobre... Aughra?

— Não sei. Por enquanto, vamos manter isso entre nós. Não precisamos dar mais motivos para Tavra evitar Aughra.

Kylan não gostava de guardar segredos, mas Naia estava certa.

— Ela está realmente decidida a encontrar Rian — comentou ele. — Sempre foi assim? Toda séria, só trabalho, nenhuma diversão?

— Não... não sei. Estou pensando que talvez nunca a tenha conhecido de verdade. Tavra deve ter mudado depois que olhou para o Cristal.

— Acho que isso mudaria qualquer um. Ninguém mais sobreviveu a essa experiência. Talvez ela volte ao normal, agora que escapou do castelo.

— Espero que sim — respondeu Naia, e eles correram para alcançar os outros na trilha.

CAPÍTULO 10

Na segunda manhã, um penhasco surgiu nas montanhas acima deles. Estava envolto em névoa, uma grande projeção que brotava da elevação sobre a floresta como a cabeça de um animal pastando no céu. A Colina Alta de Aughra não tinha esse nome por acaso. Dentro da floresta montanhosa, era o ponto mais alto de toda a região, perto de onde o Rio Negro nascia, mais perto dos sóis, das luas e das estrelas. Não era *uma* colina alta, mas *a* Colina Alta.

Tavra não perguntou o que estava escrito na pedra. E quando Gurjin tocou no assunto com a irmã, ela deu de ombros e respondeu apenas que Kylan não tinha muita certeza sobre o significado das palavras, e que ela contaria o que estava escrito se algum dia concluíssem que haviam entendido a mensagem completa.

Com o destino finalmente à vista, o grupo apressou o passo. Até Gurjin andava com mais energia. Ele conversava com a irmã no fim da fila, deixando Kylan livre para observar Tavra em silêncio, examinar o ambiente árido e nebuloso, e para pensar. Esse era seu papel, pelo jeito: pensar. Se esse fosse seu dever em tudo isso, assumia a responsabilidade com alegria.

Kylan pensava sobre a mensagem na pedra, escondida sob as teias de aranha. Se ao menos pudesse entender para quem era e de quem falava... Sempre considerara as palavras como o melhor instrumento para transmitir significado, mas nesse caso elas não eram suficientes. Sem contexto, não significavam nada.

Queria conversar sobre o assunto, fazer todas as perguntas que estavam sem respostas, mas com Tavra e Gurjin por perto isso era impossível. Naia estava certa: se pedissem a opinião de Tavra, a Prateada certamente veria na mensagem uma desculpa para abortar a jornada à Colina Alta e, em vez disso, ir atrás de Rian. Depois que encontrassem Aughra, talvez pudessem tratar do assunto.

Ele coçou o braço, onde ainda tinha a sensação fantasma de aranhas rastejando. Isso o fez se lembrar de algo que Tavra havia falado. Apressando o passo, aproximou-se de onde ela abria o caminho para o grupo.

— Tavra, posso perguntar uma coisa?

Ela não disse que não. Não disse nada, então ele pigarreou.

— Você falou lá atrás que as aranhas não gostam de Gelflings?

Para sua surpresa, ela respondeu.

— Aranhas odeiam Gelflings... Todo Vapra sabe disso.

— Elas nos odeiam? *Todas* elas?

— Ah, sim. Das que matam com uma picada até as cantoras do cristal.

Isso era novidade para Kylan, mas, pensando bem, nunca tivera uma conversa com uma aranha antes. A ideia de que uma raça inteira odiava a dele era desconcertante. Não sabia nem o que *era* uma aranha cantora do cristal.

— Por quê?

Tavra bateu com o bastão em uma samambaia para tirá-la do caminho. Depois se retraiu, encerrando a conversa com uma sugestão final.

— Na próxima vez que encontrar uma, pergunte para ela.

Em pouco tempo a trilha ficou mais pedregosa. Centenas de colunas de pedras ladeavam o caminho cheio de curvas, algumas brilhando com veios de cristal transparente ainda intocado pela escuridão que se espalhava a partir do castelo.

Ao meio-dia, eles reduziram o ritmo e continuaram em fila única entre as pilhas de pedras, ombro a ombro com a névoa que descia dos penhascos. Kylan teria gostado de descansar, mas Tavra marchava de forma incansável, olhando para trás de vez em quando para ter certeza de que os outros não tinham ficado muito afastados. O rosto da Prateada era pálido, como sempre, mas ela estava ainda menos ofegante com a subida do que Naia, que era a segunda mais resistente do grupo.

— Vamos chegar à casa de Aughra ao anoitecer — avisou Tavra. — Já prepararam o que vão dizer?

Naia franziu a testa ao ouvir a pergunta.

— Meu plano é apresentar a situação e descobrir se ela tem algum conselho. Tem mais algo?

— Você vai falar com a Mãe Aughra, a Chifre-de-Carneiro. A boca de Thra. Ela nasceu do mundo, é filha e mãe. Viu Thra antes de os Gelflings serem mais que brotos no jardim de todas as criaturas. Vai falar com ela nesse tom casual?

— Vou falar com ela como falo com todo mundo — respondeu Naia. — Com respeito... se ela merecer.

A voz de Gurjin seguiu a da irmã com a mesma cadência e o mesmo raciocínio.

— Se ela é tão velha quanto dizem que é, vai respeitar uma conversa direta. É a linguagem do mundo natural, afinal de contas.

Tavra balançou a cabeça com desaprovação, mas não insistiu no assunto e continuou andando.

Kylan não tinha nada a acrescentar. Aughra era considerada sábia, conhecedora de todas as coisas, mas, como

Tavra dissera, talvez já soubesse sobre os Skeksis. Pior, ela podia saber e não ter feito nada. Os Gelflings eram seus filhos preferidos, como o folclore cantava muitas e muitas vezes, mas aquelas canções tinham sido escritas pelos próprios Gelflings. Aughra considerava os Gelflings iguais a todas as outras flores em seu jardim? Ficaria igualmente contente vendo uma criatura devorar outra, se também ela fosse parte do círculo da vida?

Mais importante, independentemente do que Aughra tivesse a dizer, se dissesse algo... eles poderiam confiar nela?

— Está muito quieto, Kylan — comentou Gurjin andando atrás dele, o terceiro da fila. Kylan tinha uma sensação estranha estando perto do menino cuja presença parecia ser igual à de Naia, mas não era. Não era difícil acreditar que os dois podiam compartilhar vliya, considerando que suas auras já eram tão semelhantes. Talvez eles realmente compartilhassem a mesma energia de vida entre dois corpos.

— Não tenho muito a dizer — respondeu Kylan.

Era uma pequena mentira, mas bem poderia ser verdade. Naia pigarreou, indicando que escutara a conversa e tinha as mesmas preocupações. Ele se perguntou se Naia havia compartilhado a mensagem com o irmão, talvez no silêncio de um elo de sonhos durante a caminhada. O gesto de Gurjin, um despreocupado movimento de ombros, indicava que não.

— Se você diz... — respondeu ele. E riu da própria piada. — Ah. Eu não tive chance de agradecer por ter feito companhia a Naia. Fomos criados para persistir e nunca desistir das coisas que tínhamos. Acho que, se não fosse por você, ela nunca teria me deixado na floresta. E agora estaríamos bem encrencados, não é?

Kylan assentiu.

— Fico feliz por você estar vivo. Fico feliz por todos nós estarmos vivos.

Gurjin bateu no ombro de Kylan com alegria. Os dois pararam quando Tavra virou-se para trás, apontando a trilha adiante. Kylan não conseguia enxergar muito além da Prateada, mas podia perceber que a trilha se alargava e chegava ao fim. Notou que já fazia algum tempo que tinham perdido de vista a Colina Alta. E o motivo pelo qual não a viam mais adiante era porque já estavam nela.

— Não toquem nos cipós.

Kylan e os dois Drenchens seguiram Tavra até onde a trilha se alargava, formando um patamar grande o bastante para acomodar todos eles. Cipós grossos e alaranjados com formas de dedos cobriam a parede do penhasco à frente deles, emaranhados como cordas abandonadas por muito tempo. Não existia mais nenhum caminho por onde se pudesse seguir para dentro da rocha, mas Kylan sentia uma corrente de ar vindo de trás dos cipós. Havia um túnel ali, mas teriam que passar pela cortina, e se tinha uma instrução de Rian da qual Kylan se lembrava claramente era para ficar longe dos cipós-dedos.

Tavra pegou uma pedra do chão e jogou-a contra os cipós. O contato os fez estremecerem e se entrelaçarem, agarrando e apertando a pedra como tentáculos. Depois de um minuto de avaliação e da constatação de que o objeto não era comestível, os cipós relaxaram e a pedra caiu no chão. Kylan sabia que, se fossem capturados, o resultado não seria o mesmo.

Tavra olhou para Kylan e Naia e levantou as sobrancelhas com ceticismo.

— E agora?

Kylan não tinha uma resposta imediata. Antes que conseguisse pensar em uma, Naia passou por eles e aproximou-se da entrada protegida do túnel, atenta aos cipós, mas desafiante ao tom provocador de Tavra.

— Aughra? — ela chamou, e sua voz perdeu-se no túnel além dos cipós. — Mãe Aughra? Viemos pedir seus conselhos. Você está aí?

Eles esperaram, mas não tiveram nenhuma resposta além dos ecos da voz de Naia e dos assobios distantes do vento. Os cipós se retorciam esperando a refeição. Naia chamou de novo e de novo, mas nada aconteceu. Tavra não estava impressionada ou surpresa, e reagia à situação de forma quase petulante.

— Você não quer a ajuda de Aughra? — perguntou-lhe Kylan. — Mesmo que não acredite que ela possa ajudar, não vale mais a pena usar seu tempo torcendo para que possa?

— Valeria meu tempo se não fosse uma perda de tempo — respondeu a Vapra. Depois ergueu a voz para falar com Naia: — Quanto tempo vamos esperar até você concordar?

Naia olhou para trás e balançou as asas com irritação. Kylan percebeu que ela estava prestes a fazer algo imprudente, mas antes que pudesse impedi-la Naia se aproximou dos cipós-dedos e os tocou. Os cipós se agitaram e moveram-se para agarrá-la, porém pararam. Caíram inertes, imóveis, enquanto Naia os tocava.

— O que ela está fazendo? — cochichou Tavra. — Aquilo é...

Kylan prendia a respiração. Os cipós, tão rápidos para agarrar uma presa, estavam paralisados.

— Sim. Elo de sonhos.

Kylan aprendera a linguagem dos Pernaltas, como todo Spriton aprendia. Tavra certamente também aprendera a linguagem de outras criaturas em seu treinamento para servir a Maudra-Mor. Mas todas eram linguagens faladas com a boca, em conjuntos de palavras e frases. A habilidade única de Naia, de fazer um elo de sonhos com outras criaturas além dos Gelflings, lhe permitia falar na canção universal do coração.

Funcionou. Os cipós se acalmaram e recuaram, abrindo-se como uma cortina para os dois lados do túnel. Naia olhou para trás com um aceno triunfante e gesticulou, convidando Tavra a entrar.

— Você primeiro.

O túnel era sinuoso e escuro. Kylan mantinha a mão na parede enquanto ia andando, sentindo a mudança na pressão à medida que subiam. Tinha certeza de que o túnel possuía a mesma largura em toda sua extensão, mas o espaço escuro e apertado dava a sensação de se fechar em torno deles. Ele repetia para si mesmo que, quando chegassem à saída no topo, estariam na Colina Alta. Onde encontrariam ninguém menos que a Mãe Aughra. Isto é, se ela aparecesse.

Um inseto chilreou em algum lugar no túnel. Os passos do grupo eram os únicos sons além desse. Tavra parou, e todos chocaram-se uns contra os outros na escuridão.

— Tem uma porta. Chegamos.

Com um grande gemido, a boca no fim do túnel se abriu. Kylan fechou um pouco os olhos quando a luz os envolveu; luz e um som que ele não conseguia identificar: o ranger de metal e madeira, de ar e espaço. Quando seus olhos ajustaram-se à claridade, ele não conteve uma exclamação de espanto.

Os quatro estavam na entrada de uma câmara redonda e abobadada. O teto era feito de cristais de gelo, por onde entrava a luz dos três sóis lá em cima. Mesas e prateleiras ocupavam o espaço, entulhadas de equipamentos misteriosos, frascos e garrafas cheias de líquidos ainda mais misteriosos.

Mas o mais impressionante era o enorme aparelho que ocupava o centro da câmara. Ele preenchia o espaço do cômodo com dezenas de enormes esferas instaladas em postes e braços móveis. A máquina rodava e girava como uma coisa viva, esferas orbitando outras esferas, movendo-se em torno de ainda mais esferas, todas elas de bronze, cobre, ferro e pedras cintilantes. Evidentemente, os rangidos emanavam da máquina, e o movimento de suas partes deslocava o ar, criando a sensação de que havia uma brisa dentro da cúpula de cristal.

— Incrível — murmurou Kylan.

Ele reconhecia alguns símbolos gravados nos metais: símbolos que representavam os Três Irmãos, outros que representavam os elementos da terra e da água, do ar e do fogo.

— É o caminho das estrelas — disse ele. — Os sóis e...

— Gelflings!

O grito rouco tirou-os do estado de reverência. Uma figura atarracada, escondida entre as torres de papel, livros e outros artefatos levantava a cabeça escura e deformada. Sua pele era semelhante a couro, enrugada como a casca de uma velha árvore, e havia uma saliência bem no meio de sua testa. Uma cicatriz funda ocupava o lugar onde um dia estivera seu olho direito. O cabelo era uma confusão de preto e branco, todo embaraçado e amontoado em volta dos chifres enrolados, um de cada lado da testa larga.

— Gelflings! — ela repetiu, a voz marcada por um estranho e antigo sotaque que tornava algumas palavras estranhas aos ouvidos de Kylan, embora fossem parte da

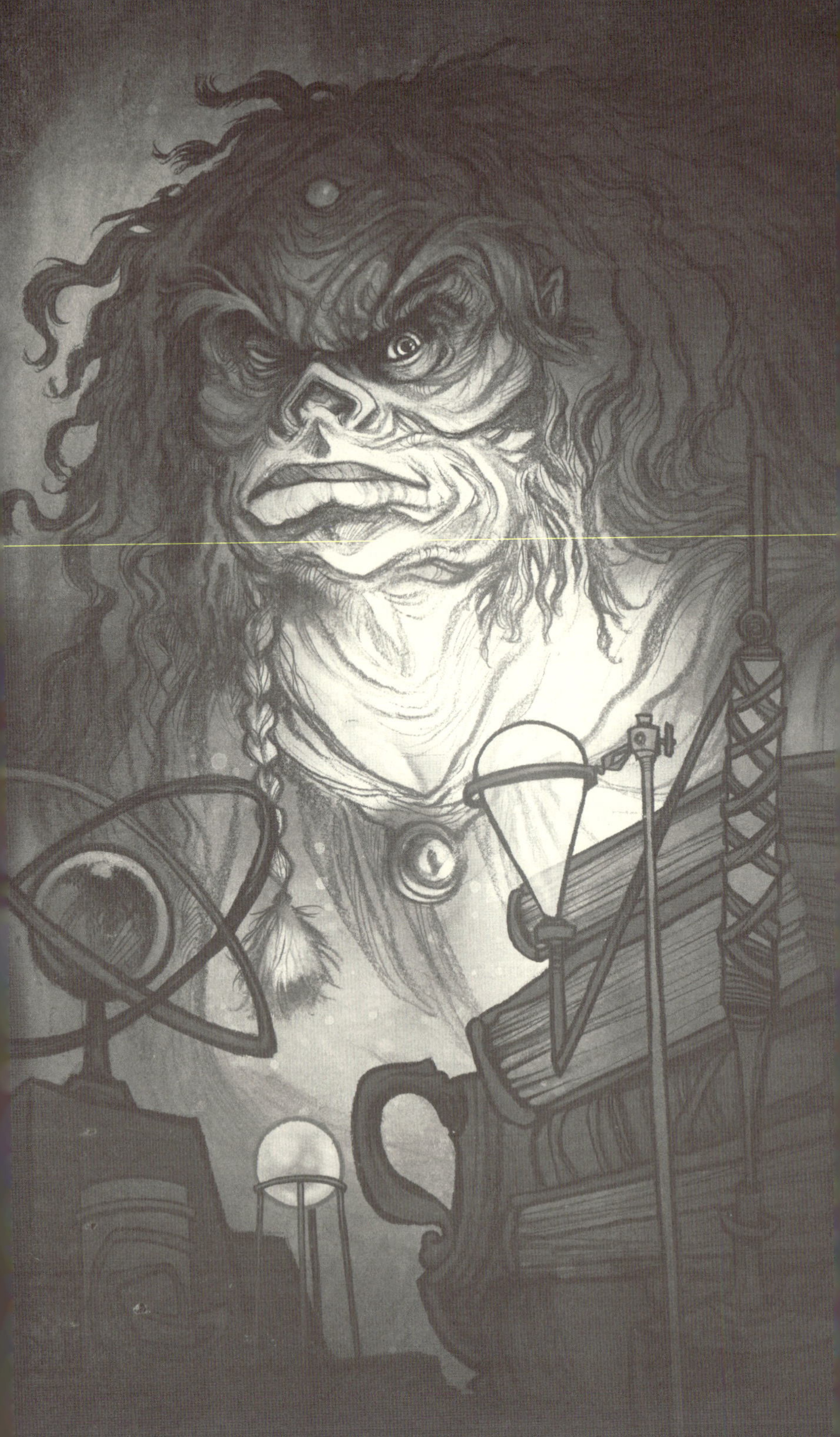

língua Gelfling. — Que é, vão ficar só olhando? Entraram na minha casa só para olhar, é isso? Talvez queiram fazer um desenho e levar com vocês!

Naia assumiu o comando quando Tavra não reagiu; a filha da Maudra-Mor era autoridade no grupo, mas foram eles que decidiram ir até ali.

— Meu nome é Naia — começou ela. — Sou do pântano de Sog. Viemos pedir sua ajuda, Mãe Aughra.

Aughra, porque a criatura velha e desgrenhada só podia ser ela, olhou para Naia com uma careta carrancuda e concentrada. Ela grunhiu e ficou de pé, empurrando a mesa para fora de seu caminho e aproximando-se tanto que seus bigodes tocaram o queixo de Naia quando ela olhou a Drenchen bem de perto. Naia manteve-se firme, embora Kylan notasse um leve tremor em suas mãos quando Aughra a cheirou, depois deu um tapa em seu peito antes de finalmente recuar.

— *Mãe* Aughra, é? Pedir minha ajuda, é? Por que vocês, Gelflings, só chamam Aughra de *Mãe* quando precisam de ajuda? É o que os filhos fazem, acho... acho que é isso que eles fazem.

Aughra apoiou os punhos cerrados nas ancas salientes e observou os outros três visitantes, que estavam perto de Naia.

— Humf! Um Spriton. Uma Vapra... talvez? Outro Drenchen. Humph. Três de sete, nada mal. Ainda é cedo. Onde estão os outros?

— Que outros? — perguntou Kylan.

Aughra bufou, tão alto e forte que a saliva voou do fundo de sua garganta. Ela deu as costas para o grupo e voltou ao lugar onde estava trabalhando quando eles chegaram, balançando a mão e resmungando para si mesma.

— Que outros, ele pergunta. Que outros? Os outros clãs, é claro! Reunião Gelfling. O que mais tem para saber?

Aughra sentou-se pesadamente sobre a banqueta junto à mesa, como se esperasse que eles fossem embora caso os ignorasse por tempo suficiente. A cabeça de Kylan rodava tentando entender o sentido daquelas palavras. Era sobre isso que Rian o havia prevenido? Ela não era a Mãe de Thra que Kylan esperava – era rude, deselegante e indecifrável. Eles ainda nem tinham feito suas perguntas.

— Por favor, Mãe — disse ele. — Precisamos saber o que fazer com...

— Por favor, criança!

Kylan fechou a boca e controlou a irritação. Mas eles foram recompensados pela persistência. Aughra acenou com a mão deformada, dessa vez chamando-os mais para perto.

— Venham, então, Gelflings. Filhos. Aughra já sabe o que vocês querem saber. Se é isso que querem ouvir, no entanto, humph! Pode não ser.

CAPÍTULO 11

Aughra não lhes ofereceu *ta* nem um lugar para sentarem, e os quatro Gelfling ficaram sob as esferas de metal que representavam os céus. Tavra permaneceu mais afastada, apoiada à parede com os braços cruzados, enquanto os outros se aproximavam da mesa de trabalho de Aughra, ainda hesitantes, embora houvessem sido convidados.

Kylan sentia uma leve tontura se ficasse muito tempo observando os movimentos da máquina, por isso ficou olhando para Aughra, que resmungava e grunhia enquanto separava artefatos – ou seria apenas lixo? Era difícil dizer. Quando não conseguiu encontrar o que procurava, ela rosnou frustrada e moveu o braço, jogando no chão uma pilha de objetos.

— Ah! — exclamou. — Ah! Onde estão? Enterrados em algum lugar, provavelmente. Não importa. Não é hora ainda, não adianta. Ainda não tem como saber qual deles, de qualquer maneira. Muito bem, Gelflings. O que querem saber? Tem muita coisa para falar se eu for dizer tudo, então vão ter que fazer uma pergunta de cada vez.

Kylan se prontificou a pegar os objetos que haviam caído. Eram basicamente pedaços de papel com letras que ele não reconhecia, alguns fragmentos de metal esculpido e um livro com capa de couro, fechado por um cordão preto trançado.

— Os Skeksis traíram os Gelflings — começou Naia. — Eu vi o Cristal, no local onde eles o escureceram com encantamento. Precisamos mandar uma mensagem para os Gelflings, todos ao mesmo tempo, para que saibam o que os Skeksis fizeram.

Aughra olhou para Naia com seu único olho, o rosto inexpressivo e ilegível, exceto por uma impressão geral de desdém. De repente, Kylan teve receio de que ela não tivesse uma resposta, ou, se tivesse, que fosse algo impossível de interpretar ou entender.

— E qual é a pergunta? — gritou ela.

Kylan se manifestou.

— Tem algum jeito de mandar a mensagem dessa forma? Algo que alcance todos os Gelflings, mas que os Skeksis não consigam interpretar?

— Teria, se todos os Gelflings soubessem ler, é! — Aughra parou e deu uma gargalhada rouca, depois continuou. — Ah, sim, é claro que tem um jeito. Sempre tem um jeito. Pode ser desse jeito. Pode ser daquele outro jeito.

— Bem, e como é, então? — perguntou Naia.

— Quem sabe? Isso é uma coisa que os Gelflings vão ter que descobrir, não é? Se é uma coisa que só os Gelflings podem entender, como espera que Aughra entenda?

— Não teria nenhum problema se você pudesse entender... Está nos ajudando.

— Se Aughra pode entender, os Skeksis também podem! Quem acha que ensinou Aughra a ler? Bom, não foram os Skeksis, acho. Não exatamente. Eles *ainda* não eram os Skeksis...

— O que sabe sobre os Skeksis? — perguntou Gurjin, antes que ela se perdesse na confusão dos próprios pensamentos. Não era por esse motivo que estavam ali, mas se Aughra tinha informações sobre os Skeksis, Kylan se interessaria por qualquer coisa.

— Sei que eles adoram uma coisinha que rasteja. O que *vocês* querem saber?

Naia reagiu depressa, concluindo o pensamento de Gurjin:

— Tudo!

Aughra era uma criatura em constante movimento, mas parou por tempo suficiente para encarar a menina. Kylan pensou que ela podia estar brava, pelo jeito como mantinha cravado neles seu único olho. Quando ela respondeu, ele continuou sem saber se ficara furiosa ou se estava se divertindo.

— Tudo! — exclamou ela. — RÁ! Não ouviu o que acabei de dizer? Tudo é muita coisa! Perguntas pequenas, Gelfling. Perguntas pequenas com respostas pequenas para sua cabeça pequena!

Kylan conteve Naia antes que ela dissesse algo de que poderia se arrepender. A maneira como Aughra conduzia a conversa sugeria que eles encontrassem o próprio caminho em um labirinto toda vez que ela falava, e não chegariam a lugar nenhum se dependessem da sensibilidade Drenchen de Naia. Kylan reuniu e organizou as palavras antes de interferir, esperando facilitar ao máximo para Aughra a tarefa de responder à pergunta de um jeito compreensível.

— Encontramos um viajante na Floresta Sombria. Um arqueiro chamado urVa. Ele tinha uma cicatriz na mão. Vimos a mesma cicatriz na mão de skekMal, o Caçador dos Skeksis. Como se fossem o mesmo, compartilhassem uma força vital, mas em dois corpos. No começo pensei que poderia ser só skekMal e urVa, mas... os Skeksis estão atrás de Naia e Gurjin porque eles são iguais. Gêmeos. Uma força vital, dois corpos. Era importante o bastante para eles não terem colocado Gurjin diante do Cristal, para tentarem atrair Naia até lá antes disso. Pode explicar que conexão existe entre eles?

Mais uma longa pausa. Aughra uniu os dedos marrons, juntando as pontas de forma que pareciam raízes de árvore crescendo de um pulso grosso para o outro.

— Os Skeksis nasceram na última Grande Conjunção. Foi quando os Skeksis apareceram, e os Místicos. Não é possível haver um sem o outro.

Kylan lembrou-se dos gritos raivosos de skekMal, o Caçador, quando Naia deduziu exatamente a mesma coisa, que skekMal e urVa eram conectados de algum jeito, a mesma entidade em duas formas muito diferentes. O que afetava um, afetava o outro. Eles eram, de alguma maneira, o mesmo, embora urVa fosse gentil, sábio, forte, enquanto skekMal era cruel, perspicaz e impiedoso.

— Místicos... urVa é um deles? Está dizendo que cada Skeksis tem outra metade... um Místico?

O olho amarelo de Aughra se movia entre Naia e Gurjin. Kylan podia ouvir o ruído do movimento do olho na órbita, e isso o deixava mais tenso a cada instante.

— Dezoito Skeksis. Dezoito Místicos. Tem um para cada um, não é? Se os números estão certos — grunhiu Aughra, falando mais para si mesma do que para os Gelflings em seu observatório. — Gêmeos, é? Entendo o que eles estão pensando, mas estão enganados. Gêmeos são duas almas, duas vidas, dois corpos. Uma conexão próxima, sim! Mesmo sangue nas veias, mesma essência Gelfling! Mas você e você, vocês são dois, não? Skeksis e Místicos são um só, divididos. O que acontece com um, acontece com o outro. E vice-versa.

Ainda não era uma resposta direta, mas Kylan teve que aceitá-la. Aparentemente, ela confirmava o que ele perguntara, e era improvável que Aughra revelasse algo mais. Isso explicava o que tinham visto com skekMal e urVa. Também significava que havia outros Místicos, como Aughra os chamava. Um para cada Skeksis. Onde estavam? E será que poderiam ajudar, como urVa tinha ajudado?

— É isso que devemos fazer, então? — perguntou Gurjin com tom esperançoso. — Encontrar os Místicos? Os Místicos podem deter suas metades?

— NÃO! — A resposta retumbou mais alta que o barulho da máquina. — Skeksis não podem destruir Místicos. Místicos não podem destruir Skeksis. O que um é, o outro é. *Você* sabe! *Você* viu! Talvez um Místico possa manter um Skeksis em um lugar. Impedi-lo de fazer o que é realmente mau. Talvez o oposto também. Um Skeksis impede um Místico de fazer o que é realmente ótimo. Mas isso é só um muro. Só um impasse, não uma derrota, não a destruição.

— Então, e se *nós* destruirmos os Místicos? — sugeriu Gurjin. — Para acabar com os Skeksis?

— Não!

Dessa vez foi Naia quem protestou, e Kylan concordou.

— Você não conheceu urVa — disse ele. — Mas ele não é igual a skekMal. Não seria certo usá-lo para atingir skekMal... ou usar qualquer Místico para derrotar os Skeksis.

Ele não tinha um argumento melhor. Apenas não era certo. Sentia isso no coração.

— Aughra, se os Místicos não podem nos ajudar a derrotar os Skeksis, e se você não sabe como devemos mandar a mensagem para todos os Gelflings... pode dizer algo que nos ajude? O que devemos fazer?

— Não sei — disse Aughra. E pigarreou bem alto para limpar a garganta, depois cuspiu no chão. — *Não sei*.

Era um beco sem saída. Se Aughra não tinha nenhuma sugestão para enviar a mensagem urgente, nem solução para deter os Skeksis, que outras perguntas eles poderiam fazer? Kylan mordeu o lábio, temendo que Rian e Tavra estivessem certos o tempo todo. Talvez tivessem perdido tempo indo até ali. Talvez a única capaz de fazer algo fosse a Maudra-Mor.

Aughra continuou:

— Skeksis, Místicos. Nascidos na Grande Conjunção. Talvez morram na próxima. Talvez voltem para o lugar de onde vieram. Talvez o mundo todo acabe! Não tem outro jeito de saber além de esperar. Nada a fazer senão esperar até a próxima. A próxima Grande Conjunção.

Quando as palavras provocaram apenas um silêncio pesado, ela bufou.

— Viram? Eu disse que podia não ser o que queriam ouvir.

Kylan sentia-se infantil por ter depositado tanta esperança em Aughra, acreditando em todas as canções que celebravam seu infinito conhecimento. Ela não parecia se importar com o que estava acontecendo, mas talvez fosse porque não entendia. Ela falou do nascimento dos Skeksis e dos Místicos no que parecia ser o começo dos tempos, mas não disse nada sobre as coisas que estavam acontecendo agora, quando realmente importava. Quando Gelflings morriam. Compreender os Skeksis e os Místicos não impediria o próximo ataque de skekMal a Sami Matagal ou a Pedra-na-Floresta.

— Sabia que eles começaram a consumir nosso povo? — perguntou ele. — Drenar nossa essência?

— Hã?

Sua sobrancelha arqueou-se sobre um olho, e a reação de mínima surpresa, se é que era isso, foi uma pequena vitória. Kylan insistiu nesse caminho, esperando destrancar sua sabedoria se conseguisse organizar as palavras na chave certa. Talvez Aughra estivesse tão preocupada com os céus que não notasse os problemas que aconteciam em Thra. Ele tentou explicar mais uma vez com termos menos rebuscados, esperando que ela conseguisse entender. Precisavam dela, afinal. Ela deveria saber o que fazer. Como resolveriam as coisas se ela não soubesse?

— Eles raptam Gelflings e os amarram a uma cadeira em uma câmara. O Cientista Skeksis os faz olhar para o Coração de Thra, o Cristal, que eles perverteram com seus experimentos. Todos nós confiamos o Cristal a eles, e foi isso que fizeram. A influência dos Skeksis escureceu o Cristal, e agora a escuridão desse encantamento se espalha por todos os lugares. Como uma doença! Está acontecendo agora. Não podemos esperar a próxima Grande Conjunção. Não sabemos nem quando isso vai acontecer! Pode demorar centenas de trines, e nesse tempo os Skeksis podem levar até o último dos nossos.

Aughra tinha se distraído com as coisas em cima de sua mesa, objetos que separava, mas agora os movimentos eram mais lentos, como se fossem pesados. Kylan nunca desejou a tristeza de ninguém, mas nesse momento esperava que a velha estivesse pelo menos um pouco triste. Poderia significar que ela se importava. Ele deu um passo à frente, ainda segurando o livro para ter algo a que se agarrar, quando sentia que todo o resto escapava de suas mãos.

— Diga, pelo menos, se é possível — pediu ele. — Vale a pena enfrentar essa batalha? Está realmente dizendo que os Skeksis são impossíveis de conter e que devemos só... desistir?

Aughra suspirou.

— O futuro é imutável. Um momento único no movimento de todas as coisas: a Grande Conjunção. Mais poderosa que os Skeksis. Mais poderosa que os Místicos. Ainda não enxerguei longe o bastante. Não o suficiente para saber se há esperança. Seja paciente.

Kylan não sabia o que esperava, mas não era isso. Ela não oferecera um mapa para encontrarem o caminho para fora da floresta, nem uma corda para içá-los do pântano. Aughra era sábia, mas sua sabedoria não poderia ajudá-los agora. Ela não era capaz de dizer nem se havia luz no fim da escuridão. Não poderiam esperar que ela os salvasse.

— Estou farto de ser paciente — declarou Kylan com um suspiro que o deixou completamente vazio. — E estou farto de você.

Ele se arrependeu das palavras assim que as pronunciou. Até Tavra parecia surpresa. Aughra o encarou com um olho, o último dos três que já tivera. Pela primeira vez, ele viu uma emoção verdadeira em seu rosto. Ela desviou o olhar do rosto dele para o livro em suas mãos.

Kylan esperava ser repreendido por falar com ela daquela maneira, mas tudo que Aughra disse foi:

— Fique com o livro. Aughra pensa que ele foi destinado a você.

Depois ela virou as costas para o grupo e se afastou, sem convidá-los a segui-la. Kylan pensou em pedir desculpas, mas o ambiente ficou tão carregado de tristeza que não quis provocar ainda mais desse sentimento. O encontro com Aughra chegara ao fim, e fora ele quem o encerrara.

— Vamos — disse Naia. — Vamos sair daqui.

Ninguém falou nada enquanto se retiravam. Não tinham destino, exceto sair da Colina Alta, e Kylan queria tanto deixar tudo aquilo para trás que estava pensando em pedir a Tavra para guiá-los diretamente ao Rio Negro, como ela queria desde o começo.

Quando chegaram a uma pedra larga e plana, cravejada de buracos cheios de água da chuva, eles pararam para descansar. A água nos buracos era limpa e fresca, mesmo com os sóis brilhando. Kylan tentou saboreá-la e se concentrar por um momento. Lavou o rosto, esperando que assim pudesse apagar da memória a lembrança de Aughra e seu planetário.

Talvez não tivesse sido tão ruim. Ele pegou o livro que Aughra lhe dera. Não havia marcas, exceto um símbolo que Kylan não reconhecia desenhado com tinta preta no dorso. O couro azul-acinzentado que o encadernava, escuro e gasto, perdera um canto havia muito tempo, mas, exceto por esse detalhe, estava em boas condições.

Ele folheou o livro e descobriu que a maioria das páginas estava preenchida. A escrita fora feita com tinta, não em gravação de sonhos, como escreviam os Gelflings. Algumas palavras eram ilegíveis, e a caligrafia das páginas não era a mesma dos muitos outros pergaminhos e escrituras no planetário de Aughra. Respingos pretos salpicavam o papel em torno de desenhos, diagramas e, às vezes, formas completamente incompreensíveis que não se encaixavam em nenhuma categoria. Considerando que todo o registro era feito com tinta, não em gravação de sonhos, ele deduziu que o autor não era Gelfling. Porém, em muitos trechos a escrita era feita com letras Gelflings, e com fluência demais para alguém de outra espécie. Os assuntos do texto eram variados, alguns relacionados a geografia, outros a astronomia. Às vezes até pareciam ser os registros de um diário, manuscritos ao longo de algumas páginas. Essas entradas eram quase sempre em uma escrita que Kylan não conseguia ler, mas eram bastante densas, muitas vezes acompanhadas por descuidados respingos de tinta ou pedaços de páginas arrancadas.

— Acho que a mensagem na pedra da teia de aranha estava certa — comentou Naia quando se levantaram para continuar a jornada.

Kylan adoraria descansar mais, mas sabia que não era possível. Se chegassem ao Rio Negro e prosseguissem de barco, talvez pudesse ler durante todo o trajeto seguinte.

— Ah, é? — perguntou Gurjin com uma sobrancelha erguida. — Decidiu o que ela significa?

Kylan deixou Naia contar o segredo, satisfeito com o fim do sigilo, mesmo que ele não importasse mais. Talvez houvesse ao menos alguma resolução nisso.

— A mensagem era *"não confie nela"*. Não quisemos apostar em uma inscrição anônima, mas agora acho que deveríamos ter levado a sério.

— *Não confie nela?* — repetiu Gurjin. — Uma coisa estranha para escrever sobre Aughra. Ela não mentiu para nós. O que tem para confiar... ou não confiar? Ela não falou nada.

— Alguém estava tentando impedir essa perda de tempo — opinou Tavra. Era a primeira coisa que ela dizia desde que saíram da casa de Aughra.

— Primeiro não queria que lêssemos a mensagem, agora a usa para reforçar seu argumento? — respondeu Naia. — Muito Prateado de sua parte.

— Se tivessem contado sobre a mensagem e tivéssemos seguido esse conselho, talvez agora estivéssemos no Rio Negro.

Kylan se sentira tentado pela ideia, mesmo que só por um tempo, mas Naia não fora influenciada, não mudara seus planos. Ela cruzou os braços e encarou Tavra.

— Não. Combinamos que faríamos tudo que fosse possível. Mandar o aviso é o correto. Estamos juntos nisso. Mesmo que não possamos contar com Aughra.

— Então, qual é seu plano? — Ninguém tinha uma resposta para isso, e Tavra jogou o cabelo com ar importante.
— Entendo. Bom, nesse caso, minha sugestão é que, enquanto você formula seu plano, o grupo continue em direção ao rio. Quando chegarmos lá, certamente você terá pensado em alguma coisa brilhante.

O sarcasmo era tão palpável que Tavra poderia fatiá-lo e servi-lo no jantar. Naia inclinou-se e segurou o braço de Kylan de um jeito possessivo, firme e orgulhoso.

— Kylan vai encontrar algo nesse livro. Não vai, Kylan? *Antes* de chegarmos ao rio. Tenho toda a confiança em você!

Depois disso, a menina Drenchen seguiu pisando firme pela trilha. Kylan abraçou o livro quando Gurjin e Tavra olharam para ele. Não sabia se ficava irritado ou lisonjeado por Naia ter colocado sobre ele a pressão de dar o próximo passo, e ainda estipulando um prazo para isso.

Tavra deu de ombros e jogou a capa para o lado para poder embainhar a espada. Depois olhou para Kylan e sufocou uma risadinha desafiadora e cética.

— Melhor começar a ler — disse, e seguiu Naia colina abaixo.

CAPÍTULO 12

Estavam bem perto do vale da floresta quando pararam para montar acampamento pela noite. O lugar que Tavra escolheu ficava perto de um grande lago aninhado entre as montanhas e a floresta. Em meio ao barulho do vento nas folhas e das criaturas noturnas que despertavam, Kylan ouvia o lago e algo que poderia ser o ruído de um riacho, um dos afluentes do Rio Negro. Mais de duas dezenas de rios e riachos menores nasciam nas montanhas altas e alimentavam o canal do rio, como ele tinha aprendido nos mapas do velho livro.

Os mapas não ajudavam em nada, no entanto. Para usar um mapa, era preciso ter uma direção, e era isso que infelizmente faltava no velho livro.

Kylan apoiou-se em uma pedra. Os olhos doíam de tanto ler. Para dar um descanso à mente, ele preparou os próprios pergaminhos e trabalhou no registro do dia, lembrando todos os detalhes possíveis antes de as recordações desaparecerem. Em seu diário, a lembrança do planetário poderia ser preservada para sempre. A jornada até lá poderia ser abrandada. A interação do grupo com Aughra poderia ser só um tropeço no caminho para o sucesso. Tudo de que precisava eram mais capítulos para mostrar que essa amarga decepção não era o fim, mas só uma parte sem importância no meio. Talvez fosse melhor assim.

Não, Kylan decidiu no meio da gravação, é *melhor. Não tem* talvez *nisso.*

E foi desse jeito que ele registrou os fatos no diário, para ter certeza de que futuros leitores os entenderiam dessa maneira. Quando a fogueira foi acesa, o planetário redondo de Aughra e a máquina de esferas de metal que o ocupava eram como um elo de sonhos distante.

Naia e Gurjin estavam quietos, mas, quando começaram a conversar sobre quem teria mais sucesso na busca pelo jantar, surgiu entre eles uma antiga rivalidade. Qualquer morosidade remanescente depois da visita à casa de Aughra – e o confronto seguinte com Tavra – desapareceu rapidamente quando eles partiram em direções opostas, Naia levando uma boleadeira, Gurjin carregando uma lança.

Kylan guardou os pergaminhos e olhou para o livro, tentando fazê-lo cooperar dessa vez. Precisava acreditar que naquelas páginas havia alguma informação escondida, algo que poderiam usar. Algo que faria a viagem à casa de Aughra ter valido a pena no panorama geral das coisas. Tentando renovar a esperança, ele o pegou e o abriu mais uma vez.

— Já encontrou alguma coisa? Nunca vi um Gelfling ler com tanto empenho, nem mesmo os que sabem ler.

Tavra estava atrás dele, amarrando um varal de roupas entre duas árvores.

— Provavelmente, nunca serei um guerreiro como todos os outros de meu clã, mas posso ao menos aprimorar as poucas habilidades que tenho.

Ele deixou o livro sobre as pernas e observou a Vapra amarrando a corda em outra árvore, dando os nós com movimentos habilidosos e experientes. Ela a amarrava tão depressa que era como se nem houvesse um nó, mas ao analisar o trabalho Kylan deduziu que a corda permaneceria esticada mesmo com uma ventania.

— Não sabia que era tão habilidosa com os nós — comentou ele. Tentava demonstrar simpatia na esperança de que a Prateada o tratasse com menos frieza. — Ouvi dizer que os Sifas fazem nós de marinheiro e tecelagem inigualáveis, mas parece que eles têm concorrência!

Era uma tentativa fraca, ele sabia disso. Tavra respondeu apenas:

— Tenho muitas habilidades.

Depois tirou o manto, pendurou-o no braço e foi para o meio das árvores sem dar nenhuma explicação.

Kylan lia sozinho quando os sóis começaram a descida noturna. Os tópicos do livro eram todos misturados, sem nenhuma ordem em particular. Em um momento contavam sobre um banquete recente compartilhado com o povoado, no outro, as anotações descreviam detalhadamente a biologia de uma asa-suri, com desenhos mostrando todos os ossos, músculos e raques das penas.

Kylan parou ao ler as palavras da página seguinte. Era outra entrada do diário, mas dessa vez estava escrita em Gelfling, não em uma das muitas outras linguagens espalhadas pelo livro. O mais impressionante era que esse trecho finalmente tinha um nome, e Kylan leu as palavras com avidez:

Hoje a mãe esqueceu meu nome.
Tive que lembrá-la: "Raunip. Raunip, mãe!", gritei. "O nome que você me deu!"
Como ela pôde esquecer?
Ela tem estado consumida pelos céus. Os céus e o subterrâneo profundo. Não admite que nem Céu nem Inferno possam curar essa doença. Só nós, de Thra, podemos ser o antídoto; e para curar nosso mundo, temos que purgá-lo daqueles forasteiros que fizeram nosso coração cativo.

— Raunip — sussurrou Kylan, tocando a página como se pudesse fazer um elo de sonhos com ela. — É um prazer conhecer você.

Ele perdeu a noção de quantas páginas virou a seguir. Às vezes lia seções do começo ao fim, e às vezes pulava trechos. No início ia marcando as páginas com folhas, mas, quando o livro começou a ficar inchado com tantos marcadores, Kylan percebeu que um dia teria que simplesmente ler tudo se quisesse absorver o texto completo.

"A canção do Coração de Thra pode fazer cantar o osso pneumático da asa do pássaro-sino."

Estava tão compenetrado que, durante um tempo, até esqueceu o motivo da leitura. Quando ouviu a própria voz lendo alto esse trecho, a mente clareou. Era como se estivesse ouvindo o livro falar por muito tempo, ouvindo sem muita atenção, mas agora ele estivesse chamando Kylan pelo nome.

Leia isso, ele dizia. *Essas páginas são para você.*

A página mostrava a ilustração de uma *firca*, a flauta bifurcada que muitos Gelflings tocavam, mas essa era diferente. Uma canção em verso acompanhava a ilustração e explicava por quê: essa *firca* foi construída por Gyr, o Contador de Canções, feita com o osso bifurcado da asa de um pássaro-sino. A canção relatava como o lendário viajante a tocara nas Cavernas de Grot, no fundo das montanhas. Enquanto suas canções ecoavam pelas cavernas infinitas, as palavras de cada canção que ele conhecia eram registradas nas paredes em gravação de sonhos. Lá, contava o livro, o Gelfling Grottan protegeu as canções, bem como outras partes do folclore do povo Gelfling.

No começo, Kylan não sabia em que acreditar. Aquilo parecia impossível. A gravação de sonhos era um processo lento e doloroso, e os pássaros-sino eram criaturas de fantasia. Extintas havia muito tempo. Até mesmo Gyr tinha vivido muito, muito tempo antes, tanto tempo que sua *firca* teria se desintegrado. A coisa toda era, provavelmente, mais uma canção romantizando a invenção da escrita... mas mesmo assim o coração de Kylan palpitava, como se soubesse que havia nessa história algo mais real que o mito.

Se a *firca* era real e podia mesmo fazer gravação de sonhos apenas com o poder de sua música... Ele temia que essa fosse uma falsa esperança, mas Naia acreditava que ele encontraria algo, e não queria desapontá-la. Por isso decidiu falar com ela.

A escuridão tinha chegado quando Naia voltou com Gurjin. Eles retornaram trazendo a mesma coisa: peixe pescado do lago. Kylan lia e ouvia enquanto eles comparavam o tamanho dos peixes e discutiam o que era mais importante, comprimento ou peso. Finalmente, a fome foi maior que tudo e eles se dedicaram a preparar a comida, Naia limpando o peixe enquanto Gurjin cavava os buracos para assá-los. Quando não estavam competindo, eles trabalhavam juntos em total harmonia, e em pouco tempo o cheiro de peixe assado pairava no ar. Kylan fechou o livro misterioso.

— Onde está Tavra? — perguntou Naia, dando a volta na fogueira.

A Vapra não havia retornado, e eles não a esperaram para começar a comer. Gurjin tirou uma porção de peixe das brasas para impedir que queimasse e separou para ela.

— Foi tomar banho no lago, acho. Faz tempo que saiu daqui... Naia, tenho uma coisa para mostrar. Acho que pode ser uma pista sobre como vamos mandar a mensagem.

Naia olhou por cima do ombro de Kylan e apontou para o desenho do instrumento bifurcado. Gurjin juntou-se a eles, e os três estudaram as páginas juntos.

— Isso é uma *firca*?

— Sim. Foi usada para fazer gravação de sonhos de uma centena de coisas nas Cavernas de Grot de uma vez só. Gyr, o Contador de Canções, fez tudo isso só tocando a *firca*. A música ecoava pela caverna e gravava as palavras em todas as pedras que tocava.

— Isso é uma canção, ou é verdade? — perguntou Naia.

— Se for verdade... Kylan, pode usar alguma coisa parecida para escrever nossos avisos sobre os Skeksis? Não teríamos que produzir uma mensagem de cada vez, poderíamos criar muitas de uma vez só. Tantas, que os Skeksis não conseguiriam interceptar todas elas.

— Eu sei. O livro diz que a *firca* foi deixada com os Grottans nas cavernas. Estamos perto do local, de acordo com esse mapa, então pensei que poderíamos ir...

— Os Gelflings Grottan? — perguntou Gurjin. — Eles ainda existem?

Essa era uma boa pergunta, e Kylan não tinha a resposta. O clã Grottan era praticamente um mito, ainda mais recluso que os Drenchens. Kylan sabia que o clã de Naia existia, pelo menos, e onde vivia. Quando a conheceu, não se surpreendeu por ela ser real. Mas os Grottans eram como sombras à noite. Se ainda havia alguns deles vivos, fazia muitos trines que não se interessavam em ser vistos ou ouvidos por outros Gelflings.

Ele não queria iludir os amigos. Havia uma chance muito real de que a canção nesse livro fosse só uma canção, mas também não podia negar a intuição de que havia algo de real nela. Alguma coisa que poderia significar uma vitória para eles. Como Naia ensinara, ele tinha que confiar em sua intuição.

— É possível que a *firca* de osso não exista, mas Aughra talvez soubesse o que estava fazendo. Talvez ela tenha nos dado o livro por esse motivo... Ou talvez não tenha nada a ver com Aughra. De qualquer maneira, sinto que devemos ir. Queria ter mais provas, mas a sensação é tudo que tenho.

— Então nós iremos — respondeu Naia prontamente. — Confio em seu instinto. De qualquer maneira, essa é a única ideia que temos no momento e, se for real, pode ser a resposta que estamos procurando.

Kylan assentiu aliviado. Quando Naia olhou para trás, depois trocou um olhar com Gurjin, Kylan se deu conta de que estivera tão imerso na *firca* e nas Cavernas de Grot, que havia perdido alguma coisa. Naia e Gurjin tinham um segredo, e se preparavam para dividi-lo com ele. Naia sentou-se a seu lado para poder cochichar.

— Tavra pode voltar logo, por isso vou falar rápido. Depois do que Aughra contou sobre os Skeksis e os Místicos, acho que entendo por que eles querem tanto pegar nós dois, Gurjin e eu. E apesar de Aughra ter dito que não vai funcionar, duvido que parem de nos perseguir. Se continuarmos todos juntos, só vamos facilitar as coisas para eles. Então... Gurjin e eu achamos que é melhor o grupo se dividir. Queremos saber o que você acha.

Kylan sentiu-se tocado por ela pedir sua opinião, mesmo que não soubesse o que dizer ao ser pego de surpresa pelo plano ousado. Ele olhou para Gurjin, que mantinha as orelhas em pé e permanecia alerta para ouvir o retorno de Tavra enquanto afiava sua lança.

— Para onde ele iria? De volta para Pedra-na-Floresta?

— Para casa, em Sog — respondeu ela. — Gurjin vai voltar para casa e contar aos meus pais o que aconteceu. Lá poderá se recuperar por completo e ficar seguro... É longe do Castelo do Cristal. Os Skeksis nunca o encontrarão se viajar sozinho. Principalmente se for para o sul, para longe de Ha'rar.

Se os Skeksis estivessem seguindo o rastro de Rian para a Maudra-Mor, deviam estar quase em Ha'rar. Em Sog, Gurjin estaria o mais distante possível deles. Lá ele poderia descansar e ser curado pela Maudra Laesid, a mãe de Naia. Estaria no melhor lugar para escapar dos Skeksis, caso eles o perseguissem.

— Você se sente bem o bastante para isso? — perguntou para Gurjin, erguendo a voz apenas o suficiente para ser ouvido perto da fogueira.

— Se eu viajar no meu ritmo, sim — respondeu Gurjin. — Conheço a Floresta Sombria, e sei como os Skeksis se movem por ela. Conheço as trilhas de skekMal. Estou fraco, mas graças a Naia já me sinto bem melhor. Talvez, sozinho, consiga até viajar mais rápido.

— E ele vai levar Neech — continuou Naia. — Neech pode seguir na frente à noite, vigiar e caçar.

— Fez bem em falar tudo isso antes de Tavra voltar — opinou Kylan. — Ela não vai concordar nunca.

— Ela vai ter que escolher entre ir atrás de Rian ou de Gurjin, e meu palpite é que ela vai escolher Rian. Ele está no caminho para Ha'rar, onde ela finalmente vai poder se livrar de nós.

O último comentário era amargo. Kylan afagou o ombro de Naia.

— Ela vai ficar furiosa por não termos pedido autorização, mas acho que você está certa, e talvez ela entenda, depois que tudo for feito. Se Gurjin conseguir voltar para Sog, alguém vai fazer contato com os Drenchens, pelo menos.

Gurjin e Naia assentiram juntos.

— Partirei hoje à noite, durante meu turno de vigília — disse ele. Depois estendeu a mão, e Kylan a segurou. — Foi muito bom conhecê-lo, Kylan, o Contador de Canções. Fico feliz por minha irmã ter encontrado você.

Passos ecoaram nas sombras além da fogueira. Tavra retornou com os cabelos prateados secando sobre os ombros e jogou o manto recém-lavado sobre o varal. Ao lado dele, pendurou as sandálias, amarradas pelos cadarços, limpas e pingando água do rio.

— Bem-vinda de volta — disse Kylan. Tentava não demonstrar nervosismo, mas cada segredo que escondia dela parecia mais um unamoth batendo as asas dentro dele. Porém, quando realmente ouviu seu instinto, ele percebeu que não era a mentira que causava o desconforto, porém a presença de Tavra. Não sabia o que era, mas, depois dos comentários de Naia, concordava que havia algo de errado com ela. Esperava que, quando chegassem a Ha'rar, a Maudra-Mor pudesse resolver isso. Talvez ela conhecesse um encantamento ou sérum capaz de curar o que os Skeksis tinham feito.

Tavra piscou duas vezes para Kylan, como se estivesse surpresa por ele ter falado algo. Sem sequer agradecer, ela sentou-se do outro lado do fogo e começou a trançar o cabelo úmido. À luz da fogueira, o único brinco projetava reflexos em seu pescoço pálido, e Kylan desejou ser capaz de encontrar as palavras corretas para eliminar o que causara a animosidade que radiava dela. Se houvesse uma canção que tocasse seu coração, como o de Rian fora tocado... Mas nem todos os problemas podiam ser solucionados com uma canção. Kylan sabia disso mais que ninguém. Por ora, teria apenas que torcer para Tavra não ficar muito zangada quando acordasse na manhã seguinte e descobrisse que Gurjin havia partido sem sua aprovação.

Quando o fogo se transformou em brasas, Naia assumiu o primeiro turno da vigília, e Kylan cobriu os ombros com seu manto, virando-se de costas para os outros, para não deixar muito evidente que estava acordado. Ficou ali deitado, pensando em como Tavra reagiria ao amanhecer, e se Aughra sabia sobre a canção da *firca* no livro. Talvez a Mãe Aughra estivesse certa: talvez o futuro fosse imutável, e conhecer as maiores maquinações dos céus fosse o único jeito de conhecer a verdade do presente.

Ou talvez Aughra estivesse errada, e eles estavam certos ao tomar as decisões nas próprias mãos, despedir-se de Gurjin na calada da noite e trair a autoridade e a confiança de Tavra. Ela entenderia, ou os repreenderia como se fossem crianças? Ou pior! Ela era filha da Maudra-Mor e, se Tavra considerasse o assunto com a devida seriedade, agir contra suas determinações poderia ser interpretado como traição. Não, isso seria extremo. Mesmo que ela fosse mais séria e severa do que lembravam, ainda era Tavra. Acreditava neles e em sua causa.

Kylan continuou se preocupando até cochilar, e só notou que dormira quando já estava amanhecendo. O fogo se apagava, a fumaça subia em meio ao orvalho da manhã e o céu tinha o tom mais claro de azul, quase invisível além das árvores.

Alguém se ajoelhou ao lado dele. Kylan não se mexeu, temendo que o movimento pudesse despertar Tavra e arruinar o plano feito às pressas. A mão tocou seu ombro, e ele ouviu o elo de sonhos que penetrava em sua cabeça trazendo a voz de Gurjin.

Até nosso próximo encontro, Irmão Kylan. Tome cuidado.

E o menino Drenchen partiu sem fazer nenhum ruído, sem que seus passos fossem ouvidos enquanto ele desaparecia na floresta.

CAPÍTULO 13

Kylan acordou com Tavra e Naia discutindo. Não acreditava que seria possível dormir de novo tão perto do amanhecer, mas sentia o corpo pesado e o rosto frio onde estava apoiado na terra dura. Pensou em fingir que dormia até a discussão acabar. A essa altura Gurjin já devia estar tão longe que seria impossível localizá-lo, presumindo que sua habilidade de mover-se pela floresta fosse tão boa como ele afirmava. Apesar da raiva, Tavra enfrentaria uma batalha perdida se decidisse persegui-lo agora.

— Ele deixou isto — disse Naia, mostrando a Tavra uma pedra achatada onde havia uma gravação de sonhos.

Gurjin não era alfabetizado, mas a tinha marcado com um símbolo que a maioria dos Gelflings conhecia, mesmo os que não sabiam escrever: o símbolo de seu clã, um signo criado para fins específicos de magia. O sinal dos Drenchens era o muski de bigodes, que parecia adequado à situação, já que Neech fora com Gurjin, como eles planejaram.

— Deve significar que ele está voltando para Sog. Para minha família. Lá ele vai estar seguro!

— Seguro? Talvez quando chegar ao pântano! Mas ele pode se perder no caminho, ou na Floresta Sombria. Nunca o encontraremos!

— Não precisamos encontrá-lo. Sabemos para onde ele foi e que estará seguro lá. Isso é o mais importante, não acha? Se viajássemos juntos, os Skeksis poderiam capturar todos nós ao mesmo tempo. Pelo menos agora dificultamos para eles.

Tavra ainda não tinha posto o manto sobre os ombros, e as asas livres vibravam de irritação. Diferentes das de Naia, as dela eram transparentes, coloridas como o arco-íris sob o sol da manhã. Kylan sentou-se, bocejou e espreguiçou, fingindo que estava acordando.

— Por que estão tão agitadas? — perguntou.

Encenar – ou seria mentir? – não era um de seus pontos fortes, mas ele sabia que não deveria simplesmente entrar na conversa. Na verdade, preferia nem participar dela, mas não tinha muito como evitar. Era cúmplice de Naia e a única outra pessoa no grupo, agora que Gurjin partira.

— Gurjin foi embora — respondeu Naia. — Voltou para Sog, e acho que foi melhor assim.

— Ele foi imprudente. Vai estragar tudo — resmungou Tavra, porém não pegou a espada ou o manto. Sabia que aquela era uma causa perdida. — Mas não temos como encontrá-lo agora. Só podemos torcer para que consiga chegar ao lugar para onde disse ter ido. Vamos ter que deixá-lo para depois. Agora vamos, precisamos ir embora. Vamos chegar ao Rio Negro ao anoitecer, ou nem sei o que vou fazer.

Naia cruzou os braços e continuou onde estava.

— Não — disse.

— Como é?

— Quero chegar a Ha'rar, é claro, mas Rian já está muito adiantado. Você não é a líder deste grupo, e estou cansada que nos trate como crianças de quem precisa cuidar. Kylan encontrou uma coisa no livro que Aughra deu a ele, uma *firca* mágica que pode servir para mandarmos a mensagem a todos os Gelflings. E é para lá que vamos. Para as Cavernas de Grot, para procurar a *firca*. Rian pode falar ele mesmo com a Maudra-Mor, e deixamos para encontrá-lo depois que terminarmos o trabalho que prometemos fazer.

Tavra abriu as asas em uma reação de raiva, e suas bochechas ficaram vermelhas.

— *Tsc!* Não me faça lembrar qual de nós quase virou jantar de uma planta, ou quem quase foi envenenado e morto por aranhas, e tudo isso só em dois dias!

Naia bateu o pé, não em sinal de birra, mas de desafio.

— Não pedimos sua ajuda, e seria um prazer agradecer por ela se você não agisse o tempo todo como se estivesse chupando alga salgada.

— Como se atreve a falar comigo desse jeito? Minha mãe é a Maudra-Mor!

— *Ah, é?* Não esqueça que minha mãe também é maudra e, diferente de você, *eu* serei sua sucessora um dia!

Kylan engoliu em seco no silêncio que se seguiu. A tensão enfim tinha atingido seu ponto máximo e, de certa forma, isso era um alívio. Ele não gostava de como Naia se impusera sobre Tavra usando sua posição, certamente não era a maneira mais diplomática de afirmar sua superioridade, mas deu certo. Kylan esquecia que Naia era filha de uma maudra. Sua mãe, Laesid, podia não ser a Maudra-Mor, mas era possível que, quando a substituísse, Naia tivesse ainda mais prestígio que Tavra junto à Maudra-Mor. Kylan não sabia quantas irmãs mais velhas Tavra tinha, mas o fato de estar ali no meio do nada, e não em Ha'rar, era um sinal de que ela não estava perto do topo na lista de sucessão.

Kylan se preparou para a retaliação. Tavra prendia a respiração e suas bochechas estavam vermelhas. Essa Gelfling impetuosa e hostil era mesmo a soldado que cuidara deles com tanto altruísmo? O que havia acontecido com ela depois da drenagem de energia no castelo?

Finalmente, ela deixou escapar o suspiro mais irritado que Kylan jamais ouvira.

— Muito bem — disse. — Vamos fazer do seu jeito, Drenchen. Vamos procurar uma flauta que provavelmente não existe e, enquanto isso, correr o risco de acabarmos presos em um túnel na montanha. Para mim, tanto faz. Vamos morrer logo!

Naia cerrou os punhos, e Kylan interferiu antes que a situação piorasse.

— As Cavernas de Grot ficam a leste desse lago, se o mapa estiver correto. O livro diz que Gyr deixou a *firca* lá, com os Gelflings Grottans.

Se tivessem a aprovação de Tavra, pelo menos conseguiriam evitar o confronto por conta disso. Era preciso agarrar o que tinham. Ele incentivou Naia a preservar a paz entre eles tanto quanto fosse possível, e embora bufasse inflando as bochechas, ela soltou o ar e falou com calma.

— Então é isso. Vamos contornar o lago. Se os Grottans ainda existem, podemos perguntar a eles e contar sobre os Skeksis, se acharmos que acreditam em nós. Se não os encontrarmos, nós mesmos procuraremos a *firca*.

— E se não encontrarmos a *firca*? — perguntou Tavra. — Vão concordar com o fim dessa busca inútil e seguir comigo para Ha'rar?

Kylan não queria pensar no que fariam se não existisse *firca*, mas isso era possível. Aughra não pudera ajudá-los, e se a *firca* também fosse uma pista inútil talvez fosse melhor fazer o que Tavra queria e tentar alcançar Rian. Além disso, ele queria a ajuda de Tavra.

— Sim, concordo. E mesmo que encontremos a *firca*, vamos diretamente para Ha'rar depois disso — sugeriu ele. — De qualquer jeito, Tavra, vamos para o norte. Se nos ajudar, acho que tudo vai ser melhor. Se nos ajudar a encontrar a *firca*, vamos poder seguir para a capital ainda mais depressa.

Kylan achava que a proposta era boa, se não para acalmar a turbulência entre eles, pelo menos para servir de motivação para Tavra continuar no grupo. A alternativa não mencionada, é claro, era Tavra deixá-los e seguir sozinha para Ha'rar.

Ela começou a tirar o varal. Os nós invisíveis se dissolviam em suas mãos, caindo como se nunca tivessem sido amarrados, e por um momento ela segurou o rolo de corda branca como se considerasse a ideia de amarrá-los e arrastá-los para Ha'rar.

— Vamos logo com isso — disse.

A caminhada até o lago foi breve e, quando chegaram, Kylan parou para pegar o livro. Naia pisou na água transparente, e sua pele ficou mais verde ao absorver a umidade. Ela olhou para a superfície mansa, e Kylan imaginou que pensava no irmão. Ou em Neech, cujo desaparecimento Tavra não havia notado e, provavelmente, não notaria, já que a enguia voadora costumava se afastar sozinha ou dormir no meio do cabelo de Naia durante o dia.

O céu estava limpo, o sol brilhava, e as páginas do velho livro eram fáceis de ler. Kylan as tinha marcado com mapas e as virava depressa. Ele encontrou o norte analisando o musgo nas árvores e, tomando por base as montanhas que se erguiam em volta do lago, definiu bem depressa a posição do grupo. Até a Colina Alta era visível no ar limpo, dando a ele ainda mais certeza de que sabia onde estavam e para onde deveriam ir.

— Por ali — disse, apontando para o lago a leste, onde a água encontrava penhascos vermelhos que subiam diretamente para as terras altas. De onde estavam, era como se vissem apenas encostas de montanhas, mas a superfície era porosa e ondulada, e Kylan imaginava que muitos túneis e cavernas poderiam se esconder no interior da formação.

— Vamos andar pela margem ou improvisar uma jangada, ó, navegador? — perguntou Tavra com um tom tão seco que devia ser só uma pergunta retórica, mas Kylan respondeu mesmo assim.

— Acho que pela margem vai ser mais rápido. Estamos do lado mais próximo, e construir uma jangada vai demorar muito.

— Pena não termos trazido o barco — comentou Naia quando começaram a andar.

A margem era arenosa, salpicada de pedras e conchas descartadas pelas criaturas do lago. Naia encontrou até uma grande escama cor de bronze e guardou-a no bolso como suvenir. Kylan lidava com os mapas, tentando decifrar as anotações e sinalizações borradas de tinta. Em alguns momentos ele teve medo de que tudo aquilo fosse invenção, só um desenho abstrato feito por um maluco para retratar um lugar que apenas parecia ser real.

Sua expressão devia ser eloquente, porque Naia percebeu e lhe perguntou qual era o problema.

— Estou com medo de não acharmos as cavernas — confessou ele. Não a preocupou com o restante de suas apreensões: o medo de não existir *firca* nenhuma quando chegassem lá, ou de estar insistindo nessa invenção só para se sentir importante e útil.

— Bom, *não* tenha medo — respondeu ela. — Estamos aqui. Temos o mapa. E Thra é nossa testemunha de que Tavra está conosco. Se for para nos levar até Ha'rar mais depressa, ela vai encontrar essas Cavernas, nem que seja a última coisa que faça.

Ele a olhou de lado.

— Está gostando disso, não está?

— Não estou *não* gostando.

A situação era tensa, mas pelo menos Naia estava a seu lado. A praia do lago fazia uma curva e depois seguia diretamente para os penhascos onde, de acordo com o mapa, estariam as cavernas. Quando se aproximaram, Kylan percebeu quanto os penhascos eram maiores. A parede de rocha negra cravejada de samambaias parecia bloquear o céu. A sombra do paredão caía sobre eles, e Kylan sentiu um arrepio.

— Tavra deve estar pensando em muitas coisas. E deve estar exausta... talvez com dor, depois do que os Skeksis fizeram. Estou surpreso por ela ainda andar, e sem reclamar. Quando voltar a Ha'rar, vai ter que explicar tudo para a mãe...

— Não invente desculpas para ela — Naia o interrompeu antes que ele fosse longe demais. — Tudo isso pode ser verdade, mas não lhe dá o direito de ser rude ou maldosa. Falar com firmeza é uma coisa. Tratar os outros como lixo é outra. Estou cansada disso, e se ela continuar descontando suas dificuldades em nós é bom estar preparada para ouvir respostas.

Tavra poderia ter decidido abandoná-los em qualquer ponto da jornada, mas os acompanhava. Isso significava que se importava, apesar de sua atitude, e Kylan decidiu interpretar a decisão como um bom sinal.

— Eu sei, eu sei.

— Aughra também deveria ter se preparado para ouvir umas respostas, não é? — perguntou Naia.

Kylan riu, apesar de sentir o rosto esquentar.

— Aquilo foi um acidente. Saiu sem querer.

— Não sabia que era capaz disso. Gostei. Alguém precisava dizer o que todos nós estávamos pensando.

— Eu teria ficado mais contente se ela tivesse nos dado algumas respostas, ou alguma esperança. Ou alguma coisa. Qualquer coisa.

— Ela nos deu algo. Um motivo para seguirmos nosso caminho. E esse livro. Vocês dois são inseparáveis! Eu já estava começando a ficar com ciúme.

— Com quem mais eu passaria meu tempo, enquanto você e Gurjin não desgrudavam um do outro?

Parte do comentário era brincadeira, mas Naia só respondeu a parte que não era engraçada.

— Kylan! Não fale assim. Se eu tivesse que escolher só um companheiro de viagem, escolheria o que está aqui agora.

— Só porque acha que posso precisar de proteção — respondeu Kylan. Mais uma vez, parte da declaração era brincadeira, mas havia nela um fundo de verdade, mesmo que pequeno. — Ou de alguém para remar o barco.

— Não — protestou Naia. — Porque Gurjin e eu sempre vemos as coisas do mesmo jeito. Se viajássemos sempre juntos, nunca conseguiríamos chegar a lugar nenhum. Quando estou com você, tenho alguém que olha por mim de uma perspectiva diferente. Isso é importante para mim.

— Tudo bem, eu acredito.

— Jura?

Ele estava prestes a dizer que sim quando Tavra os chamou. Finalmente tinham chegado ao fim da praia, que terminava de forma abrupta nos penhascos. As ondas do lago lambiam a pedra à sombra fria do paredão. Morcegos e aves das cavernas entravam e saíam dos milhões de buracos que salpicavam a superfície. No nível da água, Kylan conseguia ver bocas de caverna do tamanho de um Gelfling. O lago penetrava nelas em riachos estreitos que se perdiam depressa na escuridão que dominava a encosta.

Tavra apontou para um lugar no penhasco acima da caverna mais próxima. Escondido sob a cascata de samambaias e trepadeiras aquáticas havia um símbolo Gelfling que alguém colocara ali em gravação de sonhos. A pictografia animal era muito antiga, apagada pela erosão, mas inconfundível: um hollerbat de asas finas, símbolo do clã Grottan dos Gelflings.

CAPÍTULO 14

Embora a entrada da caverna mais próxima fosse completamente visível, alcançá-la ainda era um desafio. Os túneis pareciam ser feitos para acesso via barco, difíceis de alcançar a pé, com aberturas mais horizontais que verticais. No entanto, havia ao longo do penhasco uma protuberância baixa, larga o bastante para um Gelfling andar, e eles a seguiram ao longo da parede de pedra até conseguirem entrar no túnel. Lá dentro, envolto em sombras frias, o teto era tão baixo que era preciso rastejar para não bater a cabeça nas estalactites. Era um canal natural, tão fundo que eles poderiam ter entrado de barco, sentados e remando com conforto.

Só que eles não tinham um barco, e por isso rastejavam pelas margens estreitas dos dois lados da via aquática. As ondas do lago se sucediam em volta deles, e às vezes submergiam as mãos e os joelhos de Kylan. Em dado momento, uma onda tão forte entrou na caverna, que a água subiu até sua barriga, e ele pensou em simplesmente rolar para o canal e nadar, em vez de continuar rastejando pelas pedras molhadas e cobertas de limbo.

Kylan não dera muita importância à menção dos canais subaquáticos no livro. Agora, enquanto engatinhava atrás de Naia e sentia o teto e as paredes cada vez mais próximos, experimentava um tremor de pânico inesperado no fundo do ventre. Nunca estivera em um espaço tão apertado, e se surpreendia com o medo que sentia, apesar de saber, racionalmente, que não havia perigo real. Não fazia diferença, na verdade. Era tarde demais para recuar, e mesmo que não fosse, se voltasse atrás ele não teria esperança nenhuma de descobrir se a *firca* mágica de Gyr existia ou não.

A jornada desconfortável logo foi recompensada. O túnel se abriu, e as passarelas dos dois lados do canal tornaram-se altas o bastante para que eles ficassem em pé. Tavra resmungou algo quando se levantou e limpou terra e algas das asas, o que arrancou um sorriso de Naia, que se sentia perfeitamente à vontade estando molhada e suja de lama.

Eles continuaram andando por um túnel longo e sinuoso. No meio dele corria o canal, iluminado a partir do fundo por algas e cardumes de anêmonas de água doce, todos padronizados em listras e pontos de luz de cores diferentes. A água era transparente e profunda, e Kylan decidiu que fora um acerto não tentar nadar nela. Não havia como saber que tipo de criaturas famintas viviam entre as pedras escuras no fundo.

As luzes dos seres do lago eram brilhantes o bastante para iluminar a maior parte do túnel, embora precisassem de tempo para se adaptar à fraca luminosidade. A luz radiante do dia além da caverna já havia desaparecido quase completamente, como se eles tivessem entrado em outro mundo, que existia em uma noite permanente.

— Estamos nas Cavernas de Grot, com certeza — disse Naia. — Vejam, mais inscrições.

Nas paredes, gravações de sonhos brilhavam em consequência dos depósitos de minerais. A maioria eram pictografias, mas havia algumas palavras também. Kylan acompanhou o traçado com os dedos, pensando se aquelas seriam algumas das gravações de sonhos feitas por Gyr tantas eras antes.

— *Que toda luz não verdadeira seja tragada pela escuridão* — leu ele em voz alta. — Que sinistro. Está escrito como uma bênção, mas não consigo me livrar da sensação de que é um aviso.

Tavra não deu nenhuma atenção às inscrições, embora fosse alfabetizada. Aparentemente, não havia relação entre capacidade e interesse.

— Vamos em frente. Pelo menos podemos progredir mais depressa a pé.

Embora a passarela fosse mais larga, o caminho não era nada fácil. Pedras soltas moviam-se a todo momento embaixo dos pés, escorregadias e afiadas, difíceis de ver no escuro. Kylan pensou ter ouvido sussurros uma ou duas vezes, mas, mesmo que alguém os estivesse observando, não tinha como saber. Às vezes, quando a orelha ficava mais perto da parede de pedra, ele ouvia batidas fracas, como se alguém batucasse com os dedos em uma parte distante da caverna.

À medida que se afastavam mais e mais do mundo exterior, as gravações de sonhos tornavam-se mais frequentes, embora surgissem muitas vezes palavras e personagens que Kylan não reconhecia. Logo as imagens cobriam as paredes da caverna do teto ao chão, mais inscrições do que havia nas páginas de seu livro. Ele e Naia admiravam as gravações, e ele apontava algumas pictografias mais fáceis de ler. Logo ela começou a reconhecê-las: os símbolos dos três sóis e três luas; o caractere encaracolado e triparte para *Thra*.

— Coração de Thra — leu Kylan. — *Mais próximos nós, o clã Grottan, do Coração de Thra que... qualquer outro...* O Castelo do Cristal fica a dias de viagem para o oeste. Isso deve ter algum significado simbólico.

— Todo clã Gelfling acredita ser o mais próximo de Thra — falou Tavra. — No entanto, os Gelflings são as únicas criaturas do planeta que fazem disso uma disputa. É absurdo.

Kylan tentou amenizar a tensão.

— Podemos ter diferentes maudras fundadoras — disse.

— Mas somos todos Gelflings. Decerto, nenhum de nós é mais próximo de Thra que os outros.

Tavra sufocou uma risadinha.

— Talvez possa haver um consenso entre os clãs Gelflings, mas ele exclui outras criaturas. Ser um dos favoritos de Aughra garante muitos luxos, mesmo que não sejam vistos dessa maneira. Essa é a definição de criança mimada.

Naia revirou os olhos atrás de Tavra, e a Prateada não viu sua reação. Kylan não sabia exatamente aonde Tavra queria chegar com aquilo, mas não insistiu. Já estavam em um espaço sufocante, não precisavam piorar a sensação claustrofóbica com mais discussão. O silêncio parecia ser a melhor maneira de apagar o incêndio, então, ele se calou.

Os três andavam sem falar nada, ouvindo o ruído de água pingando e escorrendo na caverna e o retumbar fraco de um rio subterrâneo distante. Às vezes o ar era mais quente, às vezes, mais fresco, como se eles passassem pelas sombras das árvores em um campo aberto e ensolarado. Mais provavelmente, Kylan pensou, havia nascentes brotando da terra, aquecendo a rocha. Nos lugares onde ela era mais quente, musgo azul e denso crescia em bolas esponjosas salpicadas de brotos transparentes e brilhantes. Onde era mais fria, criaturas rastejantes iam e vinham nas sombras, vermes protegidos por carapaças e com centenas de pernas e antenas em espiral, alimentando-se do líquen armazenado entre as pedras.

As cavernas pareciam infinitas, como se preenchessem toda Thra. Talvez preenchessem. Era muito diferente das planícies abertas e da floresta iluminada do território Spriton. Até a Floresta Sombria e as terras altas eram familiares, de certa forma, mas as cavernas eram tão estranhas para Kylan quanto a superfície do Grande Sol ou o fundo do oceano. Ele se perguntava se essa estranheza fora sentida por Naia quando ela saiu do pântano de Sog e pisou em terra seca pela primeira vez na vida. Ela havia atravessado as planícies Spriton e além, seguindo até o Castelo do Cristal. Ao lembrar-se disso, Kylan se dispôs a ter a mesma coragem.

Forasteiro...

Um sopro de vento agitou o ar parado, e Kylan pensou ter ouvido uma voz, um sussurro fraco como uma respiração, mas, quando a brisa passou, deixou em seu lugar apenas o cheiro de água fresca e terra. Adiante havia uma parede, e ele acreditou que o túnel tinha acabado. Foi então que o bloqueio tremulou em mais um sopro de ar com cheiro fresco, e ele percebeu que não era uma parede, mas um cobertor de musgo que crescia no teto do túnel e descia até tocar a superfície da água do canal. O musgo formava uma espécie de passagem, ou uma cortina, e a brisa que passava por ali dava a Kylan a esperança de terem encontrado algo magnífico que estava logo ali, do outro lado.

Naia foi a primeira a tocar a cortina de musgo. Era grossa, tão densa que envolveu todo seu braço. Diferente dos cipós-dedos que agarravam e prendiam, o musgo era manso, e alguns ramos se afastaram para deixar passar a menina Drenchen. Sem hesitar nem olhar para trás, Naia passou pela cortina, e Kylan e Tavra a seguiram. Com três passos eles atravessaram os ramos macios, e Kylan não conteve uma exclamação de espanto ao chegar do outro lado.

O canal dividia-se no ponto em que eles estavam, corria para a esquerda e para a direita através da bacia da caverna ampla que ocupava o espaço além do túnel. O teto vertiginoso subia para o que devia ser o corpo das montanhas. A luz, vinda dos buracos no teto distante, derramava-se em colunas, só o suficiente para iluminar um pouco o lugar, deixando a maior parte dele envolta em mistério.

— É bonito — murmurou Kylan. A palavra não fazia justiça ao lugar fantasmagórico, mas era um começo.

— Está vazio — apontou Tavra, como se as duas coisas não pudessem coexistir. — E é perigoso. Quem sabe o que pode viver nessas cavernas. Tem cheiro de morte. Vamos procurar a *firca* e sair daqui.

Naia deu um passo adiante para seguir na frente do grupo, mas parou quando uma pedrinha rolou de uma das passarelas lá no alto. Kylan olhou para cima e não viu nada, mas então ele *ouviu*. Sussurros à sua volta, sons que se misturavam. Os sons ficaram mais altos, e ele decifrou as palavras:

Forasteiro. Diurno. Prateado.

— Fantasmas? — reagiu ele.

Naia, porém, era menos supersticiosa e perguntou:

— Tem alguém aí?

Tem alguém aí? Responderam os sussurros. Ou eram ecos? *Aí... Alguém aí... Ela quer saber se tem alguém aí... Se alguém está onde?*

— Tem alguém aqui.

A voz branda e macabra veio de trás deles, e Kylan virou e recuou, tropeçando em Naia. Sobre a entrada do canal por onde tinham acabado de passar, uma silhueta de capuz e manto estava empoleirada na pedra, muito próxima, os pés descalços e pendurados quase tocando a cabeça de Tavra antes de ela pular para longe. A silhueta, que parecia ser de um Gelfling, inclinou-se para a frente e descansou o queixo nas mãos. A luz pálida tocou seu rosto. Onde deveriam estar os olhos, Kylan viu apenas profundos poços negros.

Um arrepio percorreu seus braços e pescoço quando o sussurro soou novamente:

— O que é tão importante para trazer diurnos até as Cavernas de Grot?

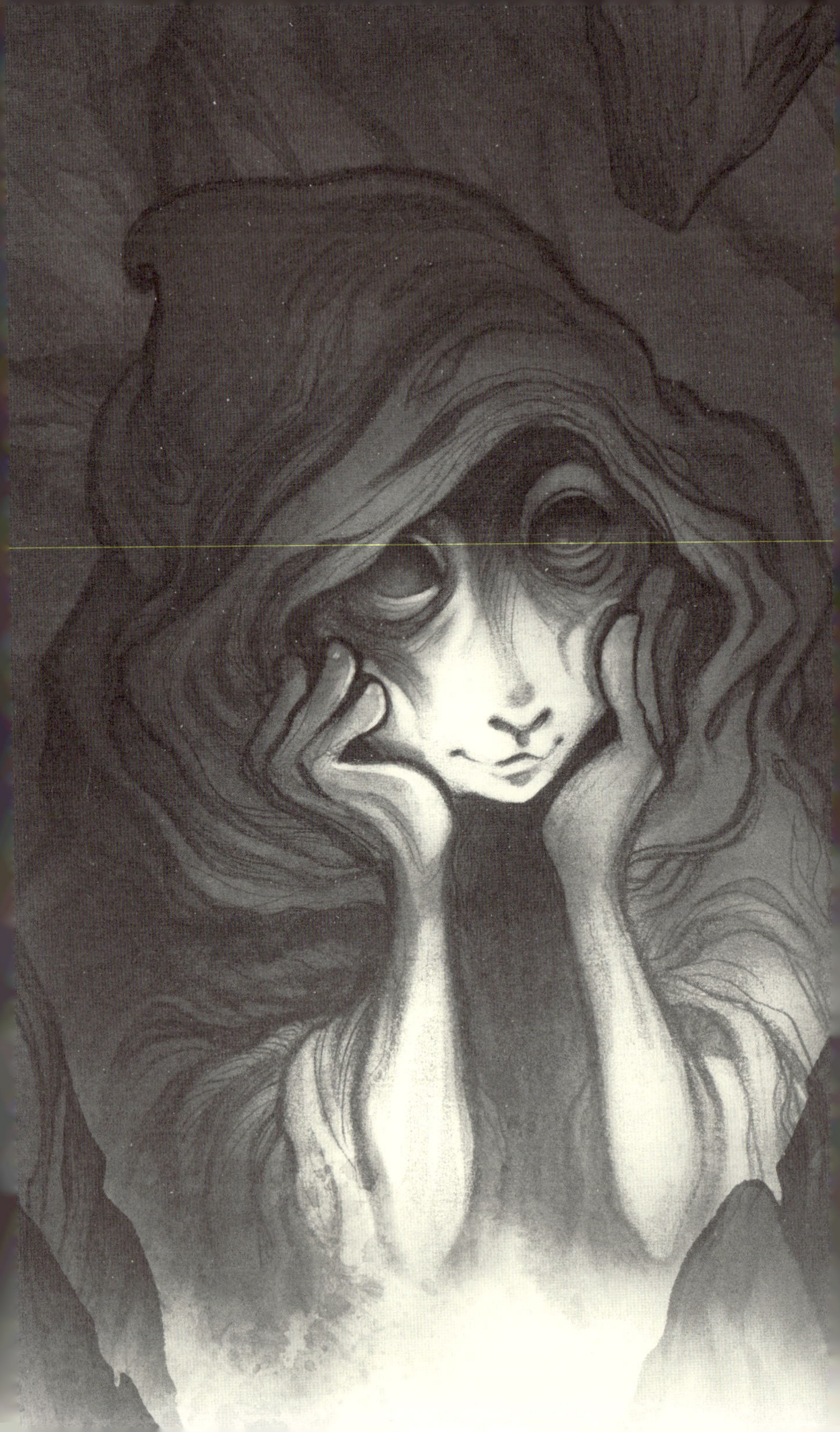

CAPÍTULO 15

— Sombreado — grunhiu Tavra.
— Prateada — respondeu o Gelfling estranho, demonstrando um desgosto casual, mas igual ao dela. Ele saltou da pedra, e o manto negro e brilhante flutuou atrás de seu corpo. O Gelfling aterrissou silencioso e sem esforço entre as pedras afiadas e os pedregulhos que cobriam a passarela. Quando ficou em pé e empurrou o capuz para trás, tinha mais ou menos a estatura de Tavra.

Sua pele era pálida como o luar, os cabelos eram sedosos e prateados como os de Tavra, raspados de um lado, caindo sobre o ombro do outro. Se Kylan o tivesse visto na superfície da terra, poderia tê-lo confundido com um Vapra – exceto pelos olhos. Escondidos pela sombra do capuz, davam a impressão de não existirem. Agora Kylan conseguia ver dois olhos grandes e negros, sem o contorno branco. Era como olhar para as poças escuras que salpicavam o chão da bacia da caverna.

Aquele devia ser um Gelfling, com base no formato do rosto e do corpo, mas tinha uma postura diferente. Como uma planta de rio, Kylan pensou, ou até uma enguia ou peixe, dono de uma elegância sinistra, olhando para eles com uma expressão inescrutável. Seus movimentos eram fluidos como se ele estivesse embaixo da água, lentos e harmoniosos.

Os sussurros cessaram. O menino Grottan, porque era isso que ele devia ser, não tinha pressa, olhava de um para o outro bem devagar. Tavra segurava o cabo da espada, e Kylan esperava que ela não a desembainhasse. Se estavam caminhando para um conflito com o clã recluso, ele não queria que seu grupo fosse o responsável por começá-lo.

Naia entendia isso e mantinha as mãos longe da faca.

— Estamos aqui em paz. Viemos procurar uma coisa. Precisamos de sua ajuda. Sou Naia, de Sog, e esse é Kylan, de Spriton. Essa é... Tavra.

Ela não mencionou o título de Tavra, uma decisão que Kylan julgou sábia. Não estava à vontade com o modo como eram inspecionados, mas a animosidade do Grottan com a Vapra era bem evidente.

Saber que Tavra não era só uma Vapra, mas filha da Maudra-Mor, poderia ser informação demais cedo demais.

A apresentação de Naia foi recebida por um olhar persistente. Só quando Kylan já achava que não haveria nenhuma resposta, o menino dirigiu-se a uma das escadas que cortavam a parede interna da caverna.

— Bem, venham, então.

As vozes na caverna tornaram-se murmúrios curiosos quando eles seguiram o guia bacia acima, percorrendo caminhos sinuosos que estendiam-se acima da água parada. As passarelas de pedra prolongavam-se entre túneis que penetravam mais fundo na montanha. Algumas eram atravessadas por raios de luz, outras eram completamente escuras, encobertas por musgo e flores luminosas. Kylan deu um pulo quando um bando de hollerbats de asas de couro voou de um poleiro para outro, interrompendo o silêncio com seus gritos agudos antes de voltarem a se calar.

Quando eles voaram pelo centro da caverna, Kylan olhou para cima e perdeu a conta das entradas de túneis e passarelas. Agora que o silêncio fora interrompido, ele via silhuetas de outros Gelflings Grottans saindo das sombras, reunindo-se em grupos de dois e três nas saliências das paredes, observando a passagem dos visitantes. Eram todos fantasmagóricos, e usavam mantos negros como o do guia. Só o rosto, as mãos e os pés descalços apareciam, indo e vindo nas sombras como o brilho de estrelas.

— Esta é mesmo a casa do clã Grottan, então? — perguntou Naia para o guia. — As Cavernas de Grot?

— Sim. Mas nós chamamos o lugar pelo seu nome original: Domrak.

Kylan revirou a palavra em pensamento, desmontando-a. O significado estava ali, como sementes em uma fruta.

— Lugar-nas-Sombras? — perguntou.

O guia olhou para trás com uma sobrancelha erguida sobre os olhos negros. Kylan disse a si mesmo que a qualidade sinistra da expressão era fruto de sua imaginação, mas a ausência de pupilas tornava impossível saber em que direção o Grottan olhava. Era como se olhasse para tudo ao mesmo tempo.

— Uma boa tradução para a língua comum. Outros a teriam chamado de Caverna da Obscuridade. Terra-na-Escuridão. Buraco no Chão. De qualquer maneira, *grot* significa cripta. Mas, na verdade, nada morreu aqui.

Não havia como refutar a declaração. Estavam cercados de vida animal e vegetal, tão plenas na escuridão quanto as que havia lá em cima, na luz. Vozes de crianças ecoavam do fundo das cavernas, rindo. A palavra *Domrak* não significava apenas *lugar*, mas *lar*.

Eles seguiram pela escada entalhada em uma longa subida em espiral. Como todas as outras superfícies na caverna, ali também se via uma grande quantidade de gravações de sonhos. Era difícil identificar todas as formas e letras na penumbra, misturadas a pictografias e símbolos desgastados demais pelo tempo para serem lidos. Kylan apreendia apenas fragmentos de incontáveis histórias, algumas sobre a própria caverna, outras sobre Thra. Outras descreviam a vida de criaturas, o passar das estações e as propriedades medicinais de certos cogumelos.

O guia se virou quando a escada encontrou uma entrada de túnel maior que as outras. A passagem triangular era entalhada com desenhos que reproduziam uma colônia de hollerbats, corpos redondos pendurados pelos pés, alguns com as asas dobradas, outros com as asas estendidas. O relevo complexo continuava ao longo da parede e do teto do túnel, iluminado por um musgo cintilante que crescia como pelo nas criaturas entalhadas na pedra. A vegetação rasteira e outras plantas tornavam-se mais abundantes, até bloquearem completamente a entrada de um túnel com uma cortina de cipós e samambaias. Ali, Kylan esperou com os outros enquanto o menino Grottan atravessava a passagem e era envolvido pelas plantas.

— Maudra Argot? Visitantes... sim, lá de cima...

Uma voz baixa respondeu, abafada demais pela cortina verde da passagem para ser compreendida. Depois de um momento, os cipós balançaram e o menino passou a cabeça pela cortina.

— Ela diz que vocês dois podem entrar. A Prateada fica aqui.

Tavra bufou pelo nariz, e Kylan lamentou a reação. Se queriam conquistar a confiança de todos os clãs, e formar alianças com eles, precisavam ser respeitosos, mesmo que não tivessem o mesmo respeito em retribuição. Uma filha da Maudra-Mor não deveria saber mais sobre diplomacia? Bufando, ela virou-se de costas e cruzou os braços.

— Também não tenho interesse em cumprimentar um morcego Sombreado — disse, e levantou o nariz. — Não demorem com isso.

— Não provoque nenhuma briga — avisou Kylan. — Por favor.

Ele fechou os olhos para protegê-los das folhas e cipós quando atravessou a cortina. Apesar de macios, eram volumosos e densos, e ele saiu do outro lado coberto de folhas e esporos. Naia estava nas mesmas condições, e ainda teve que tirar uma folha da boca.

A câmara da Maudra Grottan era grande o bastante para acomodar uma dezena de Gelflings em pé. As paredes tinham entalhes que suavizavam a textura natural e as diferenciavam das outras na caverna, ásperas e irregulares. A alteração na textura expunha grossos veios de cristal que atravessavam a parede como raios imóveis. Os veios projetavam na sala uma luz branda, que cintilava mais radiante onde havia inscrições gravadas em formas curvas, estreitas. O cristal ali ainda era transparente e puro, como deveria ser.

Uma velha mulher Gelfling estava sentada no chão de pernas cruzadas. Suas asas eram finas, quase completamente transparentes, e descansavam em camadas atrás dela como uma poça cristalina. Os olhos eram negros, como os de todos os Grottans, mas carregavam marcas do tempo. O rosto enrugado e bondoso parecia ter visto mais de um ninet, se é que as grandes estações afetavam o clã Grottan ali, tão fundo na terra.

Ela não se levantou quando o grupo entrou. Em vez disso, Kylan ajoelhou-se diante da mulher, e Naia o acompanhou.

— Esses são Naia, dos Drenchens de Sog, e Kylan, dos Spritons — disse o guia. — Naia, Kylan. Essa é a Maudra Argot, a Dobradora de Sombras.

— É uma honra conhecê-la, Maudra — disse Kylan, assumindo o comando no cenário formal, já que Tavra não fora convidada. Naia os levara até ali com ousadia, mas o espaço da velha maudra implorava por uma conversa mais branda.

— Uma honra — concordou Naia.

A voz de Maudra Argot era antiga e profunda como água do lago.

— Deve ser importante, de fato, para diurnos se darem o trabalho de fazer a jornada até a tão temida Grot. Amri aqui me diz que vocês também têm a companhia de uma Vapra. A grande Mayrin finalmente nos convidou à capital Prateada? Ho ho hooo! Não respondam. Eu sei que não. Então, crianças, digam-me, por que estão longe da luz do dia?

A jornada para o interior das cavernas tinha sido tão silenciosa sob a vigilância do Grotten na caverna principal, que o som da risada da velha era um alívio. Amri, o guia, estava encostado à parede atrás deles, com as mãos unidas na altura do quadril.

— Estamos procurando uma *firca* — explicou Naia. — Ela é feita de um osso especial. Kylan?

Kylan pigarreou para limpar a garganta, esperando parecer tão razoável quanto pudesse, caso a *firca* fosse só um devaneio. Estava preparado para ver a Maudra Argot rindo na sua cara e dizendo que esse objeto nunca existira de verdade, mas então eles ao menos saberiam.

— A *firca* foi feita por Gyr, o Contador de Canções, durante a Era Dourada. Li em um livro que ela foi confiada aos Grottans e mantida aqui em... em Domrak.

A Maudra Argot coçou a penugem do queixo e pensou por um bom tempo antes de responder. Tempo demais, Kylan decidiu, preparando-se para o pior, até que a maudra tossiu e estalou os dedos.

— Ah, sim! Isso. O que querem com a *firca* de osso de Gyr?

— Ela está aqui? — gritou Kylan, esquecendo toda a formalidade. — É real?

— É claro que é real. De que outra forma acha que todas essas gravações de sonhos cobriram as paredes? Aqui todos sabem ler, é claro, mas teríamos levado um ninet inteiro para inscrever metade das cavernas da maneira comum. Não temos tempo para isso. Sim, sim, a *firca* é real. Está na Tumba. Ho ho! Mas não vou entregá-la a vocês, crianças, sem antes ouvir uma explicação. Por que precisam dela? O que vão fazer com ela? Essas coisas...

Uma explicação implicaria revelar o que sabiam sobre os Skeksis. E se a Maudra Argot fosse leal aos lordes? Estavam tão fundo nas montanhas que não teriam como escapar se os Grottans decidissem aprisioná-los e entregá-los aos Skeksis. Ele não queria pensar nisso, mas era o que já havia acontecido quando a Maudra-Mor mandara Tavra ir procurar Gurjin e Rian na primeira vez. A Maudra Mera provavelmente não hesitaria em tomar a mesma atitude, e é claro, a Maudra Fara os havia tirado de Pedra-na-Floresta depressa, embora não os tivesse entregado diretamente aos Skeksis. Não sabiam qual era a posição da Maudra Grottan na escala de lealdade, e não tinham tempo para descobrir.

Kylan franziu a testa. A melhor maneira de mostrar a Maudra Argot por que precisavam da *firca* era por elo de sonhos, mas quem tinha que se encarregar disso era Naia, porque ela vira o Cristal. As lembranças de Kylan sobre o que Naia contara a ele não seriam suficientes. Ela mesma teria que tomar essa decisão... e tomou, estendendo a mão.

— Vamos fazer um elo de sonhos, então. Vou mostrar o que vimos. Então poderá decidir se isso serve de explicação.

— Acha que confiarei em suas lembranças, sejam elas quais forem? — a Maudra Argot perguntou, inclinando a cabeça na direção oposta. Ao receber um silêncio confuso e desconfortável como resposta, ela riu mais uma vez. — Ho!

Não responda essa também. Não tenho medo de seus pensamentos, pequena Drenchen. Mostre-me, e vamos ver aonde eles nos levam.

A Maudra Argot levantou a mão, mas não segurou a de Naia. Só então Kylan percebeu que a maudra era cega. Naia entendeu rapidamente e fez a conexão, segurando a mão firme e pequenina da velha Gelfling. Kylan viu as duas fecharem os olhos ao mesmo tempo, imóveis enquanto o elo de sonhos começava. Ele esperou por algum sinal de perturbação da amiga, mas era como se o tempo passado com Gurjin tivesse acalmado seu coração e sua mente, e Naia compartilhava as lembranças com a Maudra Argot em uma comunhão calma.

Lembranças falavam mais rápido que palavras. O elo de sonhos acabou logo, mas Kylan podia deduzir, pela forma como a Maudra Argot se inclinava para trás e pousava as mãos nos joelhos, que Naia tinha compartilhado tudo. A maudra emitiu um longo e grave *hummm*.

— Você tem o dom do elo de sonhos, isso é certo — disse ela. — Nunca tinha visto pensamentos tão nítidos... Foi quase como se tivesse meus olhos de volta! Ho ho hoo! Que encanto você é, minha filha Drenchen.

Para que Amri também entendesse, Naia falou o restante em voz alta.

— Kylan leu sobre a *firca* em um livro que ganhou de Aughra. Prometemos que encontraríamos um jeito de alertar todos os Gelflings.

A velha Gelfling tocou o queixo, os olhos cegos voltados para o teto.

— Os Stonewoods serão os primeiros, até a floresta ficar vazia de suas histórias e danças barulhentas. Depois serão os Spritons ao sul. Talvez eles sigam para o oeste depois disso, para o Mar do Cristal, talvez para o norte para tomar a capital. É só uma questão de tempo até virem atrás de nós, acredito, mesmo que sejamos os restos rejeitados do banquete. Ho ho hoo!

Ela descrevia um futuro horrível, mas sua risada era leve, quase o riso de uma criança.

— Somos só a guarnição no prato principal de Vapra! — acrescentou Amri. O comentário provocou um novo ataque de riso na velha maudra, cujo corpo era sacudido pelo eco das gargalhadas. Kylan se mexeu com desconforto e sentiu Naia fazer o mesmo. Era uma situação séria, mas ele havia gastado tanta energia se preocupando que talvez não restasse nada a fazer além de rir. Então pensou nos Skeksis saqueando sua Sami Matagal e descobriu que ainda não estava preparado para dar risada, mesmo que fosse de desespero. Talvez isso fosse um erro. Talvez os Grottans não se importassem com os outros clãs, mesmo acreditando que os Skeksis os tinham traído.

— Ho ho ho hooo! Ah, não fiquem tão quietos. Não estamos tratando a situação como se não fosse importante. Esta velha maudra ouviu muitos trines indo e vindo. E quando eu acho que já escutei de tudo, os Skeksis me surpreendem como algo novo e cruel. Não consigo deixar de pensar que Thra está contando uma terrível canção-de--riso... Ou sou eu que estou velha e maluca, dando risada quando nenhuma piada foi contada.

Naia mantinha as mãos sobre os joelhos, prolongando a pausa antes de falar. Aparentemente, ela também não sabia como reagir à maudra. Seguindo o jeito Drenchen, disse de forma direta:

— Por favor, precisamos de sua permissão para usar a *firca* e mandar o aviso. Acho que é da maior importância que todos os Gelflings se unam contra os Skeksis. Não vamos conseguir fazer nada se continuarmos nos indispondo uns com os outros.

— Nós, os Grottans, ficamos fora das questões dos diurnos; temos um fardo diferente para carregar aqui em Domrak. Mas você está certa. Os Skeksis nunca vão querer a essência de uma velha maudra como eu, mas meus filhos... até os preguiçosos, como Amri. Somos todos Gelflings. Vou entregar a *firca* para vocês. Vou entregar até Amri. Ele vai levar vocês até a Tumba das Relíquias, depois vai acompanhá-los na viagem para Ha'rar representando nosso sempre esquecido clã.

Pela primeira vez, a voz de Amri tinha uma nota juvenil quando ele protestou, mais próxima da idade de Kylan e Naia.

— Espere! Isso não é justo. Não quero ser cercado por Prateados arrogantes! Se eles estivessem indo para o sul, talvez...

A Maudra Argot já havia tomado sua decisão. Ela acenou, como se espantasse mosquitos de um pedaço de fruta.

— Não vou mais admitir seus experimentos perturbadores e os ingredientes fedidos que usa para eles. Sei que sai escondido das cavernas para ir colher as coisas, então, considere tudo isso uma viagem mais longa, aceite a oferta de sua maudra e volte quando tiver crescido.

Depois ela deu as costas para o grupo e pegou um trabalho de tecelagem que tinha deixado a seu lado. O ruído das varetas tecendo foi o sinal de que deveriam partir, e Kylan e Naia ficaram em pé, curvando-se. Quando seguiam Amri, cujo rosto estava vermelho, de volta pela cortina de folhagem para o túnel, eles ouviram a maudra falando sozinha.

— Malditos Skeksis. A hora de vocês chegou, finalmente. Ho ho hoo...

CAPÍTULO 16

— Não precisa ir, se não quiser — falou Naia quando voltaram ao túnel principal.

Amri levou um dedo aos lábios e, com a outra mão, apontou para trás, para a câmara da maudra.

— Shh. Ela ainda pode ouvir o que falamos.

Kylan olhava para o túnel procurando por Tavra, que claramente não queria ficar sozinha na escuridão fria. Torcia para que ela não tivesse arrumado nenhum problema. Naia não parecia estar preocupada, por isso também deixou o assunto de lado. A Prateada era bem capaz de tomar conta de si mesma, se fosse necessário. Só esperava que ela não causasse problemas... especialmente depois de a Maudra Grottan ter aceitado ajudá-los.

Eles andaram em silêncio até o túnel desembocar de novo na caverna central, e Kylan respirou fundo. As cavernas eram menos assustadoras, agora que tinham conhecido a maudra, mas ainda eram cavernas, no subterrâneo, na escuridão. Só queria sair dali para a superfície e encontrar um campo verde e aberto onde se deitar. Mas fazer esse comentário seria rude, e eles precisavam encontrar a *firca*.

— Não precisa ir, de verdade — repetiu Naia.

— Não é que eu não queira ir — respondeu Amri. — É só que prefiro ir a qualquer outro lugar que não seja Ha'rar. Ah! Acho que deveria estar satisfeito por a Maudra Argot me deixar sair da caverna. Bem, pelo menos tenho uma chance para surpreender a Maudra-Mor. Ah, mal posso esperar para ver a cara dela quando um Grottan aparecer na corte!

A explosão de energia juvenil surpreendeu Kylan. Agora que fora liberado de sua função de guarda, Amri sacudia de si a seriedade como um fizzgig molhado de chuva.

— Falando em Prateada, onde está sua amiga?

Naia deu de ombros.

— Deve ter partido para Ha'rar. Ela queria muito ir para lá.

— Hum — murmurou Amri. — Talvez não seja bom para ela ficar andando sozinha por aí. Muitos dos nossos nunca viram diurnos antes. E se têm alguma opinião sobre os Vapras, só pode ser ruim. É melhor irmos procurá-la. Conheço um lugar onde ela pode estar.

Ele começou a subir pelo caminho que circulava a caverna, e os dois o seguiram. Música chegava até eles do alto, uma melodia lenta e harmônica de instrumentos de sopro os quais Kylan não conseguia identificar. Estava procurando Tavra, mas não a via em lugar nenhum. Talvez Naia estivesse certa, e ela finalmente havia desistido de seus protegidos e partido para encontrar Rian em Ha'rar. Kylan sentia uma estranha mistura de sentimentos ao pensar nessa possibilidade. Por um lado, seria um alívio se ver livre de sua atitude sempre negativa. Por outro, porém, sabia que sentiria sua falta, e temia que ela precisasse enfrentar sozinha as dificuldades provocadas pela experiência no castelo.

Amri os guiou para áreas mais altas até a escada acabar em um aposento redondo, esculpido na parede coberta por gravações de sonhos e com um buraco para fogueira aberto diretamente no chão de pedra. Três Gelflings Grottans estavam ajoelhados ao lado do fogo, cada um com um instrumento de sopro de tamanho diferente. As flautas produziam os mesmos sons, mas em notas distintas, e o resultado era um lindo adágio que aquecia o espaço tenebroso. Quando eles chegaram, os músicos pararam de tocar. Cravaram os olhos negros em Kylan e Naia, mas relaxaram ao ver Amri com eles.

Tavra não estava por ali. Da plataforma na frente da câmara, podiam ver boa parte do interior da caverna. Kylan parou perto da plataforma e olhou as passarelas e as escadas em busca do manto prateado, mas não encontrou nada.

— Com exceção das inscrições, isso me faz lembrar da Grande Smerth, de onde vim — comentou Naia, procurando sem muito empenho, como se preferisse não encontrar Tavra. Amri ficou ao lado deles e era o menos interessado em procurar, totalmente atento a Naia.

— Ouvi falar sobre a árvore-mãe dos Drenchens — disse ele. — É verdade que é tão velha e sábia quanto Olyeka-Staba?

Naia animou-se com a chance de falar sobre o lugar de onde vinha.

— Todo o nosso povo cabe dentro dela — contou. — E seu cerne reverbera com o som de música e pássaros no festival da primavera... A Grande Smerth é velha e sábia. Não sei se existe alguma árvore como a Árvore-Berço.

— Nesse caso, queria ir visitar ambas. Pode organizar essa visita?

Naia riu, uma risada um pouco mais animada que de costume.

Eles olharam para baixo, para a caverna, por tempo suficiente para saber que, se estava andando por aquelas passarelas, Tavra não queria ser vista. Não havia sinal da Prateada em lugar nenhum. Kylan queria saber para onde ela poderia ter ido em tão pouco tempo. Por outro lado, não sabia até onde ia a caverna, nem quanta dificuldade teriam para atravessá-la.

— Todos vocês moram perto desta caverna, ou os Grottans ocupam toda a área embaixo da montanha?

Amri inclinou a cabeça, um gesto muito parecido com o da Maudra Argot.

— Vocês, diurnos, não sabem muita coisa, não é? — perguntou, mas seu tom era mais de humor que de crítica. — Somos um povo pequeno. Só trinta e sete, e sim, moramos todos perto da grande câmara.

— Trinta e sete — disse Naia. — Pelo menos é fácil organizar reuniões no povoado!

Amri riu de novo, um som que começava a agradar Kylan. Era quase cômico, como um ruído efervescente e bobo saindo de uma criatura que, de início, Kylan tinha achado séria e assustadora.

— Sim! Gritamos para o centro da caverna, e o eco cuida do resto. Não precisamos de reunião nenhuma, podemos berrar. É isso que a Maudra Argot diz. Ahh... não consigo imaginar como seria ser Vapra ou mesmo Sifa, com tantos Gelflings para chamar de parentes. Eu não conseguiria lembrar todos os nomes. Mal consigo lembrar os nomes dos meus primos.

— Tenho certeza de que a Maudra-Mor não sabe o nome de todos os seus protegidos — respondeu Naia. — Já passamos também por Pedra-na-Floresta, um povoado de várias centenas de habitantes.

— Pedra-na-Floresta! — gritou Amri. — Ah, que inveja de vocês. Ouvi dizer que o pêssego-bolinha de lá é o mais doce do mundo. Por que não podemos ir para lá, em vez de Ha'rar?

Os músicos pararam de tocar novamente quando vozes alarmadas ecoaram. Lá embaixo, perto do chão da caverna, um pequeno grupo de Gelflings Grottans cercava uma silhueta vestida de prata e branco. A única coisa que Kylan conseguia ver de tão longe era que a espada da Vapra fora desembainhada, e a lâmina brilhava enquanto ela a brandia para os Grottans.

— Tavra! O que ela está fazendo?

Naia moveu as asas, mas hesitou antes de saltar. Ainda não começara a planar, e tinha muitas formações salientes e pontiagudas esperando lá embaixo. Os três desceram a escada correndo tão rápido quanto era possível.

— Por que se meter em uma briga em um momento como esse? — Kylan refletiu ofegante.

— Quem sabe o que se passa pela cabeça dela esses dias!

Quando chegaram ao andar onde Tavra e os outros estavam, Kylan viu que aquilo não era uma briga, ou não havia começado desse jeito, pelo menos. Na verdade, tinha a impressão de que os Grottans estavam tentando ajudar, embora suas palavras preocupadas fossem interrompidas pela lâmina de Tavra.

— Para trás! — gritava a Prateada. — Fiquem longe de mim, todos vocês!

— Tavra! — berrou Naia enquanto eles abriam caminho para perto dela.

Tavra tinha um ferimento no pescoço e usava a outra mão para estancar o sangue com um pedaço de pano. Os Grottans recuaram levantando as mãos em um gesto de paz, alguns abandonando o local.

— Tavra, o que está acontecendo?

Tavra deixou Naia e Kylan se aproximarem para inspecionar a ferida. Amri ficou com os outros Grottans, afastando-os da furiosa espada da Vapra.

— Um daqueles malditos Sombreados me atacou no túnel! — murmurou Tavra por entre os dentes cerrados. — Foi uma emboscada, ele me atacou no escuro com uma faca e fugiu antes que eu pudesse reagir. Venham me pegar, rastejantes da caverna! Tentem cortar de novo uma filha da Maudra-Mor!

Os sussurros ganharam intensidade. *Uma das filhas da Maudra-Mor? Isso não importa. Ela é Vapra. Pior ainda!*

— Ninguém tocou a pingo-de-sol! — gritou uma voz mais alta que os sussurros. A mão de Tavra tremeu, como se ela estivesse tão sedenta de sangue Grottan que mal podia se controlar. Mesmo assim, deixou Kylan afastar o tecido para examinar o ferimento. Uma lâmina afiada tinha cortado seu pescoço branco e passado muito perto do brinco de cristal. O ferimento quase não sangrava, e a pele de Tavra era fria ao toque, mas Kylan não podia se preocupar com isso agora.

— Naia — chamou ele. — Pode curá-la?

— Acho que sim, mas ela vai precisar se acalmar. Para começar, vai ter que parar de balançar essa espada!

Kylan estendeu a mão e tocou a de Tavra, abaixando-a com calma. Para sua surpresa, ela respondeu bem, abaixou a espada até a ponta quase encontrar a plataforma de pedra em cima da qual estavam. Ela não largava a arma, mas ficou quieta, e Kylan e Naia conseguiram colocá-la sentada.

— Podemos ficar sozinhos? — pediu Kylan a Amri e aos outros Grottans. — Por favor? Encontramos vocês daqui a pouco para falar sobre o que está acontecendo.

Quando ficaram sozinhos, Kylan repetiu a pergunta.

— O que está acontecendo?

— Está acontecendo que eles vão me matar antes de sairmos destas cavernas — grunhiu Tavra. — Essas criptas vão se tornar meu túmulo.

— Ah, para com isso — disse Naia. — Aliás, o que você estava fazendo nos túneis?

— Nada. Acharam a *firca*?

— Não exatamente. Ela está com os Grottans, mas não aqui. Eles vão nos deixar usá-la para transmitir nossa mensagem. Amri está nos levando até ela. Depois ele vai conosco para Ha'rar.

— Hã? Minha vida está em perigo e vocês ainda pensam em confiar neles e ficar nestas cavernas?

Naia aproximou as mãos do corte. A luz azul da vliyaya acendeu-se, como quando ela curou Gurjin. O corte era só um ferimento superficial, nada comparado ao esgotamento e à fome que Gurjin havia suportado, e foi fechado em um momento, eliminando o risco de perda do sangue da Vapra, além de sua essência vital já drenada. Kylan lembrou-se do frio que sentira na pele de Tavra... Talvez ela estivesse pior do que demonstrava. Enquanto Naia terminava de curá-la, ele reuniu coragem.

— Tavra... você está bem? — perguntou, e a voz saiu muito mais servil do que ele teria gostado. Ela jamais o respeitaria enquanto falasse com aquele tom! Kylan tentou de novo, e dessa vez falou com mais força, mais firmeza: — Se está sofrendo por causa do que aconteceu no castelo, pode falar... queremos ajudar você.

Ele esperava uma negativa imediata, mas a resposta foi um silêncio incomodado. Naia arqueou uma sobrancelha como se perguntasse *o que está fazendo?*, mas não interferiu.

— É que você tem estado... diferente, só isso — continuou ele. — Não precisa ser forte por nossa causa. Sabemos o que tem enfrentado. E não estamos tentando adiar sua volta a Ha'rar. É só que... prometemos cuidar da nossa parte nisso.

Kylan prendeu a respiração. A qualquer momento, pensou, Tavra começaria a protestar. Antes que os protestos o impedissem de dizer o restante do que tinha para falar, ele declarou:

— Entendo por que quer ir para casa, e também queremos que você fique em casa. Para você poder descansar.
— *Tsc*. Vocês não me entendem mesmo.

A resposta de Tavra era muito diferente do que Kylan esperava. As palavras eram tão frias que ele não sabia como reagir. Naia também estava quieta, mas, pela mandíbula tensa e as orelhas apontadas para trás, Kylan sabia que ela estava mais irritada que magoada com a franca decepção de Tavra.

— Vamos pegar a *firca* e seguir viagem — decidiu Naia. — Kylan, vá procurar Amri e pergunte se ele pode nos levar à tumba imediatamente. Peça à Maudra Argot, se for preciso. Vou esperar aqui com Tavra.

CAPÍTULO 17

Kylan encontrou Amri imediatamente. Ele esperava com alguns outros perto do túnel que levava à câmara da maudra.

— Ela está bem? Estamos procurando quem a atacou. A Maudra Argot vai falar com todo mundo individualmente até encontrarmos o responsável.

Kylan balançou a cabeça.

— Tavra vai ficar bem. Naia a curou. E duvido que ela provoque a ira da Maudra-Mor contra os Grottans se você nos ajudar a encontrar a *firca*. Disse que ela está em uma tumba?

— Sim. A Tumba das Relíquias... Fica em uma caverna ao norte. Vou avisar a Maudra Argot e partiremos em seguida.

Kylan esperou Amri ir falar com a maudra. Os outros Grottans que permaneceram ali estavam em silêncio, observando-o com seus olhos estoicos, inescrutáveis. A pele lisa e sem marcas tornava difícil para Kylan identificar se eram jovens ou anciãos, e como eles não falavam nada, também não sabia o que estavam pensando.

— Oi — disse ele.

Os Grottans não responderam, e viraram de costas para cochichar entre si. Se antes tinham conquistado alguma confiança do clã, eles a tinham perdido com a atitude de Tavra. A Maudra Argot fora acolhedora, mas só até certo ponto. Eles eram forasteiros nas Cavernas de Grot, e a lealdade Grottan seria sempre ao próprio clã, assim como a Maudra Fara fora leal aos Stonewoods.

Amri voltou logo e acenou chamando Kylan para descer a escada. Quando encontraram Naia e Tavra, o menino Grottan se curvou, mostrando que sabia cumprir as formalidades que parecera ignorar no início. Tavra desdenhou do gesto e, quando Amri repetiu o pedido de desculpas que fizera a Kylan, ela disse apenas:

— Essa Tumba das Relíquias fica muito longe da caverna?

— Sim — respondeu Amri. — Meio dia de viagem, mais ou menos, pelos túneis das montanhas.

— Mostre o caminho, então. Não há nada que eu queira mais que sair deste lugar.

Kylan percebeu que essa poderia ser a última vez que Amri veria sua casa por muito tempo. O menino tinha apenas um manto, nenhuma arma ou sapatos, nenhuma bolsa ou provisões para a viagem. Ainda assim, em respeito ao que acontecera e à ordem de sua maudra, não se opunha a partir imediatamente.

— Só um momento, vou me despedir.

Ele apoiou a mão na parede da caverna e bateu com um dedo. Não se ouviu nada, mas, depois de um momento, Amri colou a orelha à pedra e ficou ouvindo. Kylan o imitou e ouviu um batucar fraco, cadenciado, transportado pela rocha densa. Tinha escutado esse barulho antes, mas não sabia o que era. Então, era assim que os Grottans conseguiam se comunicar pelos túneis de forma tão silenciosa.

Sem falar mais nada, Amri apontou, e os outros três o seguiram mais para o fundo do labirinto sob as montanhas.

Todos os túneis eram iguais para Kylan, e quanto mais se afastavam da caverna Domrak central, mais escuro ficava. Amri enxergava perfeitamente na escuridão, graças aos olhos Grottans. Kylan, no entanto, andava com uma das mãos nas costas de Naia, a outra tocando a parede molhada e fria. Pensou em perguntar se poderiam acender uma tocha, mas deduziu que, se essa opção existisse, Amri a teria sugerido.

— A luz atrai os rastejantes — disse ele mais tarde, como se o desejo de Kylan por uma tocha fosse tão intenso que seus pensamentos tivessem se tornado audíveis. — Muitos rastejantes.

Kylan imaginava o que mais habitava as cavernas intermináveis, mas não fez a pergunta em voz alta. Não queria que Amri respondesse. Já havia encontrado insetos, aranhas e rastejantes suficientes para uma vida inteira. Só o que queria era encontrar a Tumba das Relíquias, pegar a *firca* e sair pelo túnel mais próximo para o mundo lá em cima. Mais de uma vez, deixou de ouvir os passos de Tavra atrás de si, mas eles sempre voltavam. Talvez o trajeto fosse mais fácil se ela segurasse seu manto como ele segurava o de Naia, mas ela não parecia ter considerado essa opção.

A jornada era extremamente desconfortável. Kylan lutava contra impulsos de medo e pânico nas áreas escuras e apertadas. Os outros não estavam contentes, mas não pareciam se sentir tão presos quanto ele. Para piorar tudo, as palavras de Tavra ecoavam em sua cabeça, invocando um recorrente azedume de culpa cada vez que pensava nelas. Tentara se aproximar dela, mas escolhera o pior momento possível. As palavras tinham saído confusas e erradas, o que era um constrangimento para um contador de canções. Então, no escuro, Kylan compôs mentalmente uma letra. Uma composição que escreveria na próxima oportunidade que tivesse, algo a que dedicaria cuidado e que daria à soldado no momento certo.

Depois de muito tempo, Amri parou. Ele se moveu na escuridão procurando algo que ninguém mais via, depois disse:

— Isso. Afastem-se um pouco.

Kylan ouviu o estalo de um ferrolho, depois o rangido de uma porta de madeira. Um sopro de ar mofado os envolveu, trazendo um cheiro que era uma mistura de papel, poeira e mofo. Kylan ouvia os ecos do vento lá na frente e, quando Amri chamou-os, ele seguiu ansioso. O túnel abriu-se em uma nova câmara e, depois de fechar a porta, Amri começou a mover-se por ali. Após um momento, uma claridade pálida iluminou a sala, emanando de uma lanterna de cristal que ele havia encontrado.

— Bem, chegamos — anunciou Amri. — A Tumba das Relíquias.

Era uma sala circular com acesso a três corredores além da porta por onde tinham entrado. As paredes eram forradas de prateleiras, cada uma delas abarrotada de pergaminhos e livros, caixas e engradados, urnas e potes, jarros e frascos. De onde estavam, ele via que os corredores que partiam da sala eram feitos de estantes, todas cheias com os mesmos tipos de itens. No centro da sala havia uma pesada mesa de madeira. Para estudar os artefatos, as relíquias, Kylan imaginou.

— São doze câmaras no total... acho — disse Amri.

— Você acha? — perguntou Naia levantando uma sobrancelha.

O Grottan deu de ombros.

— Nunca estive aqui, na verdade. A Maudra Argot costumava visitar o lugar há muitos trines... mas agora ela não consegue mais fazer as visitas com frequência, com a idade que tem. Perguntei antes de ela se retirar. Ela disse que a *firca* está em uma caixa de madeira gravada com a imagem de um pássaro-sino.

— Certo! — Naia exclamou. Sua voz parecia forte na sala cheia de objetos, mas Kylan gostou do entusiasmo. — Então, só precisamos encontrar a caixa!

— Como se isso fosse fácil — disse Tavra. — Vamos nos dividir.

Sem esperar por um consenso, a Prateada pegou uma lanterna de cristal da parede e afastou-se pelo corredor à direita. Os outros três se entreolharam.

— Não é um plano ruim — admitiu Amri, resignado.

A imaginação de Kylan começava a despertar depois do confronto com Tavra e a sufocante jornada até ali. Ele sempre quisera visitar Pedra-na-Floresta para ler todas as tábuas e canções que eram mantidas lá, mas nunca tinha sequer ouvido falar na Tumba das Relíquias. Agora que estava ali, a riqueza de conhecimento e folclore que havia no lugar era quase opressiva.

— Amri, que lugar é este? — perguntou. — Por que ele existe? E por que aqui, nas cavernas?

— É um lugar onde são mantidos objetos misteriosos e poderosos, para que não sejam perdidos para o tempo e os elementos. Até a Mãe Aughra já veio aqui trazer objetos para guardarmos em segurança. Meu povo foi encarregado de proteger tudo isto. Este lugar e também o Santuário, ao norte.

— Quem deu essa responsabilidade a vocês? A Mãe Aughra?

— Não, não foi Aughra... foi Thra. É o que diz a canção, pelo menos. Esse é nosso dever desde o princípio dos tempos. Nunca foi diferente.

Agora que Amri dispunha-se a compartilhar informações, e Tavra tinha se afastado, Kylan aproveitou a oportunidade para fazer uma pergunta que o incomodava.

— Amri, sabe me dizer por que os clãs Vapra e Grottan se detestam tanto? No início pensei que fosse só rivalidade, como a que há entre Spritons e Stonewoods, mas nunca vi Gelflings comportando-se dessa maneira.

Amri massageou a nuca.

— Ah... você não sabe?

— Não sabemos *nada* sobre os Grottans — falou Naia. — Eu cresci em Sog e, pela informação que chegava a nós, os Grottans não eram mais que um mito. Tudo que você e Tavra sabem é um segredo para nós, povos do pântano e das planícies.

— Tavra não contaria nada mesmo — comentou Amri. Seu desdém por ela tinha diminuído depois do ataque, mas ele ainda ficou tenso e desconfiado quando falou. — Os Vapras gostam de guardar seus segredos... Sabem sobre as Seis Irmãs?

— As irmãs que fundaram os sete clãs — disse Naia. — Maudra Mesabi-Nara. Maudra Ynid, de Pedra-na-Floresta. É delas que está falando?

— Há muitas canções que contam histórias diferentes sobre a origem dos clãs, mas a maioria concorda sobre as Seis Irmãs — lembrou Kylan.

— Sim. E já parou para pensar em como seis irmãs tornaram-se sete clãs?

Kylan já havia pensado nisso antes, mas sem se aprofundar muito. Era fácil imaginar que uma das irmãs fundadoras tinha formado dois clãs, mas quais deles, como e por quê... nada disso parecia importante. Agora que haviam conhecido o clã Grottan, porém, e visto as semelhanças físicas e a aparente desconfiança entre eles...

— Os Gottrans e os Vapras — concluiu Kylan em voz alta. — São clãs irmãos?

Amri assentiu. Depois limpou o nariz nas costas da mão e encolheu os ombros.

— Há muitas canções que oferecem explicações. Todo clã tem sua versão favorita, e a Maudra Argot não é diferente. Ela diz que, no começo, Thra tinha sete obrigações para confiar à raça Gelfling. Aos Dousans, os céus: o estudo dos sóis, das luas e das estrelas. Aos Sifas, o outro lado dos céus: a revelação de sinais e presságios. Para os Stonewoods, o fogo da lareira: manter as canções e a essência de nossa cultura. Aos Spritons, a base da terra: o cultivo do solo e suas criaturas. Para os Drenchens, a água da vida: o cuidado da medicina e da cura. E ao clã Mar Prateado, Thra confiou a luz e a sombra: guardar a história, a lei e os registros Gelflings. Essa tarefa era grande demais para ser cumprida por um só clã, por isso ele dividiu-se em dois. Um ficou encarregado de guardar o passado: nossa história e coisas sombrias que deveriam ser mantidas no escuro. O outro tornou-se o guardião de nosso futuro: nossas leis e filosofias, que nos levam em direção à luz.

— Já sei aonde isso vai chegar — comentou Naia.

— As duas tarefas são importantes. Todo mundo sabe que não pode haver luz sem escuridão. No entanto, ninguém quer ficar preso à escuridão para sempre! As irmãs discutiram o assunto por muito tempo. No fim, acabou desse jeito: os Vapras e os Grottans. Alguns dizem que fomos banidos. A Maudra Argot conta que escolhemos vir para essas cavernas úmidas, enquanto os Vapras circulavam ao longo da costa do cristal. É difícil não sentir que somos prisioneiros, às vezes. Mas sei que, na verdade, não foram os Vapras que nos encarregaram disso. Foi Thra.

A ideia de que Thra tinha distribuído esses deveres pelos clãs Gelflings era uma canção nova para Kylan. A

Maudra Mera havia passado a gravação de sonhos para ele, e algumas outras habilidades, e garantido que seus vizinhos Podlings recebessem cuidados, e todas as outras criaturas próximas. Mas nunca falou que era porque os Spritons haviam sido encarregados dessas coisas. Kylan se perguntava se ela sabia disso. Talvez fosse uma canção secreta que só os Grottans conheciam. Se fosse verdade, essa era a missão deles, designada pelo próprio Coração de Thra.

Amri suspirou profundamente e sacudiu-se inteiro, como se tentasse tirar um gosto ruim da boca.

— Não gostamos muito dos Prateados, que são parecidos conosco e completamente diferentes de nós, mas isso não justifica o que aconteceu. Vou reparar esse erro com todos vocês. Prometo. E vou começar seguindo o exemplo de Tavra. Vamos nos separar e procurar aquela *firca*.

CAPÍTULO 18

Amri deu a cada um deles uma lanterna para iluminar o caminho. Kylan escolheu o corredor oposto à porta, enquanto Naia seguia pela passagem à esquerda e Amri permanecia no centro. Se todos os corredores eram iguais, Kylan imaginava que Naia e Tavra viam a mesma coisa que ele: a passagem ladeada por objetos empoeirados, cobertos de líquen, encaixotados, trancados, enrolados, empilhados e guardados por ferrolhos. Havia tantas coisas espremidas nas prateleiras que era difícil definir, especialmente na penumbra, onde um item acabava e outro começava.

O corredor ligava a entrada da câmara a outra sala que parecia idêntica à primeira, com três corredores adiante, à esquerda e à direita. Curioso, Kylan atravessou em linha reta a primeira sala, passou por outro corredor e entrou na câmara seguinte. Ao longo do corredor à sua direita, ele viu a luz de uma lanterna e uma silhueta em pé perto de uma das prateleiras.

— Tavra? — chamou.

— Que é? — respondeu a Prateada. — Pare de passear por aí. Já perdemos tempo demais.

Apesar de seus esforços, Kylan não encontrou nada na primeira sala. Eram tantas coisas, amontoadas em todas aquelas prateleiras e cubículos, que ele tinha certeza de que não poderia procurar em tudo. Se seguisse seu impulso e inspecionasse cada caixa e pergaminho que via, demoraria uma eternidade. Cada artefato era único e maravilhoso, e Kylan sabia que poderia passar a vida inteira na Tumba, se perdesse de vista o objetivo.

Quando chegou à última câmara de sua fileira, Kylan sentia dor na testa de tanto esforço para enxergar na penumbra. O espaço era como todos os outros, exceto pela avalanche de livros e caixas empilhados contra a parede do fundo. Uma prateleira havia caído e derrubado muitas arcas, cujo conteúdo se misturava a potes de argila quebrados e outros destroços.

— Hum... terremoto, talvez? Parece que é hora de acrescentar novas câmaras à Tumba...

Ele deixou a lanterna e a bolsa sobre a mesa e estava virando-se para começar a última parte da busca, quando a pilha junto à parede se moveu. Ele gritou e pulou para trás ao ver uma criatura corcunda sair do meio dos destroços. A criatura tinha pele grossa, pescoço comprido e rosto oval, e grunhiu assustada. Quando Kylan viu os quatro braços empurrando os destroços para um lado e removendo fragmentos da crina preta, não conteve uma exclamação de espanto. Parecia urVa, o Arqueiro... o Místico. Seria possível?

— Místico? — perguntou, esperançoso. — Você é um Místico?

— Uuuuuf! — respondeu a criatura. Depois se virou de frente, e a luz do fogo brilhou nos sinais em espiral em seu rosto. Os olhos eram escuros e inteligentes, e ele tossiu em meio a uma nuvem de poeira. — Gelfling? Você não é Grottan... Ah! Lá vem um.

Amri e Naia tinham chegado, um do corredor no fundo, outro vindo da esquerda.

— Ouvi um estrondo — falou Naia. — Quem é esse?

— Ah! — exclamou Amri. — Você está aqui. Esqueci de mencionar. Esse é urLii. Às vezes ele desce do Santuário e traz objetos para a Tumba.

— Um Místico? — Naia espantou-se.

— Ah, sim — respondeu urLii. — Esse é o nome que Aughra deu para nós na divisão... Espere! Você também não é Grottan!

UrLii, o Místico, finalmente se livrou dos destroços que o cercavam e conseguiu sair do meio da pilha. Agora Kylan conseguia ver que ele era, de fato, da mesma raça de urVa, o sábio arqueiro que conheceram na Floresta Sombria. Seu corpo era comprido desde o rosto alongado até a ponta da cauda comprida e pesada, os trechos visíveis de pele eram marcados por espirais e voltas que pareciam ter sido gravadas. Ele vestia um manto simples, tinha os pulsos enfeitados por braceletes de metal e cordões. O Místico pigarreou e deu uns tapinhas no corpo como se tentasse ter certeza de que estava intacto, depois pegou um par de lentes de prisma do meio dos destroços. Assim que as colocou sobre o nariz, ele olhou para os três Gelflings com mais atenção.

— Amri, não é? Acho que é sua primeira vez na Tumba. Eu estava... estava... procurando uma coisa. Não consigo lembrar o que era. Então a prateleira... bom, a canção canta por si mesma.

De fato, a grande prateleira sobre a cabeça deles estava quebrada, dobrada em duas depois de anos mofando na caverna. O que aconteceu depois disso não precisava de explicação.

— Sim, urLii. Esses são Kylan e Naia... Tavra, a amiga deles, também está por aqui em algum lugar. Ah, que bom que está aqui, talvez possa nos ajudar. Estamos procurando um item específico...

Enquanto Amri descrevia a *firca* para urLii, usando um tom casual como se falasse com um irmão, Kylan tentava aquietar uma súbita pulsação de inveja. Era um sentimento ruim, do qual não gostava. O Grottan não só tinha acesso

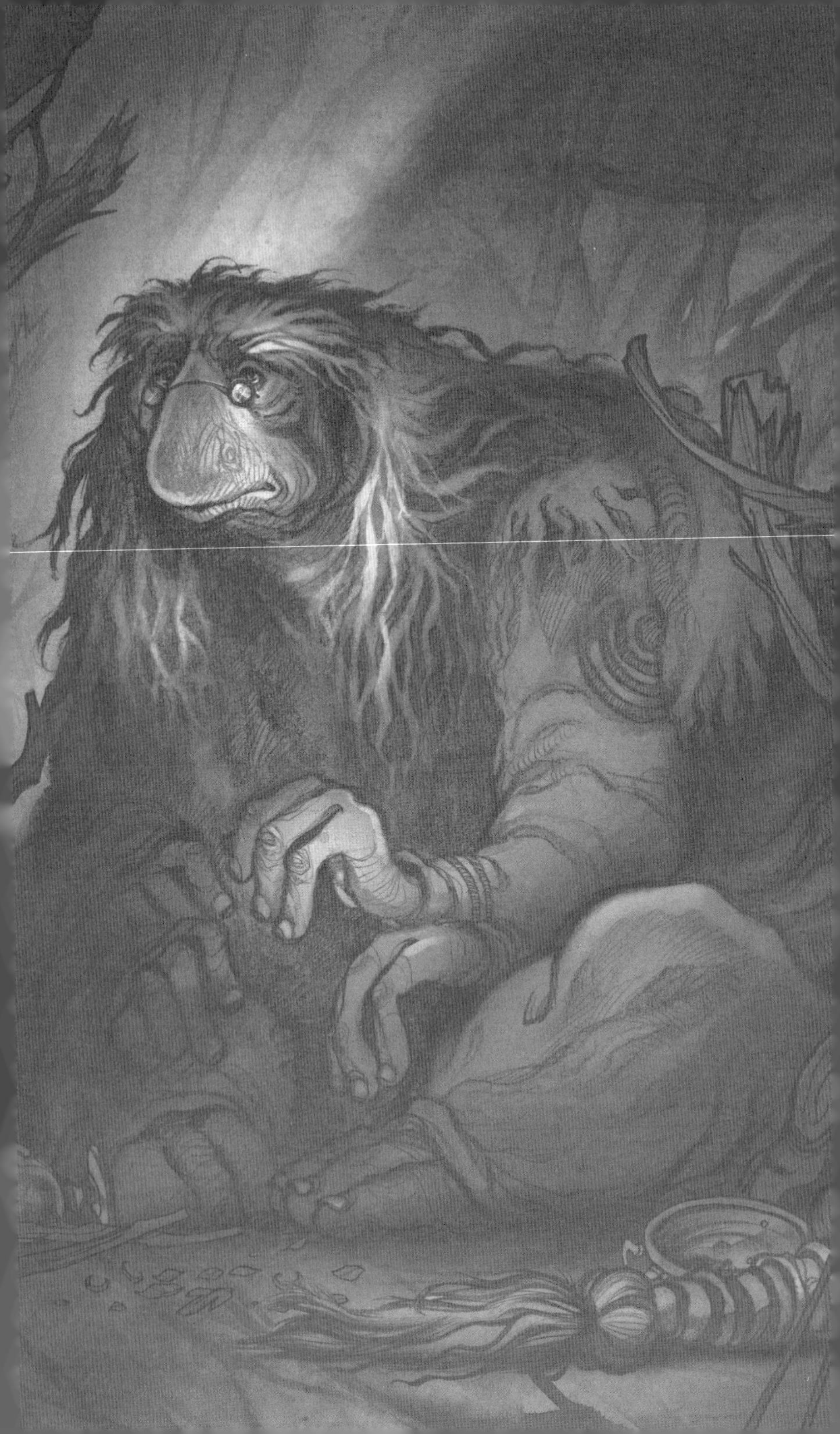

a essa imensidão de tesouros antigos, como conhecia um dos Místicos e tratava-o tal qual um amigo da família? Ele suspirou e tentou espantar o sentimento como se fosse um cheiro ruim. Não precisava competir com Amri, que estava apenas fazendo tudo que podia para ajudá-los.

— Ah, sim. A flauta bifurcada na caixa. Acredito... acho que a vi aqui. Sim. Estava por aqui, acho... Sim. Não! Por ali.

UrLii olhou para a esquerda, depois para a direita, depois para a esquerda de novo. Depois começou a andar para o lado direito, falando sozinho com um tom tranquilizador. Eles o seguiram em silêncio.

— Por que não contou que conhecia um dos Místicos? — perguntou Naia.

Amri inclinou a cabeça.

— Místico? Hum... acho que ele é bem místico, agora que você comentou! UrLii ensinou coisas para o clã Grottan durante eras. Ele é um mestre contador de canções, e ensinou todos nós a fazer gravação de sonhos. Nós o chamamos de o Contador de Histórias. Nossas crianças viajam ao Santuário quando chegam à idade de aprender... Isso é estranho? Uau, tem outros como ele?

O coração de Kylan doía. Uma amizade com um dos Místicos, que eram tão sábios quanto os Skeksis eram ardilosos! No entanto, com todo esse conhecimento ancestral, Amri nem sabia da sorte que tinha.

— Queria que os Drenchens tivessem um Místico como professor — disse Naia. Sua voz era mais fascinada que invejosa. — Não consigo imaginar como teria sido se urVa fosse amigo de nosso clã. Kylan! Talvez você possa aprender com urLii. Aposto que ele sabe muitas canções que você nunca escutou!

— Provavelmente — reconheceu Kylan, tomando cuidado para não resmungar. — Se ele conseguir encontrar a *firca*, vai ser suficiente para mim.

UrLii não era tão decidido quanto urVa, e se perdeu algumas vezes nas câmaras. Enquanto andavam de uma para outra, Kylan continuava esperando Tavra aparecer, perguntando o que estavam fazendo e por que perdiam tanto tempo.

— Sim — disse urLii, plantando os dois pés em frente a uma prateleira que Kylan jurava ter sido examinada duas vezes. — Estava aqui. Flauta bifurcada, feita por Gyr com ossos do pássaro gongo-cantor da montanha. Humm...

O Contador de Histórias examinou a prateleira com as quatro mãos de dedos longos, pegando pequenas arcas e afastando objetos, olhando e resmungando *humm, humm* o tempo todo. Amri batia com um dedo no queixo.

— Tem certeza de que estava aqui, urLii? — perguntou ele. — Talvez tenha confundido essa prateleira com outra? Todas parecem iguais.

— Não. Estava aqui. Eu sei que estava. Bem aqui, ao lado dos Amuletos Sifas de Zale. Gyr, o Contador de Canções, era um Sifa, sabe? Eu mantenho as coisas muito organizadas.

Amri olhou para Kylan e Naia como se quisesse dizer que duvidava disso, mas urLii estava convencido.

— Aqui estavam o sextante, um pedaço de couro de Nebrie, os amuletos e a flauta bifurcada. Como a chamou? *Firca*. Bem aqui.

— Talvez a tenha mudado de lugar — sugeriu Amri com delicadeza. — Talvez ela tenha caído quando você derrubou as coisas na outra sala. Vamos dar uma olhada, deve estar aqui em algum lugar.

Eles dividiram esforços novamente, mas desta vez permaneceram na mesma sala. Kylan ficou perto de urLii, esperando ter coragem para falar com o Místico. Eles trabalhavam lado a lado, enquanto Amri se juntara a Naia do outro lado da sala. Kylan tinha perguntas a fazer e queria ouvir tudo que o Místico tinha para compartilhar, mas, por mais que esperasse, a coragem não aparecia. Não podia perguntar sobre Gyr, sobre a *firca*, ou mesmo se a raça dos Místicos sabia que sua contraparte Skeksis quebrara o Coração de Thra. Em vez disso, procuravam em silêncio, Kylan sentindo os pulmões cheios de pó, enquanto reviravam dezenas e dezenas de prateleiras sem encontrar nada.

— Não está aqui — Naia falou depois de um tempo. Como sempre, ela dizia em voz alta o que todos estavam pensando. Tinham sido mais minuciosos ali do que em qualquer outra sala. Apesar da desorientação inicial, urLii não hesitou ao balançar a cabeça.

— Ah, *onde,* então?

Tavra finalmente apareceu. Ela olhou para o Místico ao lado de Kylan, limitando-se a assentir como se esperasse vê-lo ali. Nas mãos dela havia uma caixinha de madeira vermelha.

— Estava na sala duas câmaras adiante.

— Sim... ah, sim! — exclamou urLii. — É isso, na caixa de cedro!

Em vez de dar a caixa a Amri, que poderia ser considerado seu dono em nome do clã que protegia a Tumba, ou a Naia, que fora a líder oficiosa do grupo durante todas as etapas, Tavra levou a caixa para Kylan. Ele a pegou com as duas mãos.

— Aqui está sua *firca*, Contador de Canções — disse.

Amri e Naia juntaram-se a ele, e a Drenchen segurou seu braço com animação.

— Vamos lá, abra. Vamos ver a *firca* que você vai usar para salvar nosso povo.

Kylan olhou para a caixa. Havia um desenho muito detalhado gravado na tampa: uma ave ao lado de um bosque para demonstrar seu tamanho fantástico. A cabeça era dominada pelo bico com um olho de cada lado, as asas meio abertas protegiam uma coleção de ovos do tamanho de rochas. A única coisa peculiar na gravação era um caractere em um canto do desenho, a letra para S. A gravação ainda parecia quente, mas tudo nas câmaras abafadas parecia mais quente.

A caixa não estava trancada, o que deixava Kylan sem justificativa para não a abrir. Com a mão trêmula, ele tocou a tampa, imaginando o que encontraria lá dentro. Um pequeno instrumento, muito parecido com outros que tinha aprendido a tocar em Sami Matagal, mas muito diferente e muito poderoso. Talvez o único objeto capaz de virar rapidamente a maré contra os Skeksis.

Kylan abriu a caixa. No começo, seu coração palpitou de alegria. Com a mesma rapidez, o alívio e a empolgação transformaram-se em decepção e medo. As emoções deviam estar estampadas em seu rosto, porque Naia tocou seu braço, preocupada.

— O que foi?

Kylan virou a caixa para que todos pudessem ver, incapaz de expressar seus sentimentos em palavras. Dentro da caixa forrada havia uma coleção de fragmentos brancos, ossos, sem dúvida, alguns grandes o bastante para que se identificassem neles gravuras complexas. Havia pedaços suficientes para saber o que tinham sido, e o que jamais voltariam a ser. Tudo que importava agora era isso: a *firca* de pássaro-sino de Gyr estava partida em mil pedaços.

CAPÍTULO 19

Todos inspiraram e expiraram várias vezes antes de urLii finalmente falar.

— Bem… não estava assim da última vez que a vi.

Kylan sentia as pernas cedendo. Sentou-se no chão empoeirado e olhou para a *firca* quebrada. Mesmo que houvesse um jeito de consertá-la, os fragmentos nunca se colariam por completo. Para um instrumento de sopro, qualquer pequena rachadura significava o fim. No estado em que estava a flauta, não era possível saber nem quantos pequenos pedaços estavam faltando. Ele não conseguia encontrar forças para fechar a caixa, embora ficar ali olhando para os pedaços não os ajudasse em nada.

— Nós… vamos ter que encontrar outro jeito — começou Naia. Depois olhou para Tavra. — Estava assim quando a encontrou?

— Tinha o desenho de um pássaro-sino gravado na tampa, como a maudra falou. Não pensei em olhar o interior da caixa antes de vir para cá.

Kylan fechou a caixa. UrLii tocou o desenho do pássaro. A mão dele fez Kylan lembrar-se da mão de urVa, embora a do arqueiro fosse calejada na palma pela prática do tiro com arco, e a de urLii fosse calejada nas pontas dos dedos. De segurar instrumentos para escrever, entalhar e pintar, Kylan pensou, porque os calos estavam nos mesmos lugares em que existiam nas mãos dele.

— O gongo-cantor da montanha — disse o Místico. — Nos anos dourados e muito antes. Todas as manhãs, quando erguia-se o primeiro sol, seu canto despertava o mundo das mais elevadas altitudes. Pequena Aughra e todos os pequenos Gelflings, criaturas grandes e diminutas. Era o bom-dia de Thra, do Coração, a todos.

— O que aconteceu com os pássaros? — perguntou Kylan. Queria uma história para tirá-lo da tristeza da situação. Se pudesse imaginar algo, qualquer coisa, talvez fosse capaz de superar tudo isso.

— Morreram... Morreram depois da Conjunção. No início. Eles bebiam do poço do mundo, como as flores crescem do sol. Cresciam da canção do Coração de Thra. Quando a canção mudou, ainda bem no início... Ah, aquelas criaturas tão grandes e magníficas não conseguiram sobreviver com menos do que aquilo que as havia criado no princípio. Coisas velhas não são capazes de mudar rapidamente. Aqueles pássaros eram muito velhos, e a Conjunção foi muito brusca.

— Tenho a sensação de que tudo acontece ainda mais depressa *agora* — disse Kylan. Ele deixou a caixa no chão antes que pudesse ceder ao impulso de correr para o outro lado da sala em uma reação frustrada. — Sinto que cada vez que tentamos fazer algo é tarde demais. Os Skeksis estão sempre um passo à nossa frente. Roubaram meus amigos de Sami Matagal, e roubaram Gelflings de todos os outros povoados. Como podemos ter esperança de combatê-los, se eles já sabem tudo que planejamos fazer? Eles estão usando o Cristal para enxergar além do castelo? Talvez por isso não tenham se incomodado em nos perseguir. Não é necessário! Eles sabem que não representamos uma ameaça.

Naia ajoelhou-se ao lado dele.

— Kylan, está tudo bem. Você não tinha como saber. Você tentou... Todos nós tentamos.

Ela parecia desapontada, mas controlada o bastante para deixar o sentimento de lado e confortá-lo. Não fazia diferença. Incentivo era só outro tipo de história, e histórias não os ajudariam naquele momento. O que havia acontecido com a *firca* já havia acontecido, e nenhum pensamento positivo resolveria isso.

— Eu não deveria ter criado expectativas — disse Kylan. — Foi um plano bobo.

Ele suspirou, ficou em pé e devolveu a caixa à prateleira. Estava decidido a deixar o fracasso na Tumba, onde talvez esse sentimento pudesse definhar e morrer em paz. Não precisavam levá-lo com eles.

— É melhor seguirmos para Ha'rar, como Tavra quer. Nós prometemos.

Naia ia dizer alguma coisa, mas engoliu as palavras. Apesar de tudo que acontecera, haviam realmente feito um acordo com a Prateada. Talvez a filha da Maudra-Mor estivesse certa o tempo todo.

— Como você disse, agora sabemos, pelo menos — comentou Tavra. Sua voz era neutra, sem surpresa ou decepção. Ela não se mostrava nem feliz por estar certa. Parecia só cansada, vazia de todas as emoções, exceto, talvez, do alívio por poderem enfim seguir viagem.

— UrLii, tem mais alguma coisa na Tumba que devemos levar para Ha'rar? — perguntou Amri. Ele estava quieto até aquele momento, respeitando a passagem rápida da tempestade de emoções.

Na verdade, Kylan notou que todos pareciam estar muito mais calmos que ele. Talvez ele fosse o único tão entusiasmado com a *firca*. Bom, é claro que estava. A *firca* era sua chance de fazer sua parte, algo que só ele poderia fazer. Agora a chance havia desaparecido, e todos voltariam correndo para baixo das asas da Maudra-Mor.

— Não, a maioria é só lixo — respondeu urLii.

Amri coçou a testa.

— Tudo bem... certo. Ouvi dizer que existe uma passagem para a luz do dia saindo de algum lugar na Tumba. Sabe onde fica?

— Não. Houve um deslizamento de pedras mais acima, e ficou difícil entrar por aqui. Os Gelflings talvez consigam passar pelo espaço apertado entre as pedras... mas não lembro onde fica a passagem. Talvez na câmara principal? Ou a oeste...

Não era uma direção, mas era um começo. Naia respirou fundo e soltou o ar, depois pôs as mãos na cintura. Amri e Tavra já se preparavam para partir, e escolhiam corredores que os levariam em direções opostas. UrLii estava distraído com um pergaminho. Quando ficaram apenas Naia, Kylan e o Místico, Naia tocou o ombro de Kylan e o apertou.

— Kylan, fique aqui, se precisar. Sei que... isso foi difícil para você. Não se preocupe. Vamos encontrar outro jeito, vai ficar tudo bem.

Depois disso ela escolheu o terceiro corredor, e Kylan ficou a sós com o Místico resmungão, possivelmente senil.

— Então esse é o destino dos contadores de canções? — especulou em voz alta. — Enlouquecer?

— Hum... não conheço essa história, não posso dizer como acaba. Você é Spriton? Um costureiro de sonhos?

UrLii virou-se tão depressa que uma nuvem de poeira voou da prateleira mais próxima. Ele estendeu o primeiro braço e pegou um rolo de tecido de uma das prateleiras mais altas. Com um só movimento, segurou a parte de cima e deixou cair a parte de baixo do rolo. Era uma tapeçaria Spriton tecida com a gravação de sonhos especial pela qual a Maudra Mera era conhecida. Kylan tocou a tapeçaria e sentiu o começo de um elo de sonhos. O sonho estava costurado nos fios, a visão simples de um campo sob um céu azul e aberto. O vento tinha o aroma doce de grama, e era só isso.

— Muito bom, mas não ajuda em nada. A *firca* está quebrada. Não posso juntar o instrumento inteiro como um costurador de sonhos. Pelo jeito, não sou capaz de fazer muita coisa.

— Essa decisão é sua. É possível escolher ser o tecelão ou o tecido. O cantor ou a canção. Sabe?

As palavras de urLii trouxeram a Kylan a lembrança de urVa em sua abstração cheia de meandros. Não havia desejado ter a sabedoria dos Místicos pouco tempo atrás? Agora, diante de outro beco sem saída e com a esperança destroçada, as palavras só o frustravam com sua filosofia imaterial.

— Não, não sei — disse ele. — A Maudra Mera só começou a me ensinar a costurar sonhos porque era a única coisa que eu sabia fazer. Depois eu fugi.

A resposta irritada não ofendeu o Místico, ou, se ofendeu, ele não demonstrou. UrLii coçou a crina com ar pensativo.

— Hum. A única coisa que você sabia fazer... ou uma coisa que só você sabia fazer?

A pergunta surpreendeu Kylan e mudou sua disposição. Era um simples jogo de palavras, mas dava uma perspectiva diferente às coisas. Seria essa a verdadeira razão para Maudra Mera ter tentando lhe ensinar a ancestral vliyaya Spriton?

A voz de Amri interrompeu o pensamento, anunciando que ele havia encontrado algo. Kylan continuava parado, sem saber como se comunicar com o Místico e querendo desesperadamente sair da Tumba. UrLii entendeu e fez um gesto mandando-o embora.

— Vá logo, pequeno contador de canções. Vá.

— Obrigado — respondeu Kylan, e correu ao encontro dos amigos.

A saída encontrada por Amri ficava escondida atrás de pedras entalhadas, cerâmicas e grandes pedras preciosas brutas. Atrás da barricada que parecia ser intencional, havia uma porta. UrLii não se juntou a eles, e os quatro removeram os obstáculos sozinhos. Tavra e Naia cuidaram das maiores obstruções, mas Kylan levantou sua parte das pedras, embora carregasse o peso da bolsa nos ombros.

Tavra era a última que ainda trabalhava enquanto os outros três faziam um intervalo. Ela puxava e empurrava e movia os obstáculos com determinação incansável, sem suar nem reclamar. Quando finalmente desobstruiu a porta, ela não perdeu tempo. Girou a maçaneta e abriu-a com cuidado, sustentando-a com o corpo para o caso de os restos do deslizamento de pedras mencionado por urLii esperarem do outro lado.

Não havia nada do outro lado da porta, só um túnel e um vento frio que trazia o cheiro da superfície. Kylan quase esquecera como era o cheiro do ar fresco e, apesar do cheiro de terra e umidade que o acompanhava, o sopro de vento trouxe à mente imagens de grama, luz do sol e nuvens.

— Vamos.

— Esperem — falou Naia, sentada sobre uma pedra. — Podemos descansar um pouco? Só um momento, depois prometo que vamos embora. O túnel é uma subida, e pode ser perigoso. Vamos recuperar o fôlego, pelo menos, antes de enfrentar pedras caídas em um túnel que pode desabar sobre nós a qualquer momento.

Tavra olhou para os companheiros mais jovens. Kylan estava disposto a seguir se os outros insistissem, mas o olhar de Amri dizia que isso não seria possível. A soldado inspirou profunda e impacientemente, mas encostou-se na parede e cruzou os braços. Amri deu risada.

— Você é incansável como um Pernalta — disse. — Ou melhor, é incansável como ouvi dizer que os Pernaltas são. Como deve imaginar, eles não frequentam as cavernas. Embora essa pudesse ser uma cena engraçada.

— Talvez tenhamos a sorte de vê-los lá em cima — respondeu Naia. — São criaturas incríveis. Se conseguirmos chamar alguns, chegaríamos a Ha'rar mais depressa que pelo rio... Montamos um deles do Castelo do Cristal até Pedra-na-Floresta, fizemos a viagem em uma noite só. A pé, teríamos levado dias.

— O Pernalta é o patrono dos Spritons, não é? — perguntou Amri. — Kylan, acha que consegue chamá-los para nós?

Kylan balançou a cabeça.

— Eles evitam as terras altas. Suas pernas não são ágeis o bastante para a região de pedras. Se algum dia voltarmos à Floresta Sombria, ou às planícies, eu chamo um para vocês conhecerem.

— Isso! E a Drenchen... também quero conhecer um muski. Acho que vou fazer uma lista.

Naia suspirou e levou a mão ao ombro, onde Neech fazia falta. Por um momento ela ficou triste, depois confiante. Neech estava com Gurjin, ajudando-o a voltar a Sog. Esse era o melhor lugar onde o muski poderia estar, considerando as circunstâncias.

— Você vai conhecer — disse ela. — Um dia.

Amri alongou-se e reclinou-se para trás.

— É! Mal posso esperar. Meu povo não trata os hollerbats como familiares... Eles fazem muito cocô.

— E você, Tavra? — perguntou Kylan. — Os Vapras têm unamoths como animais de estimação?

Tavra interpretou a pergunta como um sinal de que todos estavam descansados e prontos para seguir viagem. Como uma estátua que ganhava vida, ela afastou-se da parede onde estava encostada e descruzou os braços para apontar o túnel com um gesto severo. Um a um, eles ficaram em pé e obedeceram. Kylan parou, olhou para trás, para a Tumba, e pensou se não deveriam despedir-se de ur-Lii. Amri balançou a cabeça e acenou.

— Ele vai ficar bem. Não vai nem perceber que partimos.

No começo o túnel era bem sustentado. Kylan pensou ter visto lampejos de luz do sol lá na frente, mas não tinha ideia da profundidade em que estavam no interior da montanha, nem mesmo de que horas eram, do dia ou da noite. A visão devia ser só uma mistura de esperança e imaginação. Amri andava na frente da fila, seguido por Naia e Kylan. Tavra era a última e caminhava alguns passos atrás de Kylan, como se quisesse ter certeza de que ninguém se afastaria do grupo outra vez.

No espaço apertado do túnel, Kylan ouviu Tavra resmungando sozinha.

— Unamoths só servem para uma coisa...

Ela falava baixo, e Kylan não sabia se ela tinha consciência de que ele podia ouvi-la quando terminou o pensamento:

— ... *comer.*

CAPÍTULO 20

O túnel terminou como urLii avisara, em uma parede de terra e pedras grandes. O deslizamento havia acontecido algum tempo antes, como demonstrava a abundância de vida vegetal crescendo na terra deslocada. Kylan ficou feliz ao constatar que parte da flora era de superfície – samambaias e flores que não teriam sobrevivido sem luz natural. Isso significava que estavam perto. De fato, nesgas de luz atravessavam as frestas nas pedras e, quando ele aguçou os ouvidos, pensou ter ouvido pássaros.

Amri foi na frente, mais acostumado com as pedras perigosas. Mesmo que houvesse muito tempo que a pilha estivesse ali, a pressão errada ou até um barulho poderia soltá-la e esmagá-los. Eles iam escolhendo o caminho em silêncio e com cuidado, passando pelos espaços entre as pedras. UrLii nunca teria conseguido acompanhá-los, e em alguns lugares Kylan pensou que nem *ele* seria capaz de se espremer pelas frestas. Com alguns arranhões e muita paciência, depois de um tempo eles finalmente atravessaram os escombros.

Era começo de noite. Kylan deixou cair a bolsa de viagem e ajoelhou-se na plataforma coberta de grama. Ainda estavam nas terras altas, mas abaixo da linha das árvores, e o cenário verde e dourado do vale coberto de vegetação e do céu limpo cor de âmbar era a coisa mais linda que ele já tinha visto. Naia ajoelhou-se a seu lado, passando as mãos pela relva densa e inclinando-se para sentir o cheiro das folhas.

— Até que enfim — comentou Tavra enquanto limpava terra do manto.

Ao contrário deles, Amri não passou pela boca da caverna. Ficou parado na sombra, com uma das mãos sobre os olhos, que mantinha quase fechados.

— Tem muita luz — disse ele. — Eu só havia saído das cavernas à noite. E escondido.

Naia franziu a testa.

— Os Irmãos estão se pondo. Amanhã vai ter o dobro de claridade durante o dia.

— Talvez meus olhos se ajustem — respondeu Amri. Depois puxou o capuz do manto e cobriu boa parte do rosto. Envolto em tecido negro como se pudesse levar consigo as sombras de Grot, ele saiu da caverna. Mesmo com o capuz sobre os olhos, ainda mantinha as mãos estendidas para se equilibrar. Naia pegou uma delas e pousou-a sobre seu ombro.

— Eu vou ajudar, por enquanto. Talvez possamos viajar à noite.

— Vamos viajar dia e noite para compensar o tempo que perdemos — declarou Tavra. — Começando agora.

Naia ajudava Amri. O processo começou desajeitado, mas depois que aprenderam os passos um do outro, conseguiram mover-se com mais harmonia, e Kylan notou que as bochechas de Amri ficavam rosadas embaixo do capuz. Assim que teve certeza de que os outros três a seguiam em um ritmo aceitável, Tavra passou a se adiantar de tempos em tempos e depois recuar para o fim da fila, ajustando a rota sem dar explicações. Sua confiança alimentou a deles, e em pouco tempo Kylan viu o conhecido brilho negro de um rio no vale iluminado pelo entardecer.

— O ar é muito seco — comentou Amri. — E tem tantos barulhos! Tenho a sensação de que consigo ouvir o mundo inteiro daqui.

— Também achei tudo muito seco quando saí do pântano — contou Naia. — Você vai se acostumar!

Depois do pôr dos sóis, Amri conseguiu tirar o capuz. Admirava cada árvore e pedra, e estava especialmente apaixonado pelo céu. Apesar de conseguir enxergar, mantinha a mão no ombro de Naia para poder andar com a cabeça erguida e olhar para cima, fascinado.

— Era por isso que eu vinha à superfície. O céu! Ah, olhem! As Irmãs!

Kylan tentava enxergar as coisas como Amri as via: novas, interessantes e frescas. Sair das cavernas talvez pudesse ser interpretado como o fim do capítulo de fracassos e o começo da próxima canção que poderia levá-los ao sucesso... Por outro lado, ele tinha pensado o mesmo ao sair do observatório de Aughra.

Kylan lembrou-se do que urLii tinha falado sobre o tecelão e o tecido, mas estava cansado de tentar ver o melhor em tudo, exausto de criar tantas expectativas e acabar frustrado. Tentar assumir o controle do próprio caminho era mais do mesmo, por isso ele limitava-se a seguir a trilha determinada por Tavra, como uma gota de água seguindo uma corredeira. Ele agora era só um personagem secundário nessa história, e seguiria as direções da Vapra.

Tarde da noite, chegaram a uma parte mais larga do caminho. Tavra tinha se adiantado mais uma vez, por isso não estava ali para reclamar quando os três pararam. Era um território tranquilo, bloqueado de um lado por um penhasco. O ar da noite era cada vez mais úmido.

— Estou com bolhas — comentou Amri. Não era uma queixa, só um fato, e ele sentou sobre uma pedra para massagear os pés descalços. De dentro do manto, tirou um frasco com uma pomada que espalhou nos pés.

— O que é isso? — perguntou Naia, torcendo o nariz. — Tem cheiro de gosma e verme!

— Sim! Mas tem outras coisas também. Quer um pouco? É uma das minhas preparações.

— Não! De jeito nenhum.

— Se mudar de ideia, é só me avisar.

Amri guardou o frasco, mas o odor forte ainda o envolvia. Kylan levantou a gola da túnica para disfarçar o cheiro. Apesar do terrível aroma, podia ver que o inchaço e a vermelhidão nos pés de Amri já começavam a diminuir. Mas o caminho a percorrer era longo, e ele tinha a impressão de que choveria em breve.

— Acho que deveríamos descansar — opinou Kylan. — Concordamos que iríamos com Tavra sem fazer mais nenhum desvio, porém não dissemos que faríamos a viagem toda em uma noite. Não sei como ela consegue manter esse ritmo, mas não posso seguir assim para sempre.

— Eu também não — concordou Amri.

Até Naia sentou-se sobre uma raiz exposta e ajeitou o cabelo, deixando as costas, as asas e a nuca tomarem um pouco de ar. Kylan deixou a bolsa no chão e, sentindo-se mais leve, alongou os braços e as costas.

— Eu vou atrás dela e aviso. Vocês dois, descansem e acendam uma fogueira.

Depois de carregar a bolsa por tanto tempo, andar sem ela era quase como voar. Kylan pulava pedras e raízes salientes e caminhava pelo bosque diagonal, atento aos sons da Prateada, que tinha se afastado. Sentia-se tão leve e ágil que nem uma cortina de cipós-dedos conseguiu agarrá-lo quando ele passou correndo pelo caminho onde balançavam.

Kylan viu um feixe de luar brilhando em alguma coisa prateada entre as árvores e seguiu a luminosidade. No começo andava despreocupado, sem querer surpreender alguém que tinha uma espada na cintura, mas ouviu vozes, então parou. A conversa era distante demais para que conseguisse decifrá-la, mas ouvia claramente outra voz alternando-se com a de Tavra. Com quem ela conversava ali na escuridão?

Quando Kylan deu por si estava abaixado, escondido atrás de uma árvore. Havia muitas criaturas falantes no mundo, e nenhum motivo para acreditar que a conversa de Tavra significava perigo... mas todos os ossos no corpo de Kylan lhe diziam para continuar quieto e fora de vista. Seguindo seu instinto, ele adiantou-se abaixado, tão silencioso quanto era possível, aguçando os ouvidos para absorver as palavras.

— Perdão, lorde. Eu sei. Voltamos ao caminho. Não vou desapontá-lo.

O pedido de desculpas de Tavra era quase uma súplica. De onde estava abaixado, Kylan só conseguia ver suas costas, com a luz do céu noturno tremulando em suas asas. Quem falava com ela estava fora de seu campo de visão, ou totalmente invisível. Na escuridão, Kylan não conseguia ver ninguém, mas ouviu a resposta fraca.

— Você já nos desapontou. Corremos um grande risco confiando o menino Drenchen a você, e o que fez? Você o perdeu! Estamos arrependidos de nossa confiança. Muito arrependidos!

Tavra encolheu-se como se a crítica fosse uma chicotada.

— Perdão, milorde...

— Tem certeza de que não a descobriram?

— Eles não falaram nada. Consigo sentir quando fazem elo de sonhos... eles não...

— Essa é a única boa notícia que trouxe para nós. É melhor manter as coisas assim.

Tavra esforçava-se para agradar a voz, embora as palavras usadas fizessem Kylan especular se aquela era realmente Tavra. De quantas conversas secretas ela já teria participado cada vez que se afastara deles? E mais importante, com quem, para quê?

— Este corpo começa a fraquejar, milorde. Não vai durar muito mais tempo. Preciso de um novo para poder continuar.

— Então, não deveria ter deixado os Gelflings perderem tanto tempo! Bahhh... pegue o Spriton ou o Grottan. Ou mate-os, se for mais fácil. Não importa para nós.

— O Spriton é muito fraco! Prefiro pegar a Drenchen...

— Encoste uma dessas perninhas magras na Drenchen e acabamos com você!

Um graveto partiu-se embaixo da mão de Kylan quando ele cerrou o punho, e Tavra virou-se em direção ao ruído, embora o movimento de suas orelhas para a frente e para trás indicassem que ela não conseguia vê-lo nem determinar sua localização.

— Preciso ir. Eles se aproximam.

Ela guardou algo nas dobras do manto e endireitou as costas, abandonando a atitude subserviente e meio encurvada que havia adotado na presença do mestre invisível. Agora voltara a parecer uma soldado severa... Embora, depois do que Kylan tinha escutado, não se pudesse dizer que parecia *ela mesma*. Seu coração batia tão alto que Kylan estava surpreso por ela não conseguir ouvi-lo. Imóvel, pensou no que fazer. Deveria esperar até ela voltar para perto dos outros, dar uma volta na área e aproximar-se por outra direção, para que ela não percebesse que fora vista? Deveria confrontá-la ali mesmo? Não, isso era perigoso! Mas se voltasse correndo para prevenir os outros ela certamente o ouviria. E preveni-los de quê? Não sabia nem o que tinha visto e ouvido. Queria muito fazer um elo de sonhos com Naia a distância, mas não podia. Não conseguiria avisar os amigos no acampamento antes de Tavra chegar lá.

Ela estava se aproximando. Em poucos momentos, passaria perto o bastante para tocá-lo. UrLii dissera que era possível ser o tecelão ou o tecido. Só havia mesmo essas duas opções? Ou existiria uma terceira?

Ele tomou cuidado e se preparou.

Serei os dois.

Quando Tavra estava passando, Kylan prendeu um pé em uma raiz exposta e deu um passo largo com outro. O tropeço intencional jogou-o em cima da Prateada, derrubando os dois.

— Tavra! — exclamou ele. — Desculpe. Vim chamar você, mas me perdi...

Ela se levantou e limpou o manto com impaciência, enquanto ele ficava em pé sem pressa.

— Onde estão os outros?

— Amri precisou parar. Vim procurá-la para avisar que estamos montando acampamento lá atrás. Espero que concorde...

— Não! Eu não concordo. Não temos tempo. Onde eles estão?

Ela começou a andar com passos largos, a mão no cabo da espada, como se pretendesse ameaçá-los para continuarem andando, se fosse necessário. Kylan a seguia atordoado. Ouvia o eco das palavras dela na escuridão. *Este corpo não vai durar. Prefiro pegar a Drenchen.* Como se ela não tivesse permissão para tocar em Naia? E dizer *este corpo*, em vez de *meu corpo*. Não era Tavra. Quem quer que fosse, trabalhava para um mestre poderoso que queria Naia para si. E queria Rian, em quem Tavra ficara fixada desde que os salvara da Boca Azul. Só uma criatura em toda Thra encaixava-se nesse perfil. Os Skeksis, de quem o grupo tentara escapar, estavam com eles o tempo todo.

NÃO CONFIE NELA.

Ele lembrou-se das palavras na pedra coberta por teias de aranha. Havia deduzido que referiam-se a Aughra, mas agora não tinha tanta certeza. Depois a estranha marca do S na caixa. Alguém tentava alertá-los, mas quem? A única pessoa que poderia ter deixado as mensagens era Tavra... justamente quem os espionava.

Kylan baniu as perguntas da mente. Precisava se concentrar no problema imediato. Se não decidisse logo o que fazer, ou a impostora descobriria que ele percebera sua mentira, ou ela voltaria para encontrar Naia e Amri e os colocaria em perigo.

Como se não estivéssemos em perigo o tempo todo! Não é à toa que os Skeksis não apareceram pessoalmente. Sabiam onde estávamos a cada passo que dávamos!

Ele se forçou a ficar calmo. Era o único jeito de conseguir resolver tudo aquilo. Enquanto seguia Tavra, andando pelo bosque com passos muito barulhentos para Naia e Amri pelo menos ouvirem a aproximação, ele pensava. Não conseguiria ganhar dela em um confronto. Nem Naia teria muita facilidade, e em uma luta direta, a espada seria rápida e mortal.

Kylan via a luz da fogueira por entre as árvores, e tentou pensar mais depressa. Precisavam de um plano, uma estratégia de batalha para desvendar a verdade daquela situação. Só então poderiam decidir o que fazer. Mas Kylan não era um guerreiro, não sabia nada de luta. Precisava aceitar essa realidade.

Não tinha tempo para sentir pena de si mesmo. Precisava decidir o que *era* e o que *sabia*, e não pensar no que lhe faltava. Nos últimos momentos antes de entrarem na área do acampamento, ele se apressou em lembrar tudo que havia acontecido até então, procurando qualquer semente que pudesse germinar e fazer brotar uma solução. A canção que fizera para Rian. A Boca Azul. O observatório de Aughra e a *firca* destruída. As palavras de urLii e a tapeçaria Spriton.

Então ele encontrou o que procurava, e permitiu-se um gostinho de esperança.

Esse confronto seria de um tipo diferente.

CAPÍTULO 21

Naia deu um pulo e ficou em pé assim que eles entraram na clareira.

— Não me interessa o que você pensa, precisamos descansar.

Tavra puxou a espada, mas manteve-a abaixada. Kylan imaginava se conseguiria arrancá-la da mão dela de onde estava, atrás e bem perto. E depois? Como antecipar o que ela poderia fazer, em especial depois de receber ameaças tão duras de seu mestre Skeksis? Desafiá-la poderia ser justamente o começo dos problemas do grupo. Ele correu e colocou-se entre as duas.

— Tavra, escute. Amri precisa de sapatos, ou daqui a pouco vamos ter que carregá-lo, o que com certeza vai nos fazer demorar mais do que se apenas descansarmos um pouco.

— Não tenho culpa se ele decidiu vir. Se precisa tanto de sapatos, ele pode usar os meus.

Tavra abaixou-se, arrancou as sandálias dos pés e jogou-as para o menino Grottan, que recuou diante do gesto.

— Não é necessário — respondeu Amri. — Naia cortou um pedaço de couro de seu colete e...

Kylan acenou com as duas mãos antes que a discussão saísse do controle. Quando isso acontecesse, nada a faria parar. Se não tivessem algum tipo de vantagem, era pouco provável que conseguissem vencê-la em uma luta equilibrada, mesmo sendo três contra um. Tavra era uma soldado bem-treinada, tinha a vantagem da experiência em fuga e, além disso, não se cansava nem parecia sentir dor. Teriam que surpreendê-la se quisessem chegar ao fundo daquela questão.

— Escutem. Todo mundo. Tavra. Tem uma coisa que não contei.

Isso atraiu a atenção de todos. Kylan nunca se sentira tão aliviado por ter uma espada apontada em sua direção. Quando Tavra falou, sua voz era sombria, quase nem parecia a de um Gelfling.

— O que é?

Kylan pôs a mão no bolso, um movimento suficientemente lento para não alarmar Tavra, e pegou um pedaço de papel dobrado. Ele entregou o papel a ela e explicou aos outros em voz alta o que era aquilo.

— Recebi uma mensagem de Rian. Chegou por swoothu no começo da noite. O barco em que ele viajava foi danificado por uma pedra no rio, e ele se atrasou. Está perto do destino e disse que vai esperar, se também estivermos perto. Já respondi que vamos encontrá-lo amanhã de manhã.

Kylan viu Tavra olhar séria para o pedaço de papel. Ela amassou-o com uma das mãos e jogou-o no fogo, e foi então que ele teve certeza de que aquela não era a filha da Maudra-Mor.

Naia franziu a testa. Não estava convencida, mas não questionou a história de imediato. Ele queria poder tocá-la e mostrar pelo elo de sonhos tudo que tinha visto, mas fazer isso naquele momento, diante da impostora, seria bobagem. Kylan encarou Naia e, com o olhar, pediu sua confiança.

— Ah — falou ela com um tom calmo, como se tivesse acabado de lembrar alguma coisa —, então era isso que você estava fazendo no bosque mais cedo. Por que não contou logo?

Kylan tentou não demonstrar seu alívio. Naia o estava encobrindo. Confiava nele.

— Eu não sabia se era verdade. Não vimos nenhum Skeksis desde que saímos do castelo, e acho que isso é estranho. Tive medo de que pudesse ser uma armadilha.

— Não é uma armadilha — falou Tavra. — A mensagem é autêntica.

— Então... vamos esperar amanhecer para ir encontrá-lo? — perguntou Kylan. — Pode ser assim?

Tavra olhava para o fogo, a mão segurando o queixo em uma expressão pensativa. Kylan esperava que ela estivesse pensando o que ele queria que ela pensasse: que aquela era uma oportunidade boa demais para perder. Seu mestre queria Rian, e ali estava uma chance de recuperar a confiança perdida.

Kylan a viu guardar a espada.

— Sim. Ajustem essas sandálias para o Sombreado. Partiremos ao alvorecer.

Depois ela retirou-se para o limite do acampamento e sentou-se encostada a uma árvore. Puxou o cabelo sobre um ombro, cruzou os braços e abaixou a cabeça, como se adormecesse no mesmo instante.

Naia e Amri relaxaram visivelmente, abaixando ombros e orelhas. Amri pegou uma das sandálias jogadas em sua direção, comparando o tamanho com o de seu pé. Era bem próximo.

— Os cordões estão arrebentados — disse.

— Não se preocupe — respondeu Kylan. — Essa é a parte mais fácil de arrumar. Eu conserto em pouco tempo. Mas antes...

Ele pegou um graveto e tirou da fogueira o pedaço de pergaminho resistente ao fogo. Com o papel na mão, contornou a fogueira e entregou-o a Amri, trocando-o pela sandália, se é que se poderia chamar assim uma sola com um emaranhado de cordões arrebentados.

— O que está acontecendo? — sussurrou Naia. Era difícil saber se Tavra podia ouvi-los de onde estava, e Kylan esperava que pudesse. Ele pôs as sandálias no colo e começou a trabalhar no reparo. Costurar sapatos e remendar cordões estavam entre as muitas tarefas comuns que a Maudra Mera lhe havia designado quando criança. Enquanto trabalhava, ele sussurrou para Naia em um tom que Tavra pudesse ouvir.

— Não confio em Tavra. — Ele observava a Prateada enquanto falava. Ela não se mexia. — Tem algo errado com ela desde que a encontramos. Lembra... na clareira da Boca Azul?

Naia franziu a testa.

— É claro que me lembro da Boca Azul.

Kylan escolhia as palavras com cuidado, como se contasse uma canção. Essa era a parte mais importante.

— Que bom. Porque, se você lembra, vai entender por que quero me encontrar com Rian em particular. Esta noite. Não quero que Tavra ponha as mãos nele... Acho que ela está trabalhando para os Skeksis. Então, hoje à noite, quando tudo ficar silencioso, vou sair escondido para ir encontrá-lo e contar a ele. Vou dizer para ele ir para Ha'rar sem esperar por nós e avisar a Maudra-Mor de que a filha dela é uma traidora.

Ainda nenhuma reação de Tavra, mas algo cintilou em seu pescoço. Era o brinco, que ficara exposto quando ela puxou o cabelo para o lado. De longe e à noite, a luz criava ilusões, mas Kylan teve a impressão de que o brinco havia se mexido sozinho.

— Não gosto disso — falou Naia. — Por que você, e por que tem que ir sozinho?

Kylan não queria ir sozinho. Era perigoso... mas também era necessário. Explicar o motivo os colocaria em risco, e fazer um elo de sonhos chamaria a atenção de Tavra. Ela dissera ao mestre que podia sentir um elo de sonhos, e tentar fazer isso naquele momento só os levaria ao fracasso. Da mesma forma que Kylan pedira a confiança de Naia, agora precisava confiar nela. Precisava acreditar que ela entenderia e faria o que precisava ser feito.

— Lembra-se da Boca Azul? Foi bom não estarmos sozinhos *naquele dia*.

Amri estava quieto, já que, provavelmente, nem imaginava o que era a Boca Azul ou o que ela havia feito. Nesse tempo, tinha desamassado o pedaço de papel que Kylan lhe entregara, alisando-o sobre as pernas. Kylan concentrava-se em reparar o último cordão e esperava a reação de Amri. Ela veio em seguida: um lampejo de confusão, depois de compreensão.

— Isto é...

— Aqui estão seus sapatos — interrompeu-o Kylan, em voz alta. — Consertados. Vai precisar amaciá-los um pouco, mas acredito que servem... Agora, acho que todo mundo deveria dormir um pouco. Eu faço o primeiro turno da guarda.

Kylan viu em silêncio o fogo morrer, segurando as mãos sobre o colo para impedir que se agitassem. Era uma noite como qualquer outra, mas saber o que aconteceria em breve dava a ele a sensação de existir no interior de um domo formado pelos próprios pensamentos. Sua cabeça era como o observatório de Aughra: em movimento constante, cheia de coisas.

Mantenha o foco, ele disse a si mesmo. *Conte a canção. Vai dar certo... tem que dar.*

Quando não podia mais esperar, ele saiu do acampamento tão silenciosamente quanto era possível. Deixou a bolsa e tudo que poderia pesar. Seguiu andando pelo bosque, as orelhas apontadas para trás para ouvir todos os ruídos. Era o momento mais escuro da noite, e ele se lembrou de quando entrara na Floresta Sombria com Naia. Estava apavorado naquela ocasião, pulando de terror ao menor barulho. Agora ali estava ele, oferecendo-se para fazer tudo de novo. Esperava que, pelo menos, se alguém contasse canções sobre ele, aquele momento fosse lembrado como uma demonstração de coragem, comprovando que ele tinha mudado para melhor.

Mesmo que seja a última coisa que farei, pensou com pesar.

Não demorou para ouvir os passos atrás de si. Se não estivesse atento, não os teria percebido em meio aos outros sons da floresta. Alguém o seguia, mantendo distância, mas não muita, e sem muito cuidado. Não precisou sequer olhar para trás. Sabia que, se olhasse com a devida atenção, veria o brilho do manto prateado e talvez da lâmina da espada. Aquela era a prova de que ela fora sincera ao chamá-lo de fraco, e pela primeira vez ele sorriu ao pensar nisso.

Ele a levava pelo caminho, oferecendo oportunidades na trilha cheia de curvas para encurtar a distância entre eles. Era um excelente lugar para pegar de surpresa uma presa distraída, com muitas pedras e nichos onde se esconder. Tão longe do acampamento, Tavra poderia inventar muitas desculpas para justificar o sumiço do contador de canções. Possíveis explicações para seu repentino desaparecimento eram tão numerosas quanto os predadores e perigos que se escondiam na floresta.

Kylan só começou a ficar nervoso quando deixou de ouvir os passos da Prateada impostora. Um arrepio de medo percorreu os dedos de suas mãos e pés quando ele lembrou que estava correndo um perigo real. Mas continuou andando, na esperança de conseguir alcançar o local antes de ser encontrado. Se chegasse lá, pelo menos teria uma chance. Quando viu a parede de pedra que acompanhava a trilha, ele suspirou aliviado e reduziu a velocidade dos passos.

— Então é aqui que ele está?

Kylan virou-se em direção à voz de Tavra justo quando ela o empurrou para a parede de pedra com o antebraço, imobilizando-o com o corpo. Na outra mão ela segurava uma faca curta, mas mais ameaçador era o sorriso em seu rosto fantasmagórico. Ela não parecia Tavra. Não parecia Gelfling.

— Onde está Rian? — perguntou. — Fale antes que eu mate você, Gelfling imundo!

— N... não é aqui! Ainda não!

O gaguejar era real. A faca espetava seu pescoço. De perto, ele teve certeza do movimento no pescoço dela. Era como se sombras rastejassem em volta da pedra roxa pendurada em sua orelha. Como se ela ganhasse vida lentamente, ele viu que os fios negros não eram sombras, mas oito pernas finas e articuladas.

— Então, quando chegar, ele vai achar você morto.

Ela fez pressão com a faca. Um movimento rápido abriria sua garganta. Ela sabia disso tão bem quanto ele, e seu sorriso se alargou.

— *Pense bem, cérebro de lama!*

Kylan abaixou-se quando uma onda de cipós-dedos estalou no alto da plataforma, avançando sobre Tavra. Eles caíram sobre os braços e pernas de Kylan sem nenhuma atenção, mas quando tocaram a Prateada a envolveram, brotando de cada fresta para imobilizá-la. Kylan escapou engatinhando, voltando a inspirar e expirar depois de ter suspendido o processo enquanto esperava por aquele momento.

Duas silhuetas sobre a plataforma de pedra acenaram, e ele suspirou profundamente.

— Você está bem, Kylan? — gritou Amri. Naia já tinha começado a descer, usando os cipós-dedos como cordas. Eles eram mansos quando a seguravam, ajudando-a na descida. No meio deles, Tavra praguejava e amaldiçoava, e praguejava de novo, debatendo-se contra os tentáculos inquebráveis.

— Como se atreve! — gritou ela, mas os cipós perto do rosto escorregaram sobre sua boca e a silenciaram. Era como se a planta também não gostasse dela.

— Você é uma boa frutinha de Boca Azul — comentou Naia.

Kylan riu.

— Doce e pequeno. Somos a melhor isca.

Amri juntou-se a eles com uma tocha, e os três olharam juntos para a Prateada furiosa.

— Agora, diga quem é você e o que fez com Tavra.

CAPÍTULO 22

Era impossível o impostor responder enquanto era silenciado pelos cipós-dedos, por isso Naia tocou-os e pediu que afrouxassem um pouco. Eles a atenderam, mas só o suficiente para Tavra, ou quem realmente fosse, poder falar. Agora que o segredo fora revelado, qualquer esforço para fingir ser a filha da Maudra-Mor era inútil, e ela se debatia e sibilava. Era forte o bastante para alguns cipós se partirem, mas dezenas de novos tentáculos surgiam para substituir o rompido.

— Sou um servo leal dos Skeksis. Mais leal que vocês, Gelflings! Vocês, Gelflings, que devem a vida aos Skeksis e ao trabalho deles no castelo! Deveriam ser gratos a eles!

Presa entre os cipós, só seu rosto e uma das mãos eram visíveis à luz da tocha. O brinco na orelha cintilava, girando loucamente. Suas oito pernas finas brilhavam como metal negro, e o abdome era de um violeta profundo e facetado. Era uma aranha com um corpo de joia, pendurada em um fio de prata. Kylan censurou-se por não ter notado aquilo antes. Tinha visto o brinco muitas vezes, mas não dera a ele a devida importância. Estivera lá o tempo todo.

— É isso que você é? Uma aranha? — perguntou ele.

— Meu nome é Krychk! — berrou ela pela boca de Tavra. — Não esqueça! *Tsh!* É o nome daquela que vai levar você e todos os Gelflings para suas sepulturas!

Naia agarrou o braço de Kylan e o de Amri para um elo de sonhos urgente.

E se ela se soltar do corpo de Tavra? Vamos perder a aranha no meio dos cipós!

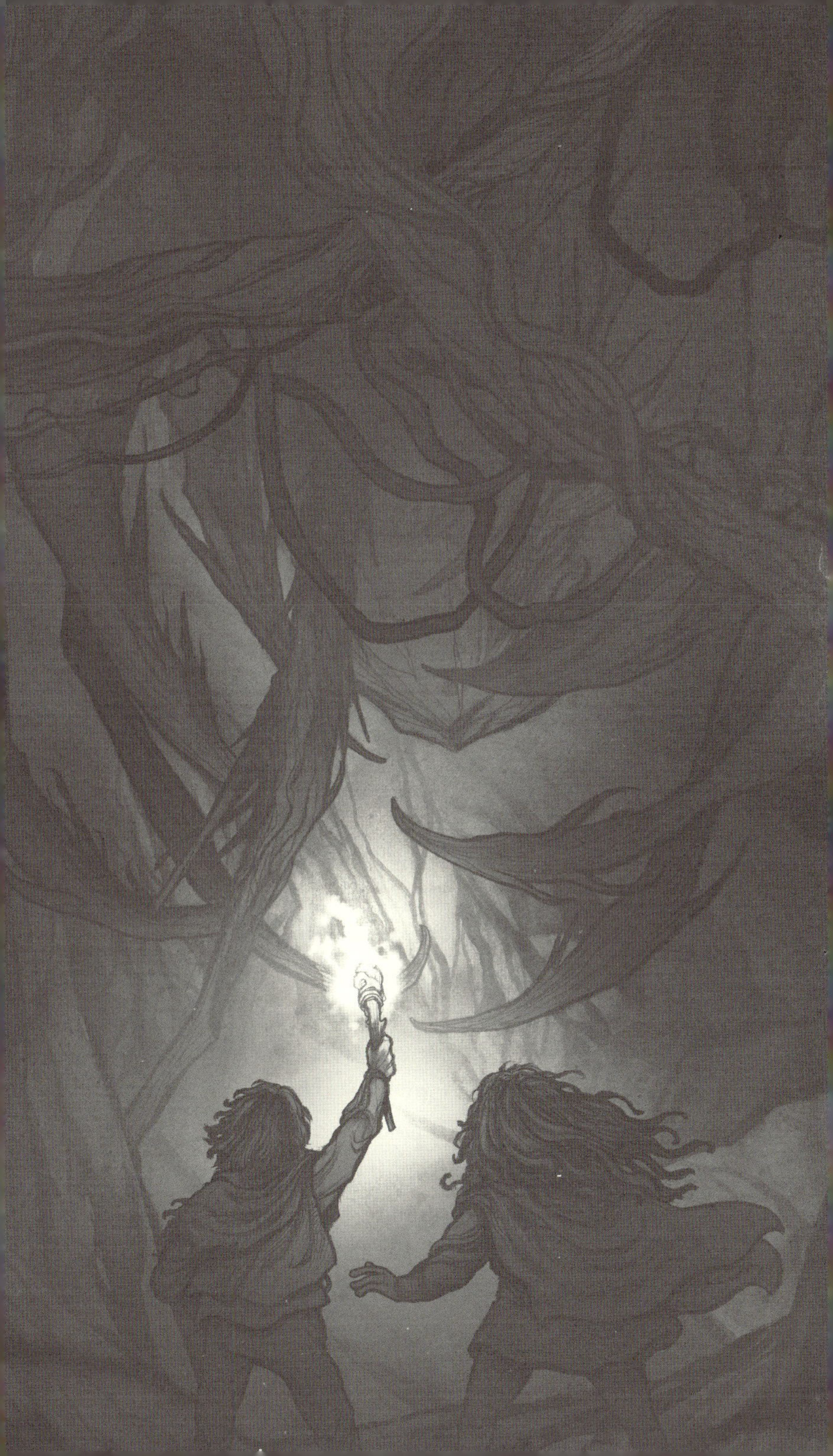

— É bom torcerem para eu não deixar este saco de ossos de Prateado! — gritou a aranha. — Sim! Eu consigo ouvir essa porcaria de elo de sonhos. Aranhas são muito mais próximas do sangue da vida de Thra que vocês, Gelflings... Ouvimos muito mais do que acontece no mundo. Muito mais que seus pensamentos pequenos.

Kylan sentiu o desânimo. Saco de ossos? E o elo de sonhos era inútil... Estavam perdidos? Krychk, a aranha do cristal, sorria maldosa com o rosto de Tavra.

— Por exemplo, posso ouvir sua princesa Prateada agora. Ouço a voz dela vindo de dentro deste corpo morto. *Minha* força vital é a única coisa que a mantém viva! Então torça, pequeno verme Gelfling! Torça para que eu não a deixe morrer nesta casca vazia.

A ameaça era clara: destruir a aranha e sacrificar a amiga. Mas se não a destruíssem...

— As cantoras do cristal — cochichou Amri. — Há histórias nas paredes de Domrak sobre como Gyr teve que expulsá-las das cavernas. Elas cantam canções no ouvido de criaturas vivas e as hipnotizam.

A aranha desceu pelo fio e pousou no pescoço de Tavra, leve como uma bailarina sobre as pernas longas. Balançava as duas pernas dianteiras como se estivesse rindo.

— Teve que nos expulsar. Rá! *Quis* nos expulsar. Sombreados estúpidos. *Nós* estávamos lá primeiro. *Nós* cantávamos as canções de Domrak. E agora temos Domrak de novo. Em troca de nossa lealdade... de você, Drenchen, e de seu irmão desprezível. Sim! Meu povo já tomou Domrak. Então, antes de fazer qualquer coisa precipitada, seus unamoths feios e sem-graça, pensem *nisso*.

— Tomaram Domrak... — murmurou Amri. — O que vocês fizeram?

— *Tsh!* Gelfling ingênuo! Gelfling burro! Não pensou duas vezes antes de confiar em mim quando apareci com o irmão! Não pensou duas vezes antes de confiar! *Tsh!* Agora meu povo recuperou Domrak, e os Skeksis terão *vocês*!

Amri segurou o braço de Naia, e seus olhos negros se encheram de medo.

— Temos que impedir... se elas tomaram Domrak... meu povo! Naia, Kylan... o que vamos fazer?

A recente euforia do sucesso desaparecia rapidamente. Kylan ficara muito entusiasmado por terem capturado a criatura que fingia ser a filha da Maudra-Mor, por seu plano ter funcionado. Naia e Amri entenderam e o seguiram como ele esperava. Tudo tinha acontecido de acordo com sua canção, mas aquela era uma conclusão imprevista.

O coração de Kylan batia forte no peito enquanto ele tentava decidir que resposta dar a Amri. Mas o que *poderiam* fazer? Embora a aranha estivesse imobilizada enquanto usasse o corpo de Tavra, eram eles que estavam sob seu controle. Um movimento errado, e o que restava de Tavra desapareceria.

— O que acha, Kylan? — perguntou Naia com voz baixa e grave. Ela mantinha a mão no cabo da faca, e não demonstrava mais nenhum sinal da alegria pelo desafio de prender a aranha.

— Era Tavra quem estava tentando nos avisar — concluiu Kylan, em voz alta. — A mensagem nas pedras... ela a deixou lá, mas a aranha deve ter convocado outras de sua raça para tentar esconder o recado. E mais tarde... o caractere para S... e na caverna. Ela estava tentando matar você, não estava? Cortando o próprio pescoço!

Amri xingou baixinho.

— Kylan. Naia. Essa aranha precisa morrer. Antes que conte aos Skeksis o que aconteceu. Se sua amiga arriscou a própria vida para tentar matar a aranha, precisamos acreditar que ela está disposta a fazer esse sacrifício!

— Matariam o que resta de sua Prateada? — perguntou Krychk. — Vocês, Gelflings, são mais fracos e traiçoeiros do que eu pensava. Traem os Skeksis e traem a si mesmos. Merecem o que vai acontecer.

Embora a voz da aranha fosse provocativa, suas pernas se esticaram, grudando no pescoço de Tavra. No silêncio sinistro que seguiu a declaração, enquanto Kylan tentava conceber um plano às pressas, ele ouviu o conhecido estalar e rastejar de milhões de perninhas. No início não havia nenhum sinal da aproximação das criaturas, mas em seguida os cipós-dedos estremeceram e se agitaram. Depois se retorceram, e Kylan viu à luz da tocha batalhões de aranhas negras brotando do penhasco, mordendo os cipós. Tentáculos caíam como grama cortada, retorcendo-se na queda, e os cipós-dedos debatiam-se em agonia enquanto eram atacados pelo batalhão de aranhas com corpo de pedra preta.

Kylan brandiu a tocha, ateando fogo à planta onde conseguia alcançar. As aranhas fugiam das chamas, e as poucas que estavam por perto eram pisoteadas por Naia e Amri com suas novas sandálias. Eram fáceis de esmagar quando se isolavam do bando, uma a uma, mas havia milhares ali, e outros milhares espalhados pelas montanhas na floresta.

A fumaça densa do fogo na planta molhada se dissipou. Krychk, presa ao pescoço de Tavra como um vergão, passou por cima do círculo de fogo com a espada em punho. Além da farsa, o poder da aranha sobre o corpo da Prateada era como uma infecção, envolvente e tenebrosa. Kylan arrepiou-se quando Krychk deu um passo à frente, exibindo aquele sorriso sobrenatural no rosto pálido de Tavra.

— Fico feliz por termos chegado a esse ponto, Gelfling. Estava cansada de fingir gostar de vocês.

Naia empunhou a adaga a tempo de bloquear o primeiro ataque da aranha, um golpe poderoso que levantou brasas e poeira. Kylan e Amri recuaram desarmados, enquanto Naia bloqueava os intermináveis golpes de espada da Prateada. Ela esquivou-se a tempo de evitar a ponta da espada em um olho. O sangue brotou em seu rosto onde o metal fez contato, e duas mechas desprenderam-se de sua cabeça. Kylan entregou a tocha a Amri e levou a mão à cintura para pegar a boleadeira, mas estavam tão próximos que era impossível fazer o lançamento.

— Não quero machucá-la! — gritou Naia. — Mas não posso contê-la para sempre!

Ela grunhia com o esforço de evitar os sucessivos ataques de Krychk. Kylan segurava duas das três pedras da boleadeira, uma em cada mão. Se fossem dois contra um, provavelmente poderiam derrotar a aranha, mas Kylan não queria machucar Tavra. No entanto, a verdade era que a aranha não se cansaria. O corpo de Tavra não tinha força vital. Para que a situação chegasse ao fim, alguém teria que morrer.

— Sinto muito! — disse ele, e arremessou a ponta solta da boleadeira. A pedra desenhou uma órbita em torno de sua mão e acertou a cabeça de Tavra. Ele mirava a aranha, mas o efeito foi o mesmo. A Prateada cambaleou e quase caiu. Naia agarrou a oportunidade, fazendo um corte na mão que segurava a espada, com tanta força que Krychk soltou a arma. Assim que a lâmina caiu, Naia derrubou o corpo de Tavra sobre a terra em chamas.

— *Malditos Gelflings!* — gritou Krychk. — Vou pegar vocês, seja qual for a ordem dada pelos Skeksis! *Drenchen!*

A aranha libertou Tavra e subiu rapidamente pelo braço de Naia. O corpo de Tavra caiu inerte, e Naia gritou. Quando a aranha mergulhou em seu cabelo, Kylan largou a boleadeira e correu para ela.

— Não! Naia!

— Tire isso de mim! — Naia sufocava, puxando os cabelos e o manto. — Depressa, depressa, tire isso de mim!

Kylan caiu de joelhos ao lado dela, enquanto Amri continuava afastando as aranhas com o fogo. Por um momento ele viu o corpo preto e brilhante da aranha, mas ele logo sumiu. Ele mergulhou a mão em meio aos cabelos de Naia e agarrou a aranha. Ela o mordeu e esperneou, espalhando correntes de dor por todo seu corpo, mas ele a segurava com toda força de que era capaz.

— Gelfling! Maldito Gelfling! — ela gritava com sua vozinha minúscula. Kylan mal conseguia ouvi-la. Era mais como se cantasse no tom da mente, dizendo uma única coisa muitas e muitas vezes: — Maldito verme Gelfling!

— Eu disse que eles conseguiriam.

Era a voz de Tavra. Os olhos dela estavam abertos, leitosos como um lago congelado. Ela não se moveu, só fechou os olhos, os cílios prateados e longos tocando as faces. Naia sacudiu-a pelos ombros, mas a Prateada não abriu mais os olhos.

— Não. Tavra! Tavra, não vá!

Entre os pensamentos de que perderiam Tavra novamente e a dor onde a aranha rastejava com suas pernas de lâmina, Kylan sentia-se tonto. Naia sacudiu Tavra e chamou-a de novo, mas tudo parecia distante. Até os gritos da aranha soavam abafados.

Alguém teria que morrer...

Kylan apertou o corpo da aranha, sentindo as patinhas afiadas esquentarem na palma de sua mão. O calor da gravação de sonhos queimou a aranha, que gritou, um guincho agudo que penetrou estridente em seu cérebro. Ele apertou o corpo da aranha contra a testa lisa de Tavra. A luz do sonho gravado brilhou branca e prateada, e os uivos da aranha tornaram-se tão intensos que o resto do bando recuou, depois desapareceu por completo.

— Não! — berrou Krychk. — Não, não, não! Não vou perder! Não para os Gelflings! Não para os Sombreados! Não para os ladrões sujos! NÃO!

— Kylan...

A luz da gravação de sonhos morreu, e Kylan afastou a mão. Gravado no abdome de cristal da aranha havia um símbolo triangular espiralado que nem mesmo Kylan reconhecia, embora ele o tivesse colocado ali. O fogo em volta deles morria, incapaz de se manter aceso na vegetação exuberante. As aranhas, vendo sua líder derrotada, começaram a lenta retirada de volta à escuridão.

— Não, não, não, não...

Dessa vez a voz saiu de Tavra, fraca e mansa, mas não era a voz da Prateada. Era a da aranha. Ela respirou uma vez, e só restava força para exalar o último suspiro.

— Malditos... Gelflings...

Então Krychk partiu, não tinha mais vida. A aranha deitada na testa pulsava iluminada, seu corpo de pedra mudando do tom escuro de violeta para um azul mais claro, quase prateado. O símbolo gravado em seu abdome brilhava como uma estrela. Agora que estava recuperado, Kylan percebia que conhecia o símbolo. A Maudra Mera o havia apresentado a ele em suas primeiras aulas de gravação de sonhos, mas estava diferente – mais complexo, com vários floreios e diacríticos que ele não reconhecia. Não sabia de onde viera o símbolo, senão de algum lugar profundo de sua cabeça.

— O que você fez? — sussurrou Naia.

Kylan balançou a cabeça.

— Eu... não sei.

— Costura de sonhos — falou Amri. Estava perto deles segurando a tocha, embora não houvesse mais aranhas para afugentar com fogo. Olhava para a aranha preta e prateada no rosto de Tavra, pulsando mansa como um coração. — É vliyaya de costura de sonhos. Só tinha ouvido falar disso.

— Mas o que você *fez*? — repetiu Naia.

Uma perna da aranha tremeu, ganhando vida. Primeiro uma perna, depois duas, depois as oito contraíram-se o suficiente para levantar o corpo cristalino. Naia fechou a mão, pronta para esmagá-la se fosse necessário, mas Kylan a conteve. Algo estava diferente.

— Espere — ele murmurou.

A aranha não tentou correr, nem mesmo morder a mão de Kylan, que estava a seu alcance. Girou em uma direção, depois em outra, e falou com uma voz fraca que não tinha maldade ou ira, só hesitação, a voz baixa de alguém que despertava de um sonho longo e muito perturbado.

— Naia? Kylan? O quê...

Naia abaixou a mão fechada, e Kylan deixou escapar um suspiro trêmulo. Era difícil de ouvir até na noite silenciosa, mas era inconfundível: a voz com o sotaque nortista da Vapra de Ha'rar. A aranha virou-se, examinando suas pernas e batendo três delas. Depois suspirou, um suspiro do tamanho de uma aranha.

— Ai, penas de enguia! — praguejou ela sem muito empenho, na voz cansada de Tavra. — Desta vez você se superou.

CAPÍTULO 23

— Não temos tempo para espanto. Precisamos voltar. Para o sul, para as cavernas.

Tavra, pois era ela no corpo da aranha do cristal, saltou com força considerável para o braço de Kylan. Ele pulou em uma reação instintiva e conteve o impulso de gritar e jogá-la longe.

É Tavra, disse a si mesmo. *Tavra, mas...*

— ... mas você é uma aranha.

Totalmente estendidas, as pernas dela eram do tamanho de seus dedos, mas finas como agulhas, pretas e brilhantes. Ela escalou seu braço com facilidade para pousar sobre o ombro, e Kylan viu os oito olhos facetados na cabeça minúscula, como minicristais incrustados na pedra de um pingente. Dali, sua voz fraca era mais audível.

— E viva, graças a você — respondeu ela. — Não é ideal, mas não tem importância. Se não corrermos, todos os Grottans terão desaparecido. Krychk invocou os Skeksis usando um fragmento do Cristal quando chegamos às Cavernas de Grot. Tentei impedir, mas não tinha poder sobre ela... Falhei com vocês, com os Gelflings e com os Grottans. Agora precisamos correr, ou o risco será ainda maior!

— O que fazemos com... com seu corpo?

As aranhas tinham fugido, deixando a Gelfling em paz. Os cipós-dedos contorciam-se com tristeza, quase completamente devorados. Pilhas de folhas e vegetação úmida fumegavam, e a única luz vinha da tocha quase apagada na mão de Amri. O corpo de Tavra, ocupado pela aranha Krychk alguns momentos antes de perder a força da vida, estava inerte no chão, e o cabelo prateado perdia rapidamente o brilho. Não havia como devolver Tavra para aquele corpo, mesmo que Kylan soubesse como reverter o encantamento que criara. O corpo dela estava morto, e levara Krychk consigo. Agora, o único lugar para ela era na forma diminuta da aranha.

— Deixem aí. Não tem mais nada que possamos fazer. Mas antes, no meu manto... tem o fragmento de Cristal dos Skeksis e uma pérola. Vou precisar do amuleto de pérola para provar minha identidade quando conseguirmos chegar a Ha'rar, em algum momento.

Ninguém estava muito animado com a ideia de procurar algo no manto da Prateada, por isso Kylan encarregou-se da tarefa. Encontrou o fragmento e o amuleto, uma pérola em uma corrente de prata. A pérola brilhava branca e azul, envolta em uma caixa que tinha a forma das asinhas da Vapra. O fragmento era suficientemente pequeno para caber na mão dele, preto como obsidiana, embora Kylan sentisse um lampejo de energia vindo de dentro dele, como o som de vozes abafadas a ponto de não terem coerência. No começo sentiu-se atraído por aquilo, interessado em olhar dentro do Cristal para ver o que havia do outro lado, mas Tavra o espetou com seus pés de aranha.

— Não olhe para isso. Destrua o fragmento, ou os Skeksis vão nos encontrar por meio dele.

Tomando cuidado para não ser pego novamente pelo encanto do Cristal, Kylan depositou o fragmento sobre uma pedra achatada, enquanto Naia e Amri foram pegar outra maior. Depois de entreolharem-se e trocarem um aceno de cabeça, eles soltaram a pedra maior sobre a outra, achatada e menor, esmagando o fragmento em pedacinhos minúsculos e pó, silenciando seu chamado magnético.

A bolsa de viagem ainda estava no acampamento, junto com seus outros pertences. Não tinham tempo para enterrar ou cremar o corpo de Tavra, por isso fizeram uma homenagem silenciosa. Naia acalmou os cipós-dedos e agradeceu a eles por sua ajuda e sacrifício. Depois o grupo partiu, e Kylan esperava que, com o tempo, a floresta cuidasse do resto.

— Sinto muito — disse ele enquanto corriam pela trilha de volta ao acampamento. — Eu não queria... fazer o que fiz. Só não queria que você morresse. Espero que não esteja com raiva de mim.

— Não estou com raiva. Meu corpo voltará para Thra. Quando meu trabalho estiver concluído, eu me juntarei a ele. Até lá, não tenho tempo para me preocupar ou reclamar. Precisamos ir para os túneis no norte de Domrak.

Kylan quase perguntou sobre Ha'rar, mas lembrou que esse objetivo era de Krychk. Perseguir Rian e chegar à capital Gelfling, onde ela poderia espionar os planos dos Gelflings e transmiti-los aos Skeksis. Ele sentia que conhecia Tavra, mas se durante todo esse tempo tinha sido com Krychk que falaram, viajaram e em quem confiaram, então, na verdade, não conhecia Tavra de Ha'rar.

— Você está bem? — perguntou ele, sem saber o que mais dizer. Tentava colocar-se no lugar dela, mas era impossível. Não tinha como saber o que Tavra sentia, depois do terror no castelo e de ficar presa na própria cabeça, enquanto Krychk controlava seu corpo definhando.

Apesar de tudo isso, a resposta de Tavra foi corajosa e leal.

— Vou ficar bem quando os Skeksis forem detidos e nosso povo não estiver mais vivendo à sombra deles.

Quando chegaram ao acampamento, Kylan guardou rapidamente o amuleto na bolsa e pendurou-a nos ombros. O peso era familiar, mas não opressor. Tavra falou em seu ouvido, mas sua voz era tão baixa que ele teve que transmitir as palavras dela aos outros.

— Amri. Qual é o caminho mais rápido para os túneis que ligam Domrak ao Santuário Grottan?

Os olhos negros de Amri transbordavam preocupação. Kylan lembrou-se de quando soube que os Skeksis haviam voltado a Sami Matagal. A situação atual não era melhor.

— Não sei. Nunca fui para lá por terra. Se estivéssemos nos túneis, eu poderia mostrar o caminho, mas aqui fora não tenho ideia.

— Kylan — disse Naia. — E o mapa no livro?

— Sim. O livro de Raunip — concordou Tavra. — Enquanto Kylan procurava o livro e, dentro dele, o mapa das montanhas e terras altas, ela explicou: — Com meu corpo drenado de essência, não consegui combater Krychk. Eu via e ouvia... às vezes mais, outras menos. Consegui assumir o controle por tempo suficiente para escrever a mensagem na pedra, quando a aranha se adiantou para informar nosso progresso a caminho da casa de Aughra, mas ela me conteve antes que eu pudesse terminar. Chamou as outras para encobrir os sinais, embora nem conseguisse ler o que eu tinha escrito... Naia. Kylan. Amri. Sinto muito por não ter conseguido impedir tudo isso.

Os três ajoelharam-se para olhar o livro quando Kylan encontrou o mapa.

— Não foi sua culpa — disse Naia. — Todos nós lamentamos e perdoamos tudo, pronto. Agora vamos superar isso se quisermos impedi-los.

Kylan e Amri concordaram em silêncio. Eles já se dedicavam a coisas mais importantes, como Naia sugeria: o livro de Raunip e a maneira mais rápida de chegar ao santuário

Grottan. A página do mapa estava marcada, e Kylan abaixou o livro para Amri poder iluminá-lo com a tocha. Ele falava por Tavra, que cochichava em seu ouvido, e apontava o mapa.

— As aranhas do cristal são uma raça muito antiga. Não sei há quanto tempo elas estão trabalhando com os Skeksis, nem quanto tempo faz que usam hospedeiros fracos e moribundos para espionar os Gelflings. Elas não estão dominadas, como as criaturas que olham para o Cristal Encantado ou seus veios. A lealdade delas aos Skeksis é espontânea.

Kylan lembrou-se do chifrudo contra o qual Rian tinha lutado em Pedra-na-Floresta. Ele não era como outras criaturas encantadas – seu interesse era focado em Rian, depois em Naia. Neech não comera uma aranha que encontrara em meio aos pelos do chifrudo? Outra aranha cantora do cristal, usando o chifrudo como marionete. O chifrudo caíra inconsciente depois de Neech comer a aranha. Kylan arrepiou-se quando Tavra continuou.

— Krychk invocou os Skeksis quando estávamos na Tumba das Relíquias. Quando ela confirmou que tinha destruído a *firca*, as outras aranhas tomaram Domrak de surpresa. Nós já seguíamos no sentido oposto. Os Grottans não tiveram a menor chance em Domrak... Muitos fugiram para o norte, para o Santuário. Foi a última coisa que ouvi na noite em que Krychk falou com Lorde skekLi pelo fragmento do Cristal.

— SkekLi! — exclamou Naia. — Um Skeksis... Será que é a outra metade de urLii?

— Não sei. Krychk esteve em contato com muitos lordes, mas skekLi era o mestre da aranha do cristal na missão de encontrar você, Gurjin e Rian. A recompensa prometida por sua lealdade eram as cavernas Grottans. Escutem... se corrermos, se conseguirmos chegar ao Santuário antes das aranhas que estão perseguindo os Grottans, talvez possamos reagir.

— Como? Acabamos de ser derrotados pelas aranhas — disse Naia. — E era só um bando pequeno. O que vamos fazer nos túneis e montanhas contra um número muito maior delas?

— O Santuário foi confiado aos Grottans por muitas razões — respondeu Tavra. — Amri, você ouviu isso, não ouviu?

— Eu... eu não sei. O Santuário é um dos lugares mais antigos em toda Thra. Não sei por que foi confiado a nós, exceto por ficar nas montanhas e ser acessível a partir de Domrak. UrLii vai para lá com muita frequência. Ele diz que comunga com as montanhas cantoras. Mas...

— Montanhas cantoras? — perguntou Kylan. Sentia um sopro de esperança. — Na canção, essas são as montanhas que foram formadas pelos pássaros-sino.

— Exatamente — confirmou Tavra. — O Santuário era ninho dos pássaros-sino. Quando a aranha destruiu a *firca*, eu queria dizer a vocês que o plano que tinham criado ainda era bom. Ainda há esperança. É possível que ainda existam ossos dos pássaros-sino, embora eles tenham morrido muitos trines atrás. Se o Santuário permaneceu intocado, e se foi protegido pelos Grottans, ainda temos uma chance.

— Mas um osso não é uma *firca*, não é a mesma coisa — disse Amri. — Mesmo que encontrássemos um osso dos pássaros, seria apenas um osso. Poderia ter algum poder, mas Gyr, o Contador de Canções, morreu há muito tempo. Não há ninguém que saiba fazer outra *firca* como a flauta de osso.

O Grottan estava dizendo o que Kylan pensava. A verdade era como uma brisa fria, e a luzinha acesa no coração de Kylan tremulou. A *firca* de Gyr era única, mantida na Tumba das Relíquias por sua raridade. Parecia leviano sequer considerar replicar aquele objeto, independentemente de alguém ser ou não capaz disso, o que era uma questão distinta a ser levada em conta. Mesmo assim, Naia reagiu como se a resposta fosse óbvia.

— Kylan pode fazer uma. Vamos fazer. Como chegamos lá?

As palavras dela eram sólidas, e a chama no peito de Kylan ardeu um pouco mais intensa. Não sabia se era capaz de produzir uma flauta com o osso de uma ave extinta, mas se essa era a única esperança que tinham, tentaria. Ele apontou para o mapa.

— Amri, isso significa algo para você? Aqui diz Passagem da Maré. Parece um afluente subterrâneo do Rio Negro que vem do fundo das montanhas. Acha que é uma possível entrada para chegarmos ao Santuário?

Amri olhou para o local que Kylan apontava no mapa. Estavam no lado oeste das montanhas, ladeando o Rio Negro no ponto em que ele corria no vale lá embaixo. Onde montanha e rio voltavam-se para o leste, antes de retomar a linha reta em direção a Ha'rar, havia uma entrada e uma linha preta e sinuosa. Ela ligava o Rio Negro a um ponto nas montanhas marcado com um símbolo que combinava os caracteres para *seguro* e *refúgio*.

Pela proximidade com Domrak e com a Tumba das Relíquias, Kylan entendia como os Grottans provavelmente conseguiam atravessar os túneis das montanhas com relativa facilidade. Para quem estava fora das cavernas, porém, a jornada devia ser difícil, ou até mortal.

— Passagem da Maré é um rio, sim, mas não sei se podemos viajar por ele a pé. Ele não serve como passagem, nem de barco. É só um canal subterrâneo, quase todo submerso.

— Vamos ter que seguir por ele mesmo assim — disse Tavra. — Não temos tempo para atravessar o cume da montanha, e voltar a Domrak, ou mesmo à entrada da Tumba, vai demorar muito e nos levar para perto demais de onde as aranhas reuniram-se em maior número. Naia consegue respirar na água, e Amri enxerga no escuro. Com a ajuda deles, talvez possamos chegar ao Santuário antes das aranhas. Vamos ter que correr o risco.

— O que acha, Amri? — perguntou Naia. — É possível, ou é morte certa para nós?

— Você e eu sobreviveríamos com certeza — respondeu ele, mas sua segurança acabou aí. Amri suspirou. — Se vocês dois aceitarem viajar conosco, e confiarem em nós, eu estou disposto a fazer tudo que for necessário para salvar nós quatro.

Tavra bateu as pernas, tocando o rosto de Kylan com uma das oito. Irritava a pele, mas era um toque delicado.

— Este corpo é pequeno e precisa de pouco para viver. Não vou correr perigo... Kylan, é você quem tem mais a temer. Mas também é de você que mais precisamos... para fazer a *firca* e usá-la para avisar nosso povo.

Tinham que partir com urgência, mas os outros três não falaram nada, deixando Kylan refletir sozinho sobre sua decisão. Era verdade: Amri era preparado para atravessar uma caverna submersa, e Naia não temia o risco de afogamento. Mesmo Tavra devia ser capaz de encontrar uma saída em caso de emergência; na verdade, ela talvez fosse leve o bastante até para deslizar pela superfície de uma lagoa.

Mas Kylan não enxergaria nada na Passagem, parcial ou completamente submerso na água profunda da caverna escura. Estava cansado de túneis e do subterrâneo. Na verdade, não havia nada que quisesse evitar mais que outra jornada rastejando na escuridão, precisando da ajuda dos amigos para se mover ou respirar.

Apesar de sua nova forma de aracnídeo, ele não conseguia deixar de imaginar Tavra como havia sido, tocando seu rosto da mesma forma e dizendo as mesmas palavras. Não conseguira fazer nada para ajudar seu clã, mas talvez ainda pudesse fazer algo pelo de Amri. Pela primeira vez, havia alguma coisa que só ele podia fazer, e isso era o que Kylan sempre quisera.

Ele gravou o mapa na memória e guardou o livro.

— O que estamos esperando? Vamos lá, para a Passagem da Maré.

CAPÍTULO 24

Amri encontrou a entrada quando o céu começava a clarear. Kylan gostaria de ter ficado na superfície pelo menos o suficiente para ver os sóis nascerem, mas não tinham tempo. Ele precisava acreditar que haveria infinitas outras chances no futuro.

A entrada quase nem chegava a ser um túnel, era só um lugar na encosta da montanha onde um rio fluía por uma fenda estreita. Quando o nível da água estivesse alto, a entrada ficaria invisível. Kylan olhava para a passagem enquanto tirava a bolsa de viagem dos ombros e se livrava do excesso de roupas. Os outros fizeram o mesmo, deixando suas bolsas e pertences excedentes ao lado da bagagem de Kylan. Ele relutava em abandonar o livro e o amuleto de pérola de Tavra, mas ficar enroscado em uma pedra ou na própria bolsa seria morte certa. Até Naia despiu o manto e prendeu o cabelo, expondo as guelras no pescoço e nos ombros. Se fossem surpreendidos embaixo da água, pelo menos um deles poderia tentar resgatar os outros, mas Kylan torcia desesperadamente para que não precisassem dessa ajuda.

Reuniram-se na entrada e andaram por dentro do rio até onde ele brotava da montanha. A água era fria, mas mansa e transparente. Amri se abaixou para cheirar a fraca corrente que brotava do interior do túnel e olhou para trás.

— A maré vai se manter baixa por mais alguns dias, e não há correntes aqui, então, se mantivermos a calma, não corremos perigo de sermos arrastados pela correnteza. Eu vou na frente. Naia deve ficar no fim da fila, para o caso de... Bom, por precaução. Se conseguíssemos andar pelo rio, não seria uma viagem demorada, mas rastejar vai levar mais tempo. Mantenham a calma, e seu corpo vai agradecer por isso.

— Prontos? — perguntou Naia. Dirigia-se ao grupo, mas mais especificamente a Kylan. Ele inspirou e torceu para não ser a última vez que respirava o ar fresco.

— Pode ir, Amri, estamos atrás de você.

O túnel era tudo que Kylan temia que fosse. Tão escuro que ele parecia ter uma venda sobre os olhos, sem nenhuma planta luminosa para iluminar o caminho. O fundo do leito do rio despencou assim que entraram no túnel, obrigando-os a se agarrar em saliências na parede da caverna, que os ajudavam a prosseguir. Em alguns trechos, a superfície da água era tão alta que Kylan precisava levantar o rosto para respirar na escassa fatia de ar que sobrava acima dela. Quando isso acontecia, ele tinha a sensação de que poderia quase beijar o teto do túnel, enquanto as orelhas mergulhavam na água e ele ficava surdo, além de cego. Tavra aumentava o desconforto viajando no topo de sua cabeça, tocando seu rosto com as pernas finas.

O progresso era lento. Amri ia na frente da fila, olhando para trás com frequência, e Naia tocava as costas de Kylan de vez em quando para informar que estava ali. Quando o túnel pareceu chegar ao fim, eles pararam no bolsão de ar. Ali havia espaço suficiente para Kylan manter a cabeça inteira fora da água, mas o espaço reduzido dava a impressão de ficar ainda menor.

— Tem uma barriga ali na frente — avisou Amri. — Vamos ter que nadar para atravessá-la.

— Quer que eu vá na frente e dê uma olhada nela? — perguntou Naia. Diferente de Kylan e Amri, ela não estava ofegante.

— Não vai conseguir vê-la. Acho melhor irmos juntos. Vamos ver se ela é muito extensa e se tem algum perigo, e voltamos. Tudo bem, Kylan?

Ele tentou não entrar em pânico diante da ideia de ficar sozinho na escuridão. Se algo acontecesse com os outros dois, ele não conseguiria nem voltar e sair do túnel. Mas não havia alternativa. Já estavam longe demais da entrada e, se conseguissem atravessar a barriga, provavelmente chegariam mais depressa à saída do outro lado.

— Sim, tudo bem — disse ele, e sentiu-se um mentiroso.
— Eu espero aqui.

Naia afagou seu ombro. Ele sentiu o cabo da adaga em sua mão.

— Fique com isto. Voltamos logo.

A água ondulou e borbulhou, e Kylan ficou sozinho no escuro com Tavra, que permanecia empoleirada em sua testa. Ela era tão leve que quase não dava para sentir se estava lá ou não, até que ela falou.

— Estamos perto. Ouço as vozes das outras aranhas. Quando Naia e Amri voltarem, vamos atravessar o túnel e entrar no Santuário... mas receio que seja tarde mais para avisarmos os Grottans que fugiram de Domrak.

— O quê? Então... o que vamos fazer?

Sentia-se como se estivesse falando sozinho, de tão densa que era a escuridão e tão reduzido o volume da voz de Tavra. Era como se ela fosse sua consciência, sem corpo e pensativa.

— O que viemos fazer aqui — respondeu ela. — Procurar um osso de pássaro-sino. Talvez ainda possamos salvar os Grottans se encontrarmos um.

— Quer dizer que há uma chance de não conseguirmos salvá-los... como não conseguimos salvar os que foram capturados em Sami Matagal.

— Não confunda as coisas. Mesmo que não possamos salvar os Grottans agora, se encontrarmos o osso e você fizer a *firca* para avisar todo mundo, ainda será uma vitória. Este é o começo da guerra contra os Skeksis... vidas serão perdidas e sacrifícios serão feitos. Para suportar, temos que manter o foco no bem maior.

Kylan não conseguia deixar de pensar que Tavra falava para si mesma. Seu otimismo era a marca de uma soldado experiente, uma espécie de visão amarga da esperança constantemente radiante que Kylan tentara manter por tanto tempo. Até o otimismo de Naia derivava de esperar pelo melhor; as palavras de Tavra, embora não fossem exatamente confortantes, eram realistas.

— Acha que o osso pode deter as aranhas? — perguntou ele, tentando preencher o silêncio que ameaçava esmagá-lo. — Como?

— As aranhas são sensíveis ao som, e estão mais perto do Coração de Thra. São uma raça muito antiga. Se o canto do pássaro-sino não puder dominá-las, não sei o que mais poderia.

Era um lampejo de esperança, mesmo que ainda significasse que precisavam achar um dos ossos, uma tarefa que poderia ser impossível. Kylan ouvia o ruído baixo de água gotejando e correndo por ali. Não havia nenhum ruído de bolhas ou movimento de ondas.

— Já não faz tempo? Amri e Naia não deveriam ter voltado?

— É difícil dizer. Mas as vozes das aranhas estão ficando mais altas. Logo será tarde demais para fazermos alguma coisa, se já não for.

Kylan pôs a faca de Naia na cintura e tateou a parede da caverna. Uma corrente passava ali embaixo, perto de seus pés, onde Naia e Amri haviam desaparecido. Era seu papel esperar que eles fossem fazer a verificação – não por ser fraco, na verdade, mas por eles serem mais adequados à tarefa. No entanto, se eles tivessem problemas, ainda que parecesse impossível seguir viagem sem a ajuda dos dois, também era seu papel salvá-los, se pudesse.

— Consegue enxergar nessa escuridão? — perguntou ele.
— Sim. Vai atrás deles?

O tom da pergunta era neutro, embora houvesse nela uma sugestão do que Kylan poderia chamar de orgulho, respeito, ou algo assim. Ele não queria se mover. Cada nervo de seu corpo reagia com alarme e medo, mas não tinha importância. Ele estava ali, e se queria sair daquele lugar, só havia um jeito.

— Tente me avisar se eu estiver prestes a morrer — disse ele.

A risada de Tavra era muito seca.

— Vou fazer o possível.

Kylan respirou o mais fundo que pôde e mergulhou.

O túnel embaixo da água era estreito e tinha só um caminho, o que pelo menos eliminava a chance de ele se perder. Kylan não sabia se os olhos estavam abertos ou fechados, ia se movendo pelo corredor rochoso usando as mãos. Tavra se agarrava a ele pressionando o corpo contra um ombro, às vezes espetando-o com as pernas quando ele se aproximava de pedras pontiagudas ou chegava perto de curvas e voltas repentinas. Kylan bateu a cabeça mais de uma vez, ou o ombro, ou o tornozelo quando agitava os pés, e teve que deixar o ar sair dos pulmões devagar quando percebeu que a reserva retida o fazia flutuar.

Não havia sinal de Naia ou Amri. Seus pulmões estavam começando a arder, e o corpo queria entrar em pânico, debater-se ou nadar para a superfície em busca de ar, mas ele se conteve e prosseguiu em um ritmo constante. Quando já temia que o túnel não tivesse fim, Tavra espetou-o com as oito pernas, e Kylan abriu os olhos. Havia luz lá na frente, e ele nadou tão depressa quanto podia em direção a ela, subindo e subindo até finalmente emergir e abrir a boca para respirar.

— Cuidado — cochichou Tavra em seu ouvido com uma voz ainda mais baixa que de costume. — O inimigo está à nossa volta em todos os lugares.

Os pulmões de Kylan se distenderam em protesto enquanto ele fazia um esforço para respirar sem fazer barulho. Apesar de ter luz vindo do alto, ele não enxergava nada. No começo, não conseguiu fazer nada além de respirar. Se o inimigo o encontrasse agora, não teria a menor chance, mas não havia nada que pudesse fazer com os pulmões tão famintos por ar. O máximo que podia fazer era ficar na água, embora não houvesse nada que ele quisesse mais que sair dali e se arrastar para qualquer terra próxima.

Quando a cabeça começou a clarear e o desespero para respirar diminuiu, ele abriu os olhos. O túnel subaquático abria-se em uma piscina. Atrás dele havia uma pequena queda-d'água jorrando do alto da caverna. Embora não fosse muito grande, era constante, e o ruído que fazia provavelmente encobrira o de sua respiração aflita.

Isso o favorecia, porque, em torno dele, pedras, paredes, nichos e frestas eram cobertos de teias de aranha. Algumas teias eram elegantes, cintilavam como fios prateados, enquanto outras eram tão grossas e fechadas que pareciam tecido de lã cobrindo as pedras. Rastejando sobre todas as superfícies da caverna e ao longo de cada teia havia aranhas de todos os formatos, todos os tamanhos e todas as cores.

Algumas tinham pernas longas e finas, como Tavra. Outras eram grandes, baixinhas e peludas. Algumas eram pequenas, como pó preto, e outras, muito maiores. Uma aranha, reclinada em sua teia de rede tecida, tinha pernas do tamanho dos braços de Kylan.

Ainda não havia sinal de Naia ou Amri, e Kylan deu uma olhada na caverna, submerso na piscina até a parte inferior do nariz, na esperança de que sua pele e cabelo negros o camuflassem na penumbra da gruta. A caverna que abrigava a piscina era bem menor que a caverna central de Domrak, e ele conseguia ver uma passagem única que desaparecia do outro lado. Sentia cheiro de ar fresco e via a luz do dia vindo daquela direção.

O Santuário, pensou. *Mas como vou chegar lá? E onde estão Naia e Amri?*

Eles não podiam ter visto aquilo e ido embora sem voltar para buscá-lo, de jeito nenhum. A única resposta era que tinham sido capturados... ou pior. Kylan olhou mais uma vez para a caverna infestada de aranhas. Talvez estivessem escondidos, ou sendo mantidos prisioneiros. De qualquer maneira, precisava encontrá-los. Tinham que ir juntos ao Santuário e procurar o osso, e os Grottans, se fosse possível.

Kylan prendeu a respiração e afundou na água até a altura dos olhos quando uma sombra surgiu no corredor que levava ao exterior. Pelo manto enfeitado de penas e o bico torto, ele soube o que era antes mesmo de ver: um Skeksis em um manto vermelho e preto, segurando um cajado encimado por um cristal enquanto movia-se pelo túnel.

As aranhas vibraram e saíram do caminho do Skeksis, e algumas menores foram varridas pelas muitas camadas de tecidos bordados e enfeitados. O Skeksis apontou o cajado para a frente, deixando a luz do cristal iluminar a caverna.

— SkekLi — cochichou Tavra no ouvido de Kylan. — O Satirista... O animador dos Skeksis. O mestre de Krychk. Tome cuidado!

Kylan estremeceu na água quando o olhar do Lorde Skeksis passou por ele e parou. Torcia para que o Skeksis não o tivesse visto, mas a exclamação que ouviu a seguir provou o contrário.

— Você! — chamou o Skeksis, apontando em sua direção com o cajado.

A voz era a mesma que tinha falado com Krychk pelo fragmento do Cristal. Kylan queria afundar na água e nadar de volta para o terrível túnel lá embaixo, mas o Skeksis moveu-se tão depressa, e com tamanha ferocidade, que suas articulações travaram e ele não conseguiu se mexer. Quando finalmente recuperou controle suficiente para afastar-se da beirada da piscina, era tarde demais. O Skeksis estava sobre ele e enfiava a mão de garras na água, agarrando-o e puxando-o para fora.

— Você! — grasnou de novo o Skeksis. — Então tomou o Spriton, afinal! Pensávamos que ia falhar conosco. Sim, pensamos. Mas aqui estamos.

O que ele estava falando? Tomou o Spriton?

Ele acha que você é a aranha, Kylan respondeu a si mesmo. A compreensão foi como um raio, só mais uma força percorrendo seu corpo tomado pelo medo. Ele forçou-se a olhar nos olhos do Skeksis. Tavra, ainda presa a seu pescoço, não se movia. Kylan esperava que ela tivesse chegado à mesma conclusão.

— S... sim — gaguejou ele. — Milorde. O corpo da Vapra não me servia mais. E aqui estou. Acredito que... tenha encontrado a Drenchen e o Grottan?

O Skeksis soltou-o com cuidado surpreendente, apesar de a expressão carnívora ainda se manter por baixo do bico pontudo. Ele era mais magro que os outros Skeksis que Kylan tinha visto, com um pescoço comprido e dedos de tendões salientes. Usava um anel em cada dedo, e cada anel era conectado a uma teia de correntes de prata decoradas com amuletos. As mesmas decorações de correntes e amuletos pendiam de um adereço de três pontas, preso à cabeça do Skeksis com um par de penas compridas e estreitas.

— Sim. Estão no Santuário. É claro que teria sido melhor se fossem *dois* Drenchens, mas... Venha, venha! Temos também a Maudra Grottan. Estamos em boa posição para negociar. Pelo menos por enquanto.

O Skeksis girou, um movimento floreado que completou com o cajado, e saiu da caverna. Kylan recuperou o fôlego. As aranhas à sua volta estavam quietas, balançando a mandíbula enquanto o observavam. Elas sabiam? Tinham como saber que não era controlado por Krychk? Kylan não queria descobrir, por isso levantou o queixo como tinha visto Krychk fazer quando controlava o corpo de Tavra. Com uma atitude forçada de alguém que se achava importante, ele seguiu o Skeksis para o Santuário, o coração palpitando de preocupação com o que poderia encontrar lá.

CAPÍTULO 25

Kylan seguiu skekLi para o interior de uma passagem e em direção ao som do vento. Como nas Cavernas de Domrak dos Grottans, as paredes ali eram cheias de gravações de sonhos, mas quando se aproximaram do fim do túnel, as facetas orgânicas de pedra e musgo deram lugar a uma arquitetura de maior escala. A areia sob os pés tornou-se tijolo e degraus, e em torno deles o musgo e outras plantas verdes predominavam, tanto que a saída era completamente tomada por samambaias e plantas de pequeno porte.

SkekLi passou pelo véu de folhas no fim da passagem e eles saíram do outro lado. O espaço deixou Kylan sem fôlego.

Era um circo glacial, os restos de um antigo lago que tinha secado na montanha. Dava a impressão de que uma grande mão mergulhara na pedra e cavara parte dela. No fundo havia uma dezena de cogumelos gigantescos de caule cinzento e chapéu largo e plano. Eram tão grandes que alguns serviam de base para estruturas construídas sobre eles, círculos de tochas e pilares de pedra cobertos de gravações de sonhos. Entre os chapéus dos cogumelos havia uma rede de pontes de corda, de forma que era possível locomover-se entre eles por um pacífico labirinto de contemplação. No fundo do circo glacial, Kylan viu água fluindo de uma fonte profunda, talvez a origem do Rio Negro que matava a sede de toda a região Skarith. O ar era rarefeito e frio, e transportava o som de sinos, embora não se visse nenhum por ali. Os sons eram ecos de um passado distante, e Kylan soube que tinha chegado ao Santuário Grottan.

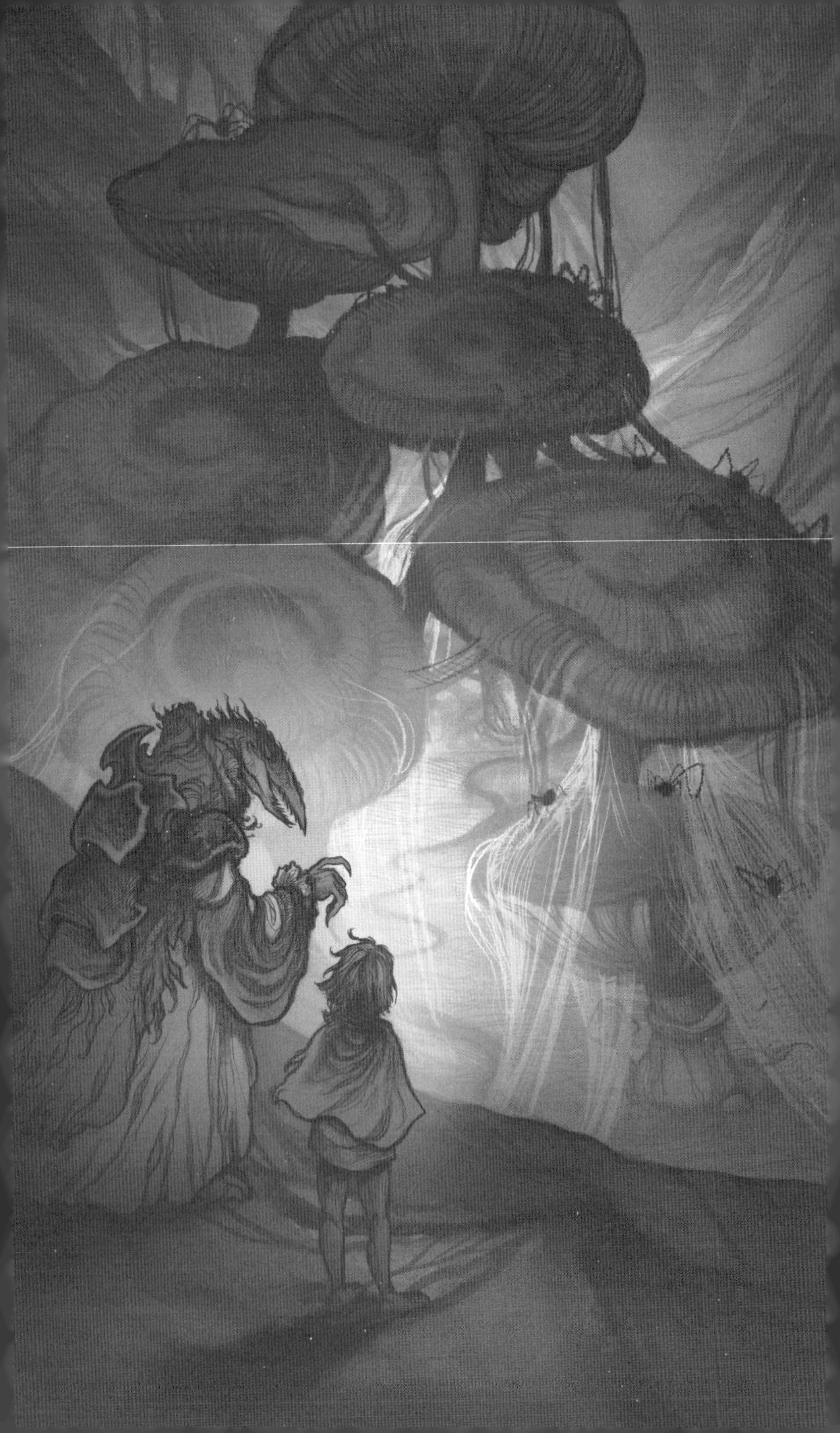

Mesmo ali, as aranhas rastejavam e teciam suas teias sobre todas as superfícies. Não era tão infestado quanto na caverna, mas Kylan viu que havia muitas outras saídas que cravejavam as paredes internas do espaço, e aranhas teciam teias e rastejavam subindo e descendo preguiçosamente pelas paredes. Agora não eram ferozes, como foram no confronto com Krychk, mas eram milhares, senão milhões. Com o tempo, todo o Santuário se tornaria um imenso ninho de aranhas. Se Krychk servia de parâmetro para os sentimentos dessas aranhas, isso significaria o completo exílio do povo Gelfling daquele lugar sagrado.

SkekLi continuou andando pela ponte de corda mais próxima. A velha ponte rangia e balançava sob seu peso, mas ele prosseguia sem nenhuma precaução. Kylan o seguiu, e planos rápidos desfilavam por sua mente enquanto ele percorria a passarela de tábuas. Se conseguisse pegar a faca de Naia na hora certa, poderia cortar a ponte e torcer para skekLi despencar para a morte. Ou não? Só agora se dava conta de que não sabia se um Skeksis podia ser morto. Tinham ferido skekMal, isso era certo, mas o Caçador continuava solto, livre o bastante para ter raptado os Spritons de Sami Matagal. E mesmo que pudessem destruir skekLi, isso seria condenar sua contraparte Mística, onde quer que estivesse.

Quando se aproximaram do chapéu de cogumelo mais próximo, Kylan controlou um tremor de medo. O que ele tinha confundido com mais teias reunidas em torno de um círculo de pilares eram, na verdade, corpos Gelflings, todos tão envoltos por teias que eram quase irreconhecíveis. A maioria era Grottan e estava inconsciente, mas um deles deixou escapar um gemido quando skekLi se aproximou.

— Sim, chore, pequeno Gelfling. Chore, porque veio diretamente até nós. Pensou que não saberíamos para onde vocês iam fugir quando as aranhas dominassem Domrak? Gelflings estúpidos. Correram para os nossos braços feito criancinhas.

Kylan respirava devagar para controlar o impulso de gritar ou correr, quando viu Naia e Amri amarrados a um dos pilares por teias pegajosas. Naia estava inconsciente; a cabeça caía para o lado e havia nela um grande hematoma e um corte. Amri estava acordado, com os olhos fechados para suportar a dor da luz cada vez mais forte, mas ele viu Kylan. Antes que pudesse falar algo, skekLi girou, segurou o cajado acima da cabeça e riu, tão alto que o som ecoou cem vezes nas montanhas.

— Krychk, veja! A menina Drenchen. O Santuário Gelfling. Toda a sabedoria das eras!

SkekLi gargalhou novamente, dando passos largos sobre o chapéu do cogumelo enquanto mantinha o cajado erguido. Depois de muitos trines sob o sol, a superfície do cogumelo havia se solidificado e era quase uma pedra, salpicada de fungos fossilizados e fragmentos do que Kylan identificou como gigantescos ovos de aves.

— E quem trouxe tudo isso para o imperador? EU! SkekLi! Não o Caçador. Não o General. Nem mesmo skekGra, o Conquistador. Não, foi skekLi. O *palhaço* eles diziam. O *bobo da corte*. Ah! Veja o que este palhaço da corte fez que nem mesmo skekMal conseguiu fazer! Vamos ver o que o Imperador skekSo pensa sobre isso! *Ha! Ha!*

Mesmo sabendo que deveria ter medo da enorme criatura de bico negro, que deveria odiá-la pelo que tinha feito, Kylan sentia uma pequena parte dele conectada com o Skeksis, e entendia. Entendia por que skekLi estava tão alegre, mesmo à sua maneira terrível. A conexão, por mais repulsiva que fosse, dava a ele uma base de apoio em uma situação na qual ele antes patinava, e Kylan se agarrava a essa base.

— Você teve sucesso onde outros fracassaram, milorde — disse ele. Odiava o tremor que se projetava da voz, tentando expulsá-lo de si como se expulsa água ao torcer um pano molhado. — Fez o que os guerreiros não conseguiram fazer. Você... os enganou. Trouxe-os até aqui. Foi um plano genial.

— Ah, não foi? Sim. Sim, foi. Ah, compartilhe de minha glória, Krychk. Uma grande vitória para mim significa uma grande vitória para você. Agora temos que correr. Para concluir esta conquista com Rian e o outro Drenchen. Ahh... sim, em breve...

Sob a vigilância de todas as aranhas, Kylan não podia olhar para Amri para tranquilizá-lo. Olhou para Naia e torceu para ela ficar bem. Conseguia ver que ela estava respirando, mas não parecia nada bem. O tamanho do vergão em sua testa era o mesmo do cristal na ponta do cajado de skekLi. Esperava que ela conseguisse correr, se recuperasse a consciência.

Mas para onde iriam? Estavam completamente cercados por aranhas, e um golpe do cajado ou das mãos retorcidas de skekLi os jogaria para fora do chapéu do cogumelo. As asas sem treino de Naia não seriam capazes de reduzir a velocidade da queda o suficiente para salvá-la.

Amri moveu a orelha. Kylan olhou discretamente na direção apontada por ele. Ao longo dos penhascos verticais, viu enormes aglomerados de arbustos e raízes. Em princípio pensou que fossem só vegetação das montanhas, mas, quanto mais olhava, mais conseguia identificar outras formas. As estruturas eram tecidas, uma combinação de grandes galhos e, às vezes, o que pareciam ser árvores inteiras, cobertas de musgo gigantesco e das samambaias de folhas largas que brotavam pelo vale. Só quando reconheceu a haste quebrada de uma pena enorme, que estava saliente entre as estruturas, foi que Kylan entendeu. Aqueles já haviam sido ninhos, embora as aves que os construíram tivessem desaparecido havia mais de mil trines.

— Os ninhos de pássaro-sino — sussurrou Tavra. — Onde podemos encontrar um osso...

Era um pensamento fantástico, mas impossível, no momento. Muita coisa podia dar errado, e em pouco tempo. Mesmo que Kylan corresse para o ninho, seria interceptado pelas aranhas ou por skekLi. Sem mencionar que, para isso, teria que abandonar Amri e Naia. Tentar libertá-los da teia levaria mais tempo do que ele tinha. Assim que revelasse que não era controlado pela aranha do cristal em seu pescoço, estaria perdido.

Ele tentou pensar de maneira estratégica, como achava que Tavra poderia fazer. Se conseguisse se livrar das aranhas, talvez fosse capaz de escapar de skekLi, pelo menos. Todas as armas e suprimentos que possuíam estavam amontoados onde o rio saía da montanha. Tudo o que tinha à mão era sua habilidade e os pés rápidos de Gelfling. Tavra dissera que o osso do pássaro-sino era a solução, mas nunca o encontrariam daquele jeito. Kylan precisava de ajuda.

— Então, minha amiguinha aranha. Prometemos à sua raça as Cavernas de Grot. Pode ficar com elas, e não se esqueça de nossa grande generosidade, apesar de ter falhado. Lembre-se deste momento, quando derrotamos os Gelflings que infestaram seus domínios. Você logo será chamada para outras questões.

Fora só para isso que o Skeksis o tinha levado até ali? Para testemunhar seu exibicionismo?

— Obrigada, milorde — ele disse. — Posso pedir mais um favor? Este corpo Spriton não é de meu agrado. Sei que precisa levar a Drenchen para o Imperador, mas o Grottan... Ele é como a Vapra. Eu poderia...?

SkekLi riu.

— Sim, o Spriton é pequenino. Não faz diferença para nós. Pegue o Grottan, se quiser. Os olhos dele terão mais utilidade para você nas cavernas.

Kylan aproximou-se de Amri e começou a rasgar a teia que o prendia. Enquanto isso, tentava trabalhar também na teia que imobilizava Naia. Quando os movimentos aparentemente descuidados com que rasgava e removia a teia a despertaram, ela se moveu e abriu os olhos.

— Kylan...?

— Shhh. Finja que está desacordada. Amri, vá com Tavra. Encontre o osso. Quando atravessar a ponte, corte-a.

— O quê? Mas como...?

— Use uma pedra, uma faca, um desses cacos de casca de ovo, tanto faz. Mas corte!

A teia era grossa e seus dedos doíam, mas Kylan enfim libertou o amigo.

— Amri e eu vamos procurar o osso — falou Tavra. — Boa sorte, Spriton.

Tavra soltou-se do pescoço de Kylan e desceu por seu braço, pulando para o ombro de Amri. Então Kylan assumiu o personagem seguinte, o Spriton fraco que o Skeksis acreditava que ele era. Ele gritou e caiu para trás levando a mão ao pescoço.

— Não! — gritou. — O que foi que você fez?

Amri libertou-se das teias que restavam, movendo-se com uma expressão de incerteza. Tavra colocou-se sobre seu ombro, em um lugar de onde Kylan esperava que estivesse cochichando para ele. A voz dela, se é que estava mesmo falando, era imperceptível para ele em meio ao vento.

— Ah, sim! — exclamou Amri de repente. Ele recolheu um dos fragmentos afiados de cascas de ovo espalhados por ali, apontando-o para Kylan como se quisesse silenciá-lo. — Este corpo Grottan é muito mais interessante! Fique onde está, Spriton fraco!

Não era perfeito, mas era o que tinham. SkekLi não parecia notar a mudança de atitude, muito mais interessado em ajeitar as vestes. Amri limpou os restos de teia da roupa e dirigiu-se à ponte. Os passos eram tensos, como se relutasse em deixar os amigos e, ao mesmo tempo, quisesse desesperadamente virar e correr para longe do Skeksis. Era uma mistura de emoções que Kylan conhecia bem.

— Sim — repetiu Amri. — Bem, obrigado, milorde. Meu Lorde skekLi. Agora vou… indo. Vou voltar a Domrak para pegar o prêmio… Adeus.

Kylan ficou ali fingindo estar imóvel, mas com todos os músculos prontos para pular quando chegasse a hora. SkekLi acenou com desdém quando Amri começou a andar em direção à ponte.

— Fique alerta. Logo vamos terminar o que começamos.

Amri virou para trás e curvou-se profundamente do meio da ponte.

— Sim, milorde!

Depois correu. Kylan observava-o e sentia os dedos dos pés e das mãos formigando com a espera. Quando Amri chegou ao outro lado, atacou as cordas que sustentavam a ponte com a casca fossilizada de ovo.

SkekLi não percebeu o que estava acontecendo até as cordas se romperem. Ele uivou quando a ponte caiu e a outra ponta desapareceu nas sombras lá embaixo.

— O que está fazendo, aranha estúpida?

Kylan levantou-se e correu pelo chapéu do cogumelo para a segunda e única ponte restante.

— Venha me pegar, Skeksis! — gritou.

SkekLi berrou quando Kylan passou por ele. Primeiro tentou interceptá-lo com o cajado, depois correu atrás dele quando já alcançava a ponte. Kylan quase caiu quando skekLi pisou nas tábuas atrás dele, pois o peso desproporcional fez a ponte balançar loucamente. Lutando para manter-se em pé, continuou correndo, pulando tábuas inteiras na fuga.

Ele chegou à segunda plataforma de cogumelo antes de skekLi. Mais duas pontes de ligação o esperavam, e ele correu para a mais próxima, puxando da cintura a adaga de Naia e cortando os postes de corda. Os gritos e os xingamentos de skekLi ficavam mais altos, e Kylan correu para a segunda ponte. Ela desabou ao seu comando, justo quando o Skeksis subiu no chapéu do cogumelo, ofegante e rosnando.

— Gelfling maldito! — sibilava ele. — Peste! Como se atreve a fugir de mim, de seu lorde? Eu deveria fazer um fantoche com você!

— Está bravo porque foi enganado por mim, só isso — falou Kylan, recuando. Ainda restava derrubar uma ponte, mas era justamente a que skekLi tinha atravessado. Agora aquela era a única saída do cogumelo, e os dois sabiam bem disso. SkekLi adiantou-se e colocou seu corpo gigantesco entre Kylan e a ponte de corda, erguendo o tronco e desdobrando-se em toda a sua altura.

— Não sou nenhum tolo — falou skekLi.

Ele mordeu o ar, e Kylan pulou assustado. Era difícil não imaginar aquele bico afiado fechando-se em seu corpo, aquelas mãos de garras agarrando-o e rasgando-o. Kylan afastou-se mais e skekLi o seguiu. Pelo canto do olho, ele percebeu um movimento. Amri escalava os penhascos, rápido e ágil como era de se esperar para um habitante das cavernas, e aproximava-se do maior dos ninhos abandonados.

— Vai correr de novo e cortar aquela ponte também? É, pestinha? — provocou skekLi. — Boa sorte. Tente, e vamos pegar você e espremer sua essência aqui e agora mesmo.

SkekLi brandiu o cajado e Kylan se esquivou, sentindo a extremidade passar assobiando por cima de sua cabeça. Uma sombra escura cintilou atrás de skekLi, no fim da ponte ligada ao cogumelo. Quando skekLi brandiu o cajado de novo, com o casaco e o manto erguendo-se em faixas pretas e vermelhas, Kylan viu que Naia tinha atravessado a ponte. Ela acenava loucamente do outro lado. Logo depois, Kylan ouviu o ranger das cordas da ponte sendo cortadas.

SkekLi farejou o ar e girou. Naia rolou no chão para escapar de um golpe do cajado e deslizou até parar abaixada perto de Kylan. SkekLi se desesperou e deixou escapar meio grasnado surpreso.

Todos olharam para baixo. Naia tinha se libertado e cortado a teia dos prisioneiros Grottans. Enquanto ela estava ali com Kylan, os Grottans usavam pedras, cascas de ovo e até os dentes para cortar a outra extremidade da ponte. Antes que skekLi pudesse voltar correndo para o outro lado, a estrutura caiu, deixando os três presos no cogumelo.

SkekLi chiou e, movendo as garras, virou-se em direção a eles. Sua cabeça projetou-se e os olhos brilharam, mas ele não gritou. Não urrou como um animal descontrolado, como skekMal havia feito. Em vez disso, abaixou a cabeça e rosnou, a voz baixa e venenosa.

— Vocês vão se arrepender disso.

As aranhas que habitavam as paredes internas eram uma multidão de vozes sibilantes e chilreantes. Algumas já desciam os penhascos para o fundo do circo glacial. Se conseguissem atravessar aquele lago no fundo, não demorariam para subir pela haste do cogumelo e alcançá-los. Quando isso acontecesse, não teriam como escapar.

Mas os prisioneiros Grottans estavam seguros, pelo menos por enquanto. Eles eram o principal objetivo de Kylan. Agora estava com Naia, preso em uma ilha com um Skeksis enfurecido. Só restava torcer para Amri e Tavra encontrarem o osso de pássaro-sino a tempo.

CAPÍTULO 26

Kylan e Naia se separaram, assumindo instintivamente suas posições, um de cada lado de skekLi. Armado com o cajado, o Skeksis tinha um alcance incrível. Com a arma longa, poderia até jogar os dois de cima da plataforma com um só movimento, se ficassem no mesmo lugar.

— Temos que pegar o cajado — avisou Naia, expressando em voz alta o que Kylan pensava. Ela tocou o ferimento na cabeça, limpando parte do sangue que ainda escorria dele.

— Está se sentindo bem? Tentei afastá-lo de você...

— Estou bem. Vou ficar melhor quando dermos um jeito nesse traste.

Eles tinham deixado a boleadeira na entrada da Passagem, mas Naia tinha a adaga de Gurjin, embora parecesse pequena demais comparada ao enorme Skeksis diante deles. Mesmo que ela o atacasse com a arma, Kylan não sabia ao certo a extensão do dano que isso poderia causar. Ele olhou para trás, sentiu a vertigem provocada pela altura e pensou se não seria melhor tentarem fugir, em vez de atacar.

— Pensando em voar? — perguntou skekLi. — Asas Drenchens não servem para isso. A queda daqui é grande, como podem ver. Ela teria sorte se conseguisse se salvar. Não vai conseguir carregar você também.

Kylan fez uma careta. Mesmo quando as asas estivessem totalmente desenvolvidas, Naia nunca seria capaz de voar como Tavra. Asas Drenchens eram para nadar e planar. Não haveria escapatória para nenhum dos dois, se pulassem dali.

SkekLi sorriu.

— Nesse caso, poderíamos dizer que vocês ficaram caidinhos um pelo outro! Rá!

Ele riu, dedicando mais atenção a Kylan. Foi então que Naia pulou. O salto a colocou ao alcance do cajado de skekLi, mas ela se abaixou quando o Skeksis brandiu o bastão em sua direção com toda a força. Sua pontaria era ruim e descoordenada, e Kylan percebeu que o Skeksis não era um lutador. Era grande e perigoso, e tinha a vantagem de estar armado, mas não era nenhum caçador. Naia apareceu exatamente no espaço delimitado por seus braços estendidos, depois pulou com a mão fechada e erguida, e acertou skekLi bem embaixo do bico. O impacto provocou um *clac* alto, e ele cambaleou para trás.

Kylan agarrou a oportunidade e esquivou-se dos braços em movimento e do cajado ameaçador, tentando alcançar a mão de skekLi. Ele agarrou o Skeksis pelo punho e usou a única arma que ainda tinha – os dentes. Mordeu com força a mão do Skeksis, exatamente onde ela segurava o cajado. SkekLi gritou, mas não soltou o bastão. Com a mão livre, ele agarrou Kylan e jogou-o longe. Kylan só conseguiu se segurar em uma saliência na superfície do chapéu do cogumelo graças à falta de coordenação de skekLi, e assim escapou de deslizar para uma queda muito, muito longa.

— Maldito Gelfling! — gritou skekLi.

Kylan cuspiu o gosto azedo e salgado da pele do Skeksis. Naia recuou mais uma vez e posicionou-se na periferia do cogumelo, abaixada e pronta para o próximo ataque. SkekLi endireitou a cabeça e voltou a curvar as costas, os braços abertos e as garras prontas para segurar. Kylan olhou além da beirada do cogumelo.

— Não quero criar mais um problema aqui — disse —, mas as aranhas vêm vindo.

De fato, corpos aracnídeos moviam-se pelas paredes do circo glacial, fluindo como riozinhos para o lago lá embaixo. Como Kylan temia, a maioria delas flutuava, deslizando pela superfície da água em direção à base do cogumelo.

— Acho melhor você ir — falou ele para Naia.

— Não vou deixar você aqui. Quando Amri achar o osso, vamos precisar de você para usá-lo.

— Talvez outro Gelfling tenha que cuidar disso!

SkekLi riu, e o barulho estridente e agudo brotou do topo do bico e da testa. Ele estreitou os olhos, e os cantos da boca subiram, exibindo os dentes afiados.

— Ah, sim. O osso! O osso de pássaro-sino do Livro de Raunip. Krychk me falou dele, contou que vocês precisavam pegar um osso. Rá! Lamento dizer que não o encontrarão aqui. Pobre Gelfling burro. Todos os ossos desapareceram, foram roídos por ruffnaws, por rastejantes e pelo tempo.

Ele adiantou-se um passo, e dessa vez olhava para Naia.

— Sabe, se viesse conosco, Drenchen, poderíamos pensar em libertar seus amiguinhos. Os Grottans. Esse pequeno Spriton. Se viesse conosco para o castelo. Para o imperador. Só precisamos de um pouco de essência. Um pouquinho, só um pouquinho. De você e de sua outra metade. Em troca, alimentaríamos vocês. Cuidaríamos de vocês como sempre cuidamos dos Gelflings. Só precisamos de um pouquinho para salvar nosso imperador.

— Salvar? — retrucou Naia. — Vocês querem roubar a força vital da *outra metade dele*. Não vou ajudar vocês com isso.

SkekLi inclinava a cabeça de um lado para o outro e a sacudia como se o cérebro rolasse para lá e para cá. Deu um passo à frente, mas quando Kylan e Naia se afastaram, ele parou.

— Não, não, não. Você entendeu errado! O Imperador skekSo está morrendo. O que significa que a outra metade dele também está morrendo. De certa forma, estamos todos na mesma... mas com essência de Gelfling especial... podemos todos nos reunir. Podemos nos salvar *e também* salvar os outros.

Kylan não gostava nada do tom de skekLi. Era muito nobre, bom demais para ser verdade. Porém, quando ele baixou o cajado lentamente, Naia não atacou.

— Acho que ele está mentindo — avisou Kylan.

SkekLi o ignorou, preferindo apelar para Naia.

— É isso que você quer fazer, não é, Drenchen? Salvar os outros? Salvar o Cristal? Salvar os Gelflings, salvar Thra? Para isso, tem que nos ajudar a salvar os *Skeksis*. Olhe! Não estamos bravos com os Gelflings. Nem quando um deles morde um de nós. Só queremos gêmeos Drenchens para a reunião. Só um pouco. Você cederia um pouquinho, se com isso pudesse salvar todos... não cederia?

— Há um minuto você estava tentando nos matar!

— Se eles só quisessem um pouco de sua essência — disse Kylan —, por que fazer tanto esforço para nos capturar? Se tudo que queriam era um pouco para se salvarem e salvarem os Místicos, por que não pediram?

— Fala sobre nós como se não estivéssemos aqui — resmungou skekLi. — Os Gelflings teriam acreditado em nós? Hã? HÃ? Imagine só! Skeksis chega ao povoado Drenchen. Bem-vestido, é claro. Ele pergunta se essa aí pode voltar com ele para o castelo. Sentar na cadeira. Vimos a cadeira na Câmara da Vida. Sentar lá e olhar para o fogo? É claro! Ah! Quem faria isso? Mas ouça, Gelfling. Ouça. O povo Gelfling confiou o castelo e o Cristal aos Skeksis. Nós cuidamos deles. Protegemos. Tiramos a poeira do console, limpamos os salões, essas coisas. Tudo de graça, nunca tivemos nem um obrigado. Então, o mínimo que os Gelflings podem fazer é ajudar os Skeksis como puderem. O que são duas vidas para toda Thra?

Duas pernas finas apareceram na lateral da plataforma, e Kylan recuou para se defender. As aranhas já chegavam ao alto da torre. SkekLi grasnou quando Kylan e Naia pularam para longe das aranhas que surgiam na plataforma. Kylan xingou baixinho. Dizendo a verdade ou mentindo, skekLi só queria ganhar tempo, e eles caíram no truque.

O Skeksis ria mostrando os dentes.

— Gelfling esperou demais. O momento do acordo passou. Agora, o trato é só um: Gelfling vem comigo sem resistir, ou Spriton morre.

Kylan engoliu em seco quando skekLi moveu o cajado e apontou o cabo de cristal para ele, tão perto que quase tocava seu nariz.

— Ei! Achei!

A voz de Amri vinha de tão longe que Kylan chegou a pensar que a tinha imaginado. As paredes ecoavam as palavras, e os dois olharam para os penhascos. Kylan finalmente viu o menino Grottan acenando de um dos ninhos de pássaro-sino no alto da parede. O vento soprou o pequeno objeto na mão dele, e uma nota sinistra preencheu o vale. As aranhas chilrearam, e até skekLi olhou para cima.

— O osso — sussurrou Naia. — Ele encontrou o osso. E agora?

— Toque! — gritou Kylan.

— Tocar? Não sou músico!

— É só soprar nele!

— Ah!

De longe, Kylan só conseguia ver Amri levando as mãos ao rosto. Nenhuma aranha se movia, estavam todas paralisadas pela antecipação, uma delas com a perna da frente sobre um pé de Kylan.

Uma nota longa e suave reverberou pelo circo glacial. Era um som fraco, só uma nota, mas provocou um arrepio que percorreu as costas de Kylan. As aranhas que se aproximavam do ninho onde Amri estava empoleirado recuaram, muito próximas do som provocado pelo osso de pássaro-sino. Até as aranhas no cogumelo tremeram, cochichando entre si com um misto de hesitação e medo.

Mas a nota não ficou mais alta, pelo contrário, foi desaparecendo à medida que Amri perdia o fôlego. Kylan se agitou e lambeu os lábios, frustrado. Sabia que, se tivesse o osso, poderia encher todo o circo glacial com sua canção. Amri estava soprando com muita força, ou com pouca força, mas de um jeito ou de outro, não era suficiente.

— É muito difícil! Não sei como tocar! — falou Amri com voz trêmula. — Desculpe!

— Naia. Precisa ir buscar o osso para mim.

Naia abriu a boca para protestar, mas gritou quando uma aranha alcançou seu calcanhar. Ela a chutou para longe e segurou a adaga com mais força. As promessas e histórias de skekLi os tinham desarmado pelo tempo necessário, e agora não fazia diferença se eram verdadeiras ou não.

— Vamos detê-lo primeiro — falou Naia, apontando a adaga. — Depois pegamos o osso.

— Isso. Não pode deixar o pequeno Spriton sozinho com as aranhas e conosco — disse skekLi. Ele cutucou o peito de Kylan com o cajado. Era pontiagudo, mas o gesto suave era mais para mostrar autoridade que para machucá-lo.

Kylan sentiu o calor da raiva crescer dentro de si. Estendeu a mão e segurou a extremidade do cajado do Skeksis, levantando-a acima do ombro para não ser mais tocado por ele.

— Não sou refém — grunhiu. — E não sou indefeso. E não sou fraco! Naia, vá buscar o osso que Amri achou e traga-o para mim. Então vou cuidar das aranhas e desse Skeksis mentiroso!

SkekLi resmungou algo, depois chiou, tentando puxar o cajado de volta. Kylan segurava a extremidade, levantando os pés só um pouco para deslizar com facilidade pela superfície do cogumelo. Enquanto segurasse o cajado, não correria perigo de ser atingido por ele. Naia assistia a tudo, dividida entre fazer o que Kylan dissera e protegê-lo, como sempre havia feito. Mas ela guardou a faca e virou-se para Amri.

— Jogue! — gritou para ele.

— Tem certeza?

Kylan abraçou o cajado quando skekLi o levantou, berrando e sacudindo o bastão de um lado para o outro, tentando se livrar do Gelfling agarrado à ponta. Kylan segurava firme, longe do alcance do Skeksis, e por um momento ele até sorriu. Naia viu que ele não sentia medo, e finalmente deu as costas para a cena. Em circunstâncias normais, aquilo o teria amedrontado, mas agora seu coração explodia de orgulho. Naia confiava nele o bastante para deixá-lo sozinho.

Naia uniu as mãos em torno da boca e gritou:

— É só arremessar! No três!

SkekLi mudou de tática e berrou, batendo com o cajado no chapéu do cogumelo. Kylan soltou o bastão antes do impacto, pousou com agilidade e protegeu os olhos quando a extremidade do cajado e o cristal se estilhaçaram. O barulho do cristal se quebrando fez as aranhas guincharem de dor. Até skekLi parou com o pedaço de cajado na mão, as pupilas de contas flutuando no branco dos olhos.

— Não!

— Um... dois... três!

Amri arremessou o osso. Kylan descobriu os olhos a tempo de ver o pequeno objeto branco girando no ar. No começo ele caiu depressa, mas alguma coisa azul cintilou nele. Um balão de teia desabrochou do osso, retardando a queda como se o objeto fosse uma vagem vazia flutuando ao vento. Naia correu para a extremidade do cogumelo, as asas recolhidas ao longo das costas.

— Não! — skekLi gritou de novo, mas não adiantou nada. Naia estava em queda livre, sem medo da profundidade abaixo. O osso girava perto o bastante para Kylan conseguir ver o formato bifurcado, muito parecido com uma *firca*. Enquanto o osso se movia, o vento o percorria em direções diferentes, produzindo uma nota de três partes que fez as aranhas fugirem e se esconderem.

— NÃO! Drenchen! Tomara que ela se afogue! — gritou o Skeksis.

Kylan pulou para trás quando skekLi o atacou com a ponta quebrada do cajado. Não conseguia ver se Naia pegara o osso ou abrira as asas a tempo de evitar a queda para a morte. Precisava confiar nela e se salvar enquanto isso. Ele rastejou para trás e pegou um fragmento do cristal que não havia caído do cogumelo para o poço lá embaixo. Quando as aranhas tentaram se aproximar de novo, ele bateu o cristal na superfície fossilizada do cogumelo. O som as afugentou para a beirada do cogumelo, de onde elas o observavam com as pernas trêmulas e os olhos facetados.

— Ela não pode se afogar — disse a skekLi. — Ela pegou o osso. Agora mesmo, conseguiu agarrar a escada de corda pendurada logo ali. A qualquer minuto vai aparecer na beirada, e eu vou ter o osso. Vou mandar essas aranhas embora com uma nota só. Depois, seremos só nós e você.

— Não pode ter certeza disso. Não pode ver nada. Vamos matar você antes de ela chegar aqui!

Kylan arrancou uma farpa do cajado, ficou em pé e arremessou-a como se fosse uma miniatura de lança. Ela atingiu o alvo e ficou cravada no ombro de skekLi como um broche. O Skeksis grasnou e arrancou a farpa, mas Kylan arremessou outra, e outra, enchendo-o de dardos feitos com seu próprio cajado.

— GRAGGGHHH! — rugiu skekLi. — Pare com isso! Pare, Gelfling!

— Ou vai fazer o quê?

— Ou... ou... espere! Pare com isso, e! E! Pare, e deixamos você ir embora. Hã?

— Acho que você não está em condições de negociar!

— Ah, verdade? Que condição é essa? Depende da Drenchen subindo a escada? Hã?

Kylan franziu a testa. Confiante, tinha perdido de vista a localização da escada pendurada no cogumelo. Agora via que skekLi se colocara bem ali. O Skeksis se abaixou e ergueu um dedo na frente de um sorriso, tirando mais duas farpas do braço.

— Escute! — arrulhou ele. — Escute!

Kylan prestou atenção. Não gostava do que ouvia. Naia gritando e xingando, perto dali, mas muito longe.

— Ela está na escada, mas as aranhas foram atrás dela! — berrou Amri de seu ponto de vista privilegiado acima do cogumelo. Sem o osso, ele movia-se de uma plataforma para outra, afastando as aranhas com um galho de árvore. — Kylan, você precisa fazer algo!

— Lá vamos nós. Observe, Gelfling, skekLi vai fazer algo. Sim! Uma bondade. Aranhas! Saiam!

SkekLi assobiou, e os gritos de Naia se acalmaram. SkekLi debruçou-se na beirada do cogumelo e estendeu a mão. Kylan pensou em correr e chutá-lo, jogá-lo para fora do cogumelo, mas não sabia se tinha força para isso, e era provável que só piorasse a situação. Então ele esperou e prendeu a respiração, enquanto skekLi se levantava. Com uma das mãos, ele segurava Naia pela nuca, levantando-a. Ela agarrava o osso com as duas mãos, e embora skekLi a sacudisse várias vezes, a Drenchen se recusava a soltá-lo.

— Solte-a! — disse Kylan.

— Ah, sim? Agora estamos em clima de negociação!

— Não negocie — falou Naia com a voz meio sufocada. — Faça o que tem que fazer!

Ela jogou o osso. SkekLi tentou pegá-lo com a outra mão, mas estava segurando o cajado e não conseguiu agarrar o outro objeto. Kylan saltou e pegou o osso no ar. Era maior que uma *firca* normal, branco pela exposição ao sol e afiado nas três extremidades quebradas.

SkekLi grasnou um aviso e levantou Naia um pouco mais.

— Se tocar, ela mergulha de cabeça na pedra!

Naia batia na garra de skekLi com as duas mãos.

— Vai, Kylan! Ele não vai me machucar, precisa de mim para salvar o imperador!

— Mas e se não precisar?

Uma silhueta pequenina surgiu da túnica de Naia, correu pelo braço de skekLi e voou contra seu rosto. Tavra aterrissou bem no olho, e ele gritou ao ser mordido. Ela correu por sua cabeça quando o Skeksis soltou o cajado e tentou esmagá-la com as garras. Mas ele não soltava Naia, que esperneava e se debatia.

— Faça o que tem que fazer, Kylan!

Ele levantou o osso e soprou.

A nota era mil vezes mais forte que aquela produzida por Amri. Encheu o circo glacial como vento, ou água, ou fogo. As reverberações circulavam junto às paredes, no fundo da piscina e até em cima, para o céu. O som ficava mais forte à medida que ecoava, crescia e crescia até as próprias montanhas começarem a cantar com sua canção.

As aranhas se soltavam do cogumelo e de todas as paredes, caindo como folhas. Até Tavra, no corpo de aranha, reagiu ao som insuportável para sua audição sensível de aranha e caiu da cabeça de skekLi para o chão, onde ficou imóvel com as oito pernas recolhidas sob o corpo.

— NÃO! — gritou skekLi, mas quase não dava para ouvir sua voz em meio ao som estridente. — EU VOU MATÁ-LA!

Kylan inspirou e tocou, confiando que a canção do pássaro-sino também teria efeito sobre o Skeksis. SkekLi resistiu, usando a mão livre para apertar um lado da cabeça onde ficava o buraco do ouvido, levantando Naia e preparando-se para esmagá-la com toda a força contra a superfície endurecida do cogumelo. A respiração de Kylan ficou presa na garganta, e a nota começou a morrer. A flauta de osso caiu de suas mãos quando skekLi soltou um grito de guerra e abaixou o braço com que segurava Naia.

A canção da flauta de osso desapareceu, mas o movimento mortal de skekLi foi interrompido. Uma segunda nota vibrou pelo circo glacial, depois outra. Eram tons profundos. Primais. Vozes, Kylan percebeu. Quando o cântico de dois tons penetrou as paredes dos penhascos, Kylan

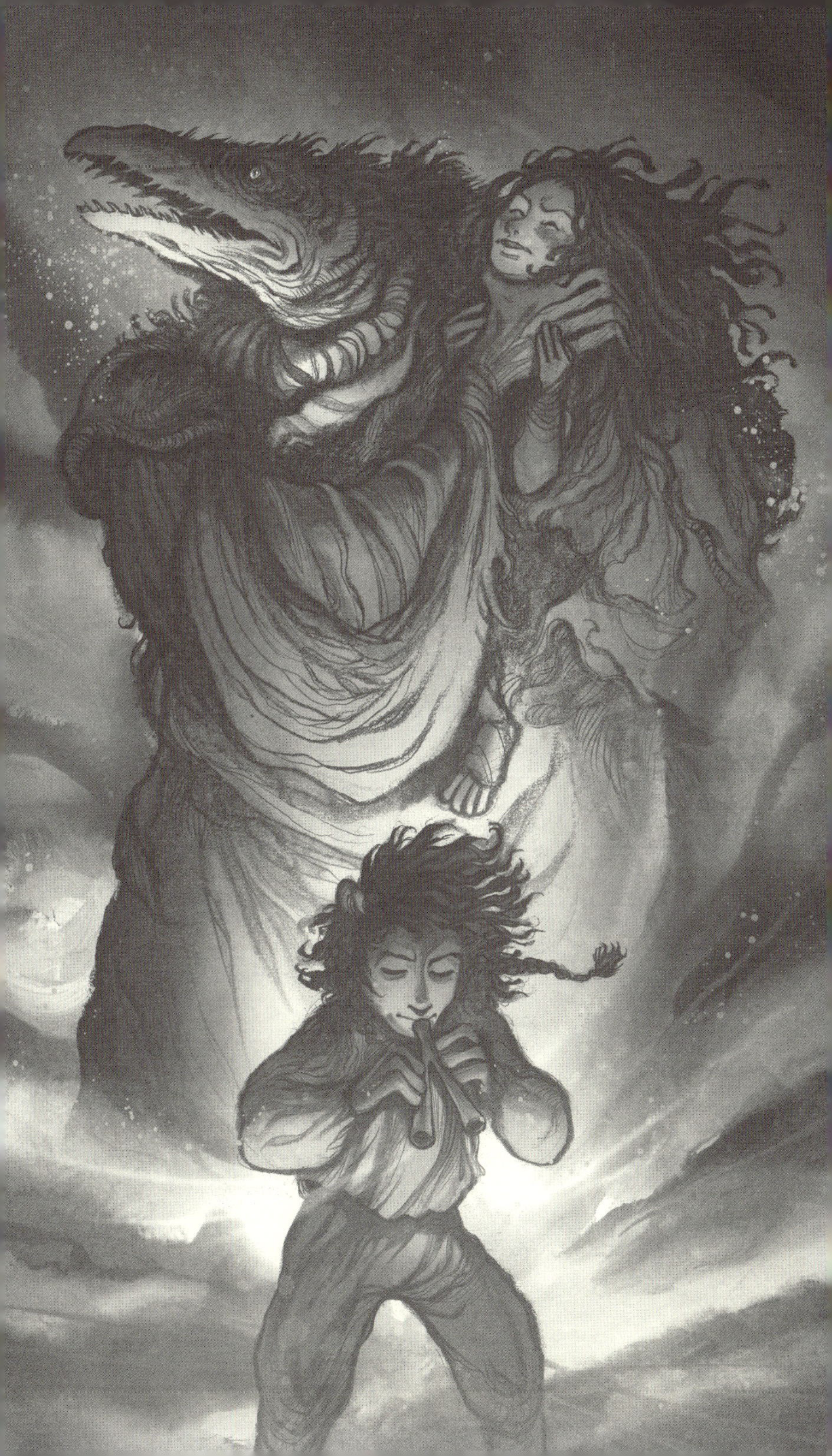

pegou a flauta de osso onde a tinha deixado cair. Ele a tocou e percebeu que as outras duas notas se juntavam à sua sem nenhuma discordância. Era a canção de Thra, afinal – a canção capaz de mover montanhas.

SkekLi derrubou Naia. Ela caiu com um baque suave, ficou em pé e se afastou. O Skeksis estava paralisado, os olhos arregalados e as pupilas pequeninas, ofegando tanto que um fio de baba escorria da boca aberta.

— Olhe — sussurrou Naia.

Kylan abaixou a flauta e olhou para onde ela apontava. No alto da parede havia duas criaturas com um pescoço comprido como o de uma tartaruga. Uma segurava um arco alto, já preparado com a flecha, embora o apontasse para baixo. Não era necessário usar a arma enquanto skekLi era imobilizado pela canção que parecia fazer tremer os ossos. Ele sofria espasmos e contrações contra a força de sua outra metade. Não podia mais fazer mal aos Gelflings, pelo menos por enquanto.

Talvez um Místico possa manter um Skeksis em um lugar...

As palavras de Aughra ecoaram na memória de Kylan. Ele sorriu ao reconhecer o rosto alongado emoldurado pela longa crina de urVa e de urLii, cuja canção enchia o circo glacial como se fosse o interior de uma concha vazia.

CAPÍTULO 27

A respiração de skekLi era furiosa, ofegante e barulhenta. O cântico desapareceu, mas o poder da canção permanecia, mantendo o Skeksis imóvel.

— Isso não é... — começou skekLi. Ele olhou para Naia e Kylan, depois novamente para seus irmãos Místicos. — Isso não é bom... não é justo!

— Liberte os Gelflings — ordenou urVa, e sua voz retumbou no interior do circo glacial, dando a impressão de que vinha de todos os lugares ao mesmo tempo. — Somos mais numerosos.

Kylan afastou-se quando skekLi abriu as garras, como se contemplasse a ideia de atacar, apesar de sua condição. Talvez ainda estivessem em perigo. SkekLi cuspiu e riu alto.

— O que vai fazer, se eu não obedecer? Usar esse arco para me alvejar? E o que acontece com nosso outro, hã?

UrVa ficou de sentinela enquanto urLii começava a descida sinuosa pela parede do circo glacial. Ele fazia a escalada parecer fácil com suas quatro mãos e os pés descalços de dedos longos, quase tão habilidoso quanto uma aranha. O Místico parou em uma plataforma meio suspensa sobre a parede rochosa e tocou o queixo. Agora estava perto o bastante para que fosse possível ouvir seu resmungo pensativo.

— Hummm... essa *seria* uma mudança interessante nos acontecimentos...

— Não diga isso! — murmurou Naia, quase sem respirar. — Kylan, vamos pegar Tavra e sair daqui.

Kylan nunca concordara tanto com uma ideia. O olhar de skekLi o seguia enquanto ele guardava a flauta no bolso e se aproximava de Tavra, que estava encolhida no chão como uma bolinha de pernas e corpo de cristal. Kylan teve que se colocar ao alcance do Skeksis, mas recusava-se a sentir medo. Com cuidado, ele pegou Tavra e voltou com Naia para perto da ponte quase reparada.

SkekLi estava furioso, com todas as penas ao longo do pescoço e da parte de trás da cabeça em pé. Os olhos vermelhos queimavam de raiva e desejo de vingança.

— Esperem só — sibilou o Skeksis. — Se acham que as pequenas aranhas servis são más, elas são só o prólogo. Só um teste. Esperem para ver o que skekUng está fazendo. Grandes criados. Criados sem consciência e sem coração. Criados *impecáveis,* com garras que podem quebrar um Gelfling ao meio. Vamos ver o que os Gelflings farão então, hã... se *sobrar* algum.

Kylan estremeceu e recuou. Não sabia o que dizer, por isso não disse nada. A ponte estava erguida e os Grottans os chamavam. Então, apesar de não entender a ameaça sinistra de skekLi, Kylan partiu, atravessando a ponte atrás de Naia e levando Tavra segura na concha formada pelas duas mãos.

Por mais que quisesse, skekLi não poderia fazer nada para impedir as Gelflings Grottans de voarem com suas asas cintilantes. Ele ficou parado, olhando para os Místicos lá em cima enquanto os Gelflings levavam Kylan e Naia para longe em segurança. Foram necessárias duas meninas Grottans para transportar o peso de Kylan, e uma para manter Naia no ar. Quando eles emergiram do outro lado, Kylan olhou para trás. SkekLi estava no centro do chapéu do cogumelo atrás deles, os olhos cravados nele sem piscar.

— Do que ele estava falando? — perguntou. — Criados sem coração?

Naia balançou a cabeça.

— Não me interessa. Ele é um mentiroso. Vamos deixá-lo preso aqui.

Kylan sentiu um arrepio e tentou se livrar da lembrança das palavras e do olhar penetrante do Skeksis. Tavra finalmente se agitou e esticou as pernas. Ele a colocou sobre o ombro.

— Ele não vai ficar preso por muito tempo — cochichou Tavra com sua voz de aranha. — Os outros Skeksis virão resgatá-lo. Ele vai voltar ao castelo e lhes contar tudo que fizemos, se já não o fez. Não sei quanto Krychk disse a ele, ou se passou as informações para os outros, mas se ainda não falou nada, não devemos correr nenhum risco.

— O que está falando? Que temos que matá-lo? — perguntou Naia. — E matar urLii com ele? Isso não é certo. UrLii não fez nada de errado!

— Ninguém fez nada de errado — corrigiu urLii. Ele juntou-se aos dois e aos Grottans, limpando as mãos, que tinham pedrinhas e areia da subida. — Todos nós estamos fazendo o que fazemos, o que é de nossa natureza e de nossa personalidade. Certo e errado... são uma canção tremendamente complexa.

— Certo — concordou Naia —, mas isso não nos ajuda em nada.

Kylan estendeu a mão para ela com a intenção de acalmá-la, embora sentisse sua frustração.

— O que vamos fazer com skekLi? — perguntou ele para urLii.

— Humm... acho que isso depende da personalidade de vocês.

Tavra e Naia estavam em conflito e, no silêncio que os envolveu, ficou implícito que esperavam a opinião de

Kylan. Amri também se juntou ao grupo, ofegante e cheio de arranhões, com alguns vergões de picadas de aranha ao longo dos braços e pernas, mas firme como sempre.

Kylan viu skekLi, sombrio e imóvel como um mau presságio, ainda olhando para eles através da abertura da caverna. A imagem o fez lembrar dos mantos sombrios de skekMal, o Caçador. O Skeksis de olhos de fogo que matara seus pais e havia tentado matar Gurjin e todos os outros, sem nenhum remorso. SkekLi torturara Tavra, entregando-a a Krychk, a aranha do cristal, e não só tentara matá-los hoje, como tinha traído as ordens de seu imperador ao fazer isso. Ele não era leal nem à própria raça.

UrLii propunha que não havia certo ou errado, mas essa própria ideia já não parecia certa. Também não era errada. O paradoxo deixava Kylan com dor de cabeça.

— Não acho que devemos matá-lo — falou Kylan finalmente. — Os Gelflings são um povo pacífico. Mesmo quando lutamos entre nós. Se queremos ser os heróis desta canção, devemos ter misericórdia, mesmo quando não a recebemos. Os Skeksis fizeram coisas terríveis conosco... mas prefiro acreditar que podemos nos unir pelo bem de nosso povo, não por vingança.

Naia encheu o peito e cruzou os braços, como se essa declaração tivesse encerrado o assunto. Tavra foi diplomática, embora discordasse.

— Prefere deixar o Skeksis ir embora? Isso não agiria pelo bem de nosso povo.

— Não. Não devemos deixá-lo partir. Acho que Naia está certa... pelo menos por enquanto, temos que deixá-lo aqui, mas alguém precisa ficar para vigiá-lo. Impedir que os outros Skeksis o encontrem.

— Ho ho hoo...

A risada cansada era conhecida. Ainda tirando fragmentos de teia de aranha do manto, a Maudra Argot destacou-se do pequeno grupo de Grottans. Dos trinta e sete Gelflings Grottans, restavam menos ainda, desgrenhados e com medo, alguns mais velhos, mas a maioria jovem como Amri. Eles ainda tinham perdido as Cavernas de Grot – tudo pela flauta de osso. Kylan sentia muito por todos eles, e esperava que o sacrifício valesse a pena.

Amri segurou o braço da Maudra Argot para guiá-la até onde estavam Kylan e Naia.

— Essa tarefa é do meu povo. As aranhas nos pegaram de surpresa em Domrak. Elas não são controladas pelos Skeksis. Não vão se retirar só porque skekLi foi derrotado, nem vão ficar longe porque as espantamos com a flauta de osso. A verdade é que não podemos voltar. O Santuário tem cavernas suficientes para nós. Seremos os guardiães de skekLi, assim como guardamos outros segredos maravilhosos e terríveis de Thra.

— Eu também vou ficar aqui — avisou urLii. — Juntos, os Sombreados e eu, acredito que podemos encerrar a canção de skekLi.

A Maudra Argot acenou para o Místico manifestando sua aceitação. A mão encontrou Amri, segurou-o e sacudiu-o com delicadeza.

— Amri. Ainda quero que você vá a Ha'rar. Não vou ficar feliz enquanto aqueles Prateados na capital não nos receberem à mesa, e você ainda tem muito que crescer. Ho ho hooo!

Kylan assentiu.

— Precisamos partir. Já temos o osso. Podemos mandar a mensagem para todo nosso povo. E temos que cuidar disso o quanto antes. Se skekLi contou algo aos outros Skeksis, mesmo que tenha sido pouco, logo eles estarão atrás de nós. Especialmente quando descobrirem que ele falhou em nos capturar.

— Concordo — falou Tavra. — Ainda podemos fazer isso. Kylan, quanto vai demorar para fazer a *firca*?

— Não sei. Toquei muitas, mas nunca fiz nenhuma antes... Não posso errar. Só temos uma chance.

— Não vi nenhum outro osso no ninho — avisou Amri.

— Era só esse.

Naia apontou para a ponte que os levaria às passarelas externas do Santuário.

— Então, vamos pelo menos sair daqui. Não suporto ficar aqui com *ele*.

Kylan esperava que encontrassem uma saída que não fosse tão difícil de percorrer quanto o túnel submerso, mas naquele momento ele atravessaria trezentos deles, se isso significasse escapar do olhar sempre presente de skekLi.

Eles se despediram da Maudra Argot e dos outros Grottans. Kylan ainda observou por mais um instante skekLi sozinho no cogumelo no centro do circo glacial. Ele não se movera desde que o deixaram lá, exceto para se acocorar. Os mantos cobriam seus ombros estreitos, as penas das asas e da cabeça tremulavam na brisa constante. Ele parecia uma pedra obsidiana com penas, mas diferente dos obeliscos em Pedra-na-Floresta, estaria pronto para saltar, agarrar e bicar para abrir caminho para se libertar, assim que reconhecesse uma oportunidade.

A sombra fria de urLii cobriu os ombros de Kylan.

— Eu daria minha vida para impedir que ele fugisse — comentou o Místico. — Ele sou eu, afinal. Mas não acredito que será necessário. Mesmo que fosse, certamente seria um momento dramático, hein?

UrLii riu baixinho, apesar do sentimento meio mórbido. O osso do pássaro-sino estava muito pesado no bolso de Kylan. Tinham lutado muito por ele, quase perderam essa luta, e ele ainda precisava fazer a *firca* com o osso, um processo que poderia destruir o objeto, se não tivesse o cuidado necessário. Mas era isso que queria, não era? Propósito não vem sem esforço.

— Conversamos com a Mãe Aughra antes de virmos a Domrak — contou Kylan. — Ela não tinha nenhum conselho para nós. Disse que só o tempo poderia dizer. Que compreender os céus nos levaria ao nosso lugar, acho que foi isso que ela falou. Se conseguíssemos entender a grande canção, poderíamos encontrar nosso caminho. Mas... os Gelflings não têm tempo para isso. Precisamos criar nossos atalhos. Temos que escolher entre ser o tecelão ou o tecido. O contador ou o que é contado. O cantor ou a canção... Mas eu escolho ser os dois.

UrLii coçou o queixo com seus dedos finos e inclinou a cabeça.

— Humm! Tecelão *e* tecido, é? Onde ouviu esse conselho tão bom?

Kylan sorriu e suspirou.

— Adeus, urLii. Espero encontrar você de novo um dia.

— Provavelmente, esse encontro não vai acontecer. Mas eu ouvirei de novo a canção do pássaro-sino, sim... Quando luz e sombras colidirem, sob os três sóis.

As palavras pareciam poesia, e Kylan não sabia o que significavam. Eram como uma canção cujo refrão ainda não fora revelado a ele. Vira palavras semelhantes nas paredes da cabana de urVa, e até em alguns lugares das Cavernas de Grot. Mas o cenário completo ainda não estava claro.

Talvez fosse essa a visão que Aughra estava procurando. A Grande Conjunção, e tudo que ela envolvia.

Kylan curvou-se para urLii, depois para urVa, que mantinha-se sério no cume lá em cima, o arco na mão pronto para ser usado, se fosse necessário. Ele olhou para skekLi pela última vez, lembrando as palavras sinistras do Satirista.

Esperem para ver o que skekUng está fazendo. [...] Vamos ver o que os Gelflings farão então, hã... se sobrar algum.

Com o olhar da mente, Kylan via pesadelos pairando na escuridão da terra. Monstros desprovidos de consciência e coração por terem olhado para o Cristal Encantado. Queria acreditar que isso era só mais uma mentira, só mais palavras cujo propósito era penetrar em sua mente e envenená-la com a dúvida. Se fosse uma mentira, skekLi teria citado o nome de skekUng? Qual dos lordes era skekUng, e que papel ele desempenhava na corte dos Skeksis? Mais importante, o que ele estava *fazendo*?

As aranhas foram só um prólogo...

— Pare de olhar, Kylan.

Ele tinha quase esquecido a presença de Tavra, acomodada em seu ombro. Por um momento, foi como se ela estivesse em pé a seu lado, embora não a visse, resplandecente em tons de branco e prata, o oposto da torre negra de ódio que era skekLi. Na verdade, sua sombra pequenina não ia além das dobras do manto que ele usava, e seu toque era só uma picada leve no rosto, em vez da mão confortante.

— Esqueça-o, por enquanto, ou não vai conseguir olhar para a frente.

Ele seguiu sua sugestão, deu as costas para o olhar penetrante do Skeksis e correu atrás dos amigos.

CAPÍTULO 28

Havia muitas saídas do circo glacial, mas a maioria era coberta de vegetação e difícil de encontrar. Amri os conduziu pela escada em espiral da plataforma até uma dessas passagens, uma abertura triangular embaixo do ponto onde urVa estava de guarda. A crina do Arqueiro dançava ao vento onde não estava presa em tranças e coque, e ele mantinha o rosto voltado contra o vento para sentir seu cheiro. Tinha levantado o arco quando skekLi fora confinado à prisão ao ar livre, e agora inclinava-se para observar os Gelflings que pararam em frente ao túnel.

— UrVa! Vamos ver você quando sairmos? — perguntou Naia em voz alta.

— Não. Vim de tão longe para procurar meus outros, pequena Drenchen — respondeu ele. — Encontrei um, mas parece que ele vai ficar aqui. Tenho que seguir em frente. Vamos nos encontrar de novo. Um dia.

— Você está bem? Enfrentamos skekMal… tive medo de que isso prejudicasse você também.

UrVa balançou a cabeça. Quando ele se mexeu, o vento soprou a crina para longe de seu rosto, e Kylan viu um ferimento em uma face e no olho, no mesmo lugar onde ele acertara skekMal na Floresta Sombria.

— O que está feito, está feito. Os sóis se movem.

UrVa endireitou o corpo, alinhou as costas fortes e rijas de guerreiro. Pedras e pedregulhos deslizaram da plataforma quando ele se afastou dela, de partida.

— Se encontrarem algum dos meus outros urRu — falou o Arqueiro, daquele jeito pesado, denso —, diga a eles que os procuro... diga para me encontrarem no vale. Até logo, pequenos Gelflings.

Eles acenaram até a ponta de sua cauda desaparecer. Depois que ele se foi, os Gelflings afastaram as samambaias e outras plantas e entraram no que Kylan esperava que fosse o último túnel que veria.

— UrRu — murmurou, estudando a palavra. — Deve ser o nome de seu povo.

— Os urRu — repetiu Amri. — Os urRu e os Skeksis.

Apesar do conhecido confinamento de pedra e musgo, aquele túnel era curto, iluminado nas duas extremidades pela luz do dia. De fato, Kylan refletiu, era quase agradável. Naia seguia na frente, como sempre, e pensava em voz alta.

— Os Skeksis vivem juntos no castelo... lá eles têm poder por causa do Cristal, e porque estão todos em um só lugar. Os Místicos estão sozinhos. Encontramos urVa preso na Árvore-Berço. UrLii estava na Tumba das Relíquias. Eles tiveram poder sobre skekLi com sua canção... mas só porque estavam em maior número. Se todos os Skeksis encontrarem urVa sozinho... se vierem resgatar skekLi, e urLii estiver sozinho para vigiá-lo...

— Mas se os Skeksis vierem salvar skekLi, terão que derrotar urLii, certo? — perguntou Amri. Ele levantou dois dedos, um ao lado do outro. — Mas se derrotarem urLii, skekLi não será derrotado também? Não é assim?

— De qualquer maneira — Kylan apressou-se —, urLii ficou para trás por vontade própria. Parecia acreditar que poderia conter skekLi com segurança. Não temos opção, precisamos acreditar nele. Temos nossa própria jornada. Certo?

Naia assentiu, primeiro devagar, depois com mais firmeza.

— Certo.

Em pouco tempo, eles saíram do túnel para uma clareira coberta de musgo. As montanhas ali eram ondulantes, mais suaves, em vez de escarpadas e rochosas. O ar era limpo, soprava tufos de folhas e algumas pétalas brancas e cor-de-rosa aqui e ali, e Kylan pensou ter ouvido o som de sinos. A cena era bonita, dourada e verde, mas faltava algo. Kylan franziu a testa. Haviam deixado todos os pertences na entrada da Passagem da Maré, inclusive o Livro de Raunip, o amuleto de pérola e a espada de Tavra. Os outros também estavam quietos. Ninguém queria ser o primeiro a tocar no assunto, mas era muito importante. Não podiam simplesmente abandonar os objetos, não com a jornada que tinham pela frente.

Quando ele ia dizer algo, Naia suspirou fundo, um suspiro que se dissolveu em risada. Ela trotava à frente do grupo pela grama alta. Brotando da vegetação havia um longo cabo de flecha decorado com uma fileira de sinos. Kylan reconheceu uma flecha de urVa e, quando se aproximaram dela, encontraram a bagagem e a espada Vapra prateada escondidas na grama em segurança.

Kylan parou e abriu a bolsa. Eles beberam água da cabaça, e ele encontrou o livro, cujas páginas virou até encontrar aquela que descrevia a *firca* de Gyr. Enquanto lia trechos e mais trechos na caligrafia rabiscada de Raunip, perdeu a noção do resto do mundo. Esqueceu as cavernas e as aranhas, a escuridão em que tinha nadado e como fora forçado a prender a respiração até os pulmões queimarem. Esqueceu o medo que sentira ao ver o ferimento de Naia e a preocupação com a possibilidade de perdê-la. Esqueceu-se de skekLi, forte até em sua derrota, e de sua promessa assustadora do que precisariam enfrentar nos próximos dias.

Por um breve momento, esqueceu até Naia, Tavra e Amri, que deram a ele espaço e silêncio para trabalhar.

Tudo que ele via eram os desenhos da *firca* e a esperança que ofereciam. Era como qualquer outra *firca* que já tinha visto ou tocado, com um bocal que se dividia em uma bifurcação. Os canos de cada lado da bifurcação eram entalhados com três orifícios, um para cada dedo, se o instrumento fosse segurado corretamente com as duas mãos. Uma *firca* poderia ser feita de muitos materiais, e cada um produzia uma sonoridade um pouco diferente. A maioria era feita de uma peça única de madeira, embora muitas fossem confeccionadas com juncos divididos. Os Sifas eram conhecidos por fazer suas flautas com pontas de chifres bifurcados de moluscos, e o som delas tinha o retumbar fantasmagórico das ondas do mar. A *firca* era o mais comum dos instrumentos musicais Gelflings, e talvez um dos mais simples, mas os diversos materiais usados em sua criação também faziam dele um dos mais variados. Podia tocar notas simples e harmonias, e era pequeno o bastante para ser levado pendurado no pescoço.

Kylan pegou o osso do pássaro-sino e colocou-o sobre as páginas do livro aberto. Já era bifurcado, um pouco maior que uma *firca* de madeira padrão dos Spritons, mas estava inteiro. Fora muita sorte Amri ter conseguido encontrar aquele osso, não só por ainda existir algum, mas por Amri ter encontrado aquele que tinha a forma perfeita. Um osso comum poderia ter servido para fazer uma flauta, mas Kylan imaginava que o instrumento não teria o mesmo impacto. Ele lembrou-se de ter acompanhado a canção de urVa e urLii com a *firca*. A terceira parte dera poder à canção, embora ele suspeitasse de que fora a conexão dos urRus com skekLi a maior responsável por imobilizá-lo.

Não, uma flauta não teria sido a mesma coisa. A *firca* era especial. Com ela, era possível tocar duas notas ao mesmo tempo, deixando espaço para uma terceira. Kylan não sabia que voz seria essa terceira, mas o instinto sugeria que era algo relacionado à lenda do pássaro-sino. As aves que cantavam e tinham sua canção respondida pelas montanhas. Talvez, se os pássaros-sino cantassem com duas notas, Thra cantaria a terceira parte. Talvez a *firca* fosse tão valiosa para os Gelflings por deixar espaço para a voz de Thra.

Kylan pegou o osso e o virou, examinando-o de todos os ângulos. Não tinha nem ferramentas para lixar ou entalhar a peça. A localização dos orifícios para os dedos também precisava ser perfeita, ou os tons não seriam harmônicos. Se, menos de um trine antes, alguém tivesse perguntado como ele poderia criar a *firca* que seria capaz de mudar o destino dos Gelflings, sem ferramentas e com um fóssil muito antigo, ele teria gargalhado. Agora não tinha tempo para rir. Precisava produzi-la ali e com o que tinha à mão. Não havia escolha.

Sabia que poderia perder a coragem se hesitasse demais, por isso respirou fundo e deslizou o polegar por um dos lados do osso bifurcado. Concentrava o calor da gravação de sonhos na superfície do polegar. Quando a luz azul brilhou, uma fumaça branca e fina desprendeu-se de onde ele tocava o osso. A vibração da gravação arrancou do osso uma nota alta, ressonante.

Precisava trabalhar devagar e com muito cuidado. Quando terminou, ele levantou o polegar e examinou o resultado. A parte que havia gravado era lisa, como se tivesse sido aparada pela faca de um entalhador experiente. Era pura e branca, como o resto do osso, e não mais irregular onde fora separada do resto do esqueleto. Ainda estava quente ao toque, mas esfriando, e ele expirou. Era possível, então. Ele era capaz de fazer aquilo.

O trabalho consumiu toda a tarde e parte da noite. Quando ouviu Naia voltar com o que tinha conseguido para o jantar, Kylan tinha a cabeça e a nuca cobertas de suor, a testa dolorida pelo esforço de manter-se concentrado. Quando sentiu uma mão em seu ombro, afagando e chamando a atenção, ele riu baixinho e levantou a cabeça.

— O que acha? — perguntou.

Naia olhou por cima do ombro dele, e Kylan abriu as mãos. Sobre suas pernas havia uma *firca* branca, esculpida e acabada nos mínimos detalhes. Ele mal se lembrava de tê-la produzido, ou não se lembrava dos momentos ou dos detalhes, pelo menos. Enquanto a mente ia saindo do estado de intensa concentração, ele percebia que havia entrado em uma espécie de transe. Tinha bolhas nos dedos doloridos, mas o produto de sua dedicação era perfeito, como se houvesse transformado o osso de pássaro-sino no instrumento que sempre fora seu motivo de existir.

— É lindo — disse Naia.

Tavra desceu do ombro de Naia e andou por seu braço para ir dar uma olhada de perto.

— É mesmo — disse. — Queria ainda ter ouvidos de Gelfling para ouvir você tocar.

Era agridoce. Ele não se atrevia a tocar tão perto dela; Tavra fora paralisada pela nota quando o instrumento era só um osso. Era triste, mas não havia nada que ele pudesse fazer quanto a isso.

— Ainda sinto muito. Se eu não tivesse prendido você nesse corpo de aranha...

— Se não tivesse, eu estaria morta. E não teria tido a chance de assistir ao sucesso de vocês dois. Só por isso já sou grata... Pare de se torturar por fazer as coisas que seu coração manda. Agora! É melhor se alimentarem, depois do trabalho duro dos últimos dias. Naia com certeza concorda comigo.

O estômago de Naia roncou.

— Eu sou bem previsível — disse ela.

Kylan uniu-se ao grupo perto do fogo. Naia havia pescado vários peixes, e Amri os assava diretamente no fogo, o que fazia as escamas ficarem pretas e defumadas. Ele tinha espalhado sobre o peixe uma pasta de um de seus frascos misteriosos, mas essa, por sorte, tinha um cheiro melhor que a pomada que Amri usara nos pés. Naia inclinou-se e cochichou:

— Deixei ele cozinhar. Peço desculpas antecipadamente.

— Posso ter dificuldade para enxergar à luz do dia, mas minha audição é impecável — avisou Amri.

Ninguém sabia se era intencional ou não, mas o peixe assado era saboroso e nutritivo, com um sabor agradável que fez Kylan pensar em cogumelos e frutas.

Depois do jantar, quando estavam sentados em volta da fogueira, ele encontrou um cordão e pendurou a *firca* de osso no pescoço. Ela agora era seu bem mais precioso. Recusava-se a perdê-la.

— Tenho uma pergunta — anunciou Naia, lambendo os dedos. Ela jogou a espinha de peixe no fogo e a viu crepitar e estalar. — Quando planejou a emboscada para a aranha do cristal, você deu um bilhete a Amri. O que estava escrito naquele papel enganou a aranha. Quero saber o que era!

Kylan sentiu o rosto esquentar, mas sabia que ninguém conseguiria ver o rubor à luz da fogueira.

— Ah. Não tem importância...

— Eu tenho ele bem aqui!

Como que por magia, o pedaço de papel apareceu na mão de Amri, alisado e dobrado como na noite em que Kylan o tinha dado a ele. Kylan pulou para pegar o bilhete e livrar-se dele antes que mais alguém lesse, mas Amri fugiu.

— *Querida Tavra* — começou a ler.

Kylan interrompeu apressado, esperando impedir a leitura de Amri.

— Imaginei que aquela coisa que controlava Tavra não sabia ler. Que não conseguira ler a mensagem na parede de pedra, por isso tinha mandado as aranhas esconderem o recado...

— *... escrevo para você em nome de Naia, Gurjin e dos outros que você ajudou desde que saiu de Ha'rar para cumprir uma ordem da Maudra-Mor...*

— ... eu precisava testar, por isso usei...

— *Sei que deve ter sido muito difícil para você ser traída pelos Skeksis das mais dolorosas maneiras. Queria que soubesse que todos nós gostamos de você e que, se precisar de nós...*

— Então usei o que tinha à mão...

Mas era impossível deter Amri, por isso Kylan escondeu o rosto com as mãos e esperou que ele terminasse. Amri estava em pé diante de Tavra, Naia e todas as estrelas e luas lá em cima, lendo para todo mundo ouvir:

— *... é só chamar. Porque admiro especialmente sua coragem e sua lealdade a tudo que é bom e correto, e mesmo que eu não seja capaz de colocar esses sentimentos em palavras para dizê-las diretamente a você, queria ao menos entregar esta promessa em palavras que permaneçam. Seu amigo, Kylan.*

Silêncio. Kylan contou até nove antes de levantar a cabeça para ver se a barra estava limpa. Era visível que Amri estava orgulhoso de si mesmo quando dobrou o bilhete e colocou-o de volta no bolso. Depois, sentou-se ao lado de Naia. Com a noite escura em volta deles, seus olhos brilhavam muito abertos, iluminados pelo riso. Naia também sorria.

— Espero que um dia você escreva alguma coisa tão melosa para mim — debochou ela. — Eu aprenderia a ler só por isso. E leria o bilhete toda noite antes de ir dormir!

Kylan bateu nas bochechas, tentando esfriar a vergonha.

— Escute. Eu... eu estava tentando falar com ela em pessoa, mas não conseguia me expressar direito. Por isso escrevi. Quando vi Krychk conversando com o Skeksis, eu... eu tive que ter certeza de que não era Tavra, antes de criarmos a armadilha. Tavra sabe ler, mas Krychk não sabia. Pensei que, se ela não reagisse... àquele bilhete...

— Não seria eu — concluiu Tavra enfim, de onde estava, sobre uma pedra perto do fogo. O corpo pequenino de safira brilhava, o símbolo em gravação de sonhos que ligava sua alma ao corpo da aranha reluzindo de leve. — Um plano inteligente. Fico feliz por ter dado certo.

— Quando ele me mostrou o bilhete, deduzi que algo estava errado — acrescentou Amri, balançando a cabeça com orgulho de si mesmo. — Uma princesa Prateada não poderia ser analfabeta.

O sorriso de Naia persistia. Ela apoiou o queixo em uma das mãos e mostrou os dentes, mas era uma careta feliz.

— E agora aqui estamos, com a *firca*. Gurjin logo estará em Sog... e Rian deve estar quase em Ha'rar. Estou muito feliz por termos boas notícias para contar quando o encontrarmos lá. Mesmo que também tenhamos algumas notícias não tão boas.

Tavra balançou uma perna dianteira. Apesar da convicção de Kylan de que ela teria reagido ao bilhete, se o tivesse decifrado naquela ocasião, agora a filha da Maudra-Mor não exibia nenhuma reação. Kylan não sabia o que preferia.

— Este é o preço do sucesso — disse ela com simplicidade. — E há mais preços a pagar. Só podemos torcer para que, no fim, tenhamos riquezas suficientes para negociar, em troca de nossa liberdade dos Skeksis e da situação em que eles colocaram nosso povo.

Kylan ficou feliz com a mudança de assunto, mesmo que fosse para algo tão sério. Pelo menos poderia oferecer alguma contribuição positiva e animadora, por enquanto. Pela primeira vez, podia apontar uma estrela brilhante para guiá-los, nem que fosse por pouco tempo.

— Amanhã vou tocar a *firca* — disse ele. — UrLii me fez lembrar de uma coisa na Tumba das Relíquias. Costura de sonhos. Conectar elos de sonhos, ou pensamentos, à escrita. Nem toda raça Gelfling sabe ler, por isso estive pensando. Não podemos só escrever uma mensagem com a *firca*, por mais que ela se espalhe. Só alguns conseguiriam ler essa mensagem, e os Skeksis fariam parte desse grupo.

— Então, vai incluir uma mensagem em elo de sonhos? — perguntou Amri. Seu rosto risonho ficou sério, e ele cerrou os punhos em uma reação entusiasmada. — Isso é brilhante! Os Skeksis não vão conseguir decifrar a mensagem, mesmo que vejam as anotações!

— Certamente vão conseguir deduzir o que dizem, se estão sendo escritas em um momento como este — comentou Naia. — Eu não sei ler, mas se fosse um Skeksis e visse algo assim, deduziria que é um aviso para o povo Gelfling. Isso vai mesmo fazer alguma diferença?

Kylan balançou a cabeça.

— Vou disfarçar a mensagem. Usar um símbolo que significa outra coisa, mas quando a mão de um Gelfling o tocar, o elo de sonhos vai começar. A Maudra Mera começou a me ensinar como fazer isso, mas saí de Sami Matagal antes de dominar a habilidade. Sempre achei que ela só me ensinava isso porque eu era ruim em outras coisas. Mas acho que foi isso que fiz com Tavra. Costurei o sonho que havia na mente dela ao corpo da aranha.

Não era uma declaração forte o bastante para romper o clima reflexivo, por isso Kylan tranquilizou-se e escolheu as palavras que queria dizer. Só havia um jeito de ter sucesso, e era assumindo o controle sobre o próprio destino.

— Vou mandar a mensagem que será o começo de nossa luta contra os Skeksis.

Naquela noite, eles dormiram sob as estrelas. Kylan as viu girar lentamente e ouviu o vento morno na relva. Pela primeira vez em muito tempo, sentia que poderia dormir em paz. Ele descansou as mãos na *firca*, sobre seu coração. Embora quisesse tocá-la mais que qualquer outra coisa, esperou. Esperaria até o dia seguinte, e até lá, guardaria a ansiedade e a vontade. Isso tornaria a canção final muito mais poderosa.

Uma folha de grama moveu-se perto de seu rosto. Foi o único sinal de que Tavra tinha se juntado a ele, andando silenciosa sobre as folhinhas como ele poderia ter andado pelos caminhos de pedras em Sami Matagal. Ela não falou nada, equilibrada sobre o caule de uma folha como uma pequena e delicada acrobata.

Kylan esperou que Tavra dissesse algo, mas ela não falou. Houve só um silêncio compartilhado, uma aceitação, e depois ela se afastou sem dizer uma única palavra.

CAPÍTULO 29

De manhã, Kylan tomou cuidado para não acordar os outros enquanto se afastava para a encosta mais próxima. Mais pétalas cor-de-rosa passavam flutuando, e uma delas aterrissou em sua túnica, o que o fez se lembrar de ter visto outra semelhante em Pedra-na-Floresta. O vento a tinha levado até lá, e até a água do Rio Negro, e depois por toda Thra.

Era assim que ele queria que sua mensagem fosse transportada. E ele seguiu em frente, andou sobre a grama e as flores, até encontrar a árvore que era a origem das pétalas que voavam pela encosta.

A árvore era alta e bonita, retorcida como a mão de um velho, com muitas calosidades e saliências. Suas folhas misturavam-se a botões cor de pêssego, cor-de-rosa e vermelhos. Quando o vento soprava, as pétalas desprendiam-se em nuvens, voavam sobre a Floresta Sombria e, ele esperava, pelo resto de Thra. As flores e folhas eram tão densas que, mesmo depois de um vento forte, era como se nunca fossem acabar. Aquela era a árvore para a qual cantaria com a *firca*.

Ele sentou-se diante da árvore e pôs as mãos na flauta. Em cada sonho da noite anterior ela o havia chamado; em cada sonho, ele se sentira ligado a ela, como se pertencessem um ao outro. Era como se o espírito do pássaro-sino o convidasse a dar vida a sua canção depois de muitas eras de silêncio.

Agora, finalmente, ele levava o instrumento aos lábios e, sem pensar, começava a tocar.

Kylan se perdeu na canção. O som da *firca* era perfeito, atingia um tom que Kylan não conseguia identificar. Quando ele tocava, era como se o próprio céu cantasse de volta, como se as montanhas ganhassem vida e vibrassem em harmonia. Ele fechou os olhos e invocou lembranças enquanto tocava: a jornada que o levara até ali, as dificuldades e alegrias que fizeram parte dela. Lembrou-se de skekMal, do Castelo do Cristal. Naia, Gurjin e Tavra, a filha da Maudra-Mor. Invocou as recordações do que Naia lhe dissera sobre o que vira no castelo, e também do que Rian tinha visto. Embora não pudesse projetar os sonhos dos outros dois, conseguia lembrar o que sentira, e lembrar que sabia a verdade. Lembrou-se do medo que os havia tomado além da Tumba das Relíquias, da luta contra Krychk, a aranha do cristal. Com um leve tremor, trouxe à mente os terríveis olhos negros de skekLi e suas palavras de aviso sobre o que estava por vir.

Quando a canção finalmente chegou ao fim, seus dedos e lábios estavam entorpecidos. A cabeça girava vazia, como o interminável cair da água de uma cachoeira. Quando olhou para cima, para as folhas e flores da árvore, a visão pulsou. Era como se a árvore brilhasse com uma luz azul, cada folha e pétala inscrita com um símbolo sagrado: um círculo dentro de um triângulo dentro de um círculo maior. Esse era o sonho costurado: um sonho que permaneceria. A mensagem deles para o povo Gelfling.

Os amigos tinham se juntado a ele enquanto tocava. Até Tavra estava lá, acomodada em seu posto sobre o ombro de Naia. A canção não a tinha prejudicado como quando ele tocara para enfrentar as aranhas no Santuário. Não sabia há quanto tempo eles estavam ali ouvindo, mas Naia e Amri tinham o rosto molhado por lágrimas.

— Isso foi... — começou Naia, mas não terminou.

Um sopro de vento varreu a encosta e os atingiu, e Amri apontou animado.

— Lá vem... lá vem... e lá vão eles!

O vento atingiu a árvore e levou flores e folhas. Elas se afastaram em uma dança cintilante, levadas pelo vento e voando para o vale. Outros milhares esperavam nos galhos da árvore para serem soprados para longe; até o tronco fora marcado com o sonho, e Kylan esperava que a marca tocasse o cerne. Cada nova folha e cada novo botão teriam a mensagem gravada.

Ele tocou a casca irregular e agradeceu. Os galhos balançaram-se ao vento como se acenassem, e assim, terminada a canção, os quatro se afastaram. Atordoado, Kylan falava pouco, carregando a bolsa de viagem enquanto cada um dos outros levava seus pertences.

— Acha que vai funcionar? — perguntou Amri.

Kylan não sabia como responder à pergunta, mas Tavra tinha a resposta.

— Já funcionou, até onde podemos controlar a mensagem — disse ela. — O que as pessoas vão fazer com a informação, quando a receberem, não depende de nós. Tudo que nos resta agora é torcer para minha mãe ser capaz de fazer mais alguma coisa, quando levarmos a verdade para ela.

A realidade do que tinha feito se impôs quando Kylan viu outra pétala passar flutuando. Logo todos os Gelflings da região Skarith saberiam o que os Skeksis haviam feito, e o que acontecera com seus irmãos e irmãs desaparecidos. Não haveria mais uma falsa paz entre os Gelflings e os estranhos e cruéis lordes dentro do Castelo do Cristal. No fim do dia, as primeiras mensagens já teriam sido recebidas. Perguntas seriam feitas. Alguns poderiam rejeitar o recado, mesmo depois de recebido. Ele esperava que houvesse um chamado de união, mas já tinha visto que o medo podia dividir, como fizera com a Maudra Fara em Pedra-na-Floresta.

Lados seriam escolhidos. A Maudra-Mor ficaria no meio... e em algum momento os Skeksis reagiriam, de um jeito ou de outro.

— É melhor seguirmos em frente — disse ele.

Andando em fila única, eles começaram a jornada montanha abaixo, em direção ao vale do Rio Negro. O grupo tinha esse destino havia tanto tempo que alcançá-lo parecia quase um devaneio. Mas quando as árvores balançaram ao vento, eles viram seu brilho poderoso, e Kylan soube que logo chegariam lá. Depois disso, Ha'rar estaria esperando por eles na costa do Mar Prateado.

Até lá, Naia guiava o grupo com Tavra sobre seu ombro apontando o caminho. Amri seguia no fim da fila, levando a espada prateada. Kylan tirou o livro de Raunip da bolsa, procurando a última página que tinha marcado. Quando a encontrou, ele começou a ler enquanto andava no meio dos outros dois, ocupando seu lugar entre eles.

GLOSSÁRIO

boleadeira: pedaço de corda amarrada em formato de Y, com pedras presas em cada uma das três pontas. Usada como arma, a boleadeira pode ser girada ou arremessada, permitindo que o portador capture sua presa.

daeydoim: criaturas de seis pernas habitantes do deserto, com grandes escamas dorsais e cascos largos. São frequentemente domesticadas por nômades do deserto.

firca: instrumento bifurcado de sopro usado pelos Gelflings, tocado com as duas mãos. Era o lendário instrumento escolhido por Gyr, o Contador de Canções.

fizzgig: carnívoros pequenos e peludos nativos da Floresta Sombria. Às vezes são criados como animais de estimação.

Grot: caverna profunda nas montanhas do leste, conhecida como o lar dos misteriosos Gelflings do clã Grottan.

hooyim: uma das muitas espécies de peixes coloridos e saltadores que migram em cardumes grandes pela costa de Sifa. Costumam ser chamados de joias do mar.

maudra: literalmente, "mãe". A matriarca e sábia de um clã Gelfling.

maudren: literalmente, "os da Mãe". A família de uma maudra Gelfling.

merkeep: tubérculo delicioso. É um alimento tradicional dos Gelflings Stonewoods.

muski: enguias voadoras com penas, comuns do pântano de Sog. Os bebês são muito pequenos, mas os adultos nunca param de crescer. O muski mais velho conhecido era, supostamente, da largura do Rio Negro.

ninet: cada uma das nove estações orbitais de Thra, provocada pela configuração dos três sóis. Os arcos em que Thra fica mais longe dos sóis são os ninets de inverno; arcos em que Thra está mais próxima são os ninets de verão. Cada ninet dura aproximadamente cem trines.

pássaro-sino: antigas aves extintas cujos ossos e bico são considerados capazes de reverberar com a canção de Thra.

Pernalta: animais de pernas longas e cascos, comuns nas planícies Spritons.

swoothu: criaturas voadoras como besouros peludos, com padrões estranhos de sono. Muitos agem como mensageiros para os clãs Gelflings em troca de comida e abrigo.

ta: bebida quente feita da mistura de água fervente com especiarias.

Três Irmãos: os três sóis de Thra – o Grande Sol, o Sol Rosado e o Sol Morrente.

Três Irmãs: as três luas de Thra – a Lua Azul, a Lua Pérola e a Lua Escondida.

trine: período orbital de Thra se movendo em torno do Grande Sol, equivalente a cerca de um ano terrestre.

unamoth: insetos perolados de asas grandes que trocam de pele a cada unum.

unum: tempo que a maior lua de Thra leva para dar uma volta completa, equivalente a cerca de um mês terrestre.

vliya: literalmente, "fogo azul". Essência da vida dos Gelflings.

vliyaya: literalmente, "chama do fogo azul". Artes místicas dos Gelflings.

APÊNDICE

OS CLÃS GELFLINGS

DOUSAN
Animal símbolo: Daeydoim
Maudra: Seethi, a Pintora de Pele

Esse clã reside em navios de areia – construções espantosas de osso e cristal que navegam o Mar do Cristal como embarcações marítimas. Resilientes, mesmo no clima árido do deserto os Dousans prosperaram. Sua cultura é encoberta e silenciosa a ponto de ser inquietante, sua linguagem é feita de sussurros e gestos, e suas histórias de vida são contadas nas complexas tatuagens mágicas pintadas em seus corpos.

DRENCHEN
Animal símbolo: Muski
Maudra: Laesid, a Curadora da Pedra Azul

O clã Drenchen é uma raça de Gelflings anfíbios que vive no pútrido pântano de Sog, no limite mais ao sul da região Skarith. Mais gordos e mais cabeludos que o restante de sua raça, os Drenchens são poderosos em combate, mas geralmente preferem viver reservados. Embora seja um dos menores clãs Gelflings, os Drenchens têm o maior sentimento de orgulho de clã; são leais uns aos outros, mas mantêm-se o mais longe possível dos outros clãs.

GROTTAN
Animal símbolo: Hollerbat
Maudra: Argot, a Dobradora de Sombras

Uma raça secreta e misteriosa que vive na perpétua escuridão das Cavernas de Grot. Gerações vividas nas sombras os deixaram com uma extrema sensibilidade à luz – além de olhos totalmente negros, que enxergam no escuro, e ouvidos que captam até o mais fraco dos ecos. Dizem que o clã Grottan tem menos de três dezenas de Gelflings, e sua expectativa de vida é inigualável, três ou quatro vezes maior que a dos outros Gelflings.

SIFA

Animal símbolo: Hooyim
Maudra: Ethri Olhos de Pedras Preciosas

Encontrados nos vilarejos costeiros ao longo do Mar Prateado, os Sifas são pescadores e navegantes habilidosos, mas muito supersticiosos. Exploradores por natureza, são competentes na batalha, mas distinguem-se verdadeiramente em sua capacidade de sobrevivência. A vliyaya Sifa concentra-se em introduzir a magia Gelfling da sorte em objetos inanimados; os amuletos Sifas encantados com diversos feitiços são muito desejados por viajantes, artesãos e guerreiros de todos os clãs.

SPRITON

Animal símbolo: Pernalta
Maudra: Mera, a Costureira de Sonhos

Rivais ancestrais do clã Stonewood, os Spritons são uma raça guerreira que habita as colinas ao sul da Floresta Sombria. Com uma terra tão fértil para plantar e criar famílias, o território desse clã se espalhou e cobriu o vale em vários povoados. Incluídos entre os mais aguerridos guerreiros da raça Gelfling, os Spritons muitas vezes foram convocados para servir como soldados para os Lordes Skeksis e como guardas no Castelo do Cristal.

STONEWOOD

Animal símbolo: Fizzgig
Maudra: Fara, a Cantora de Pedras

Esse clã é um povo antigo e orgulhoso que mora nas terras férteis perto e dentro da Floresta Sombria. Eles fizeram sua principal moradia em Pedra-na-Floresta, o lar histórico de Jarra-Jen. Muitos Gelflings Stonewoods foram guardas importantes no Castelo do Cristal. São agricultores, sapateiros e artesãos de ferramentas. São inventivos, mas pastorais; como seu animal simbolo, são pacíficos, mas ferozes quando ameaçados.

VAPRA

Animal símbolo: Unamoth
Maudra: Mayrin, a Maudra-Mor

O clã Vapra é uma raça bonita de cabelos brancos, pele clara e mulheres de asas translúcidas. Considerado o mais antigo dos clãs Gelflings, os Vapras residem em povoados nos penhascos ao longo da costa norte, e sua capital é Ha'rar. A Maudra Vapra, Mayrin, também é a Maudra-Mor, líder matriarca de todos os clãs Gelflings. Os Vapras têm a habilidade da camuflagem; sua vliyaya concentra-se na magia da mudança de luz, o que permite que eles se tornem quase invisíveis.

Leia também:

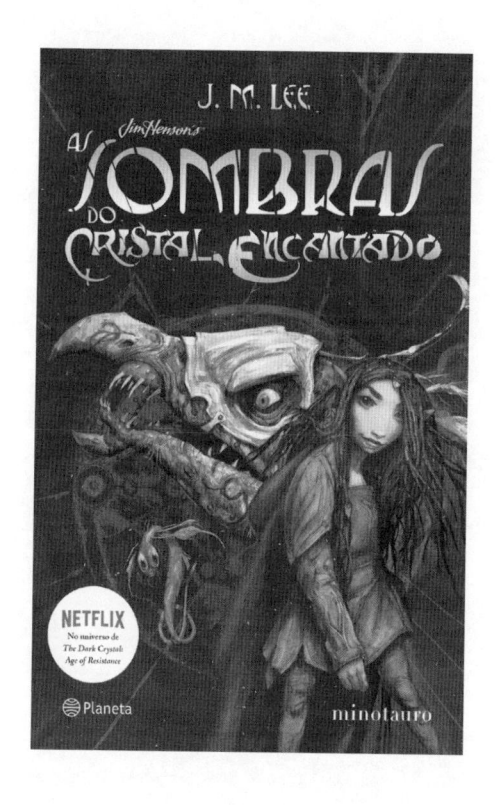

**Acreditamos
nos livros**

Este livro foi composto em Dante MT Std e impresso pela Gráfica Santa Marta para a Editora Planeta do Brasil em julho de 2019.